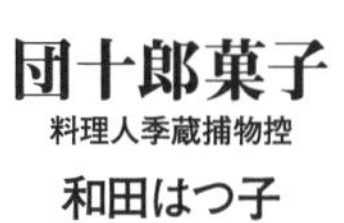

団十郎菓子

料理人季蔵捕物控

和田はつ子

角川春樹事務所

本書は、時代小説文庫（ハルキ文庫）の書き下ろし作品です。

目次

主な登場人物

季蔵（としぞう）　日本橋木原店「塩梅屋（あんばいや）」の主。元武士。裏の稼業は隠れ者（密偵）。

三吉（さんきち）　「塩梅屋」の下働き。菓子作りが大好き。

瑠璃（るり）　季蔵の元許嫁。心に病を抱えている。

おき玖（く）　「塩梅屋」初代の一人娘。南町奉行所同心の伊沢蔵之進（いざわくらのしん）と夫婦に。一児の母。

烏谷椋十郎（からすだにりょうじゅうろう）　北町奉行。季蔵の裏稼業の上司。

お涼（りょう）　烏谷椋十郎の内妻。元辰巳（たつみ）芸者。瑠璃の世話をしている。

豪助（ごうすけ）　船頭。漬物茶屋みよしの女将おしんと夫婦。

田端宗太郎（たばたそうたろう）　北町奉行所定町廻り同心。岡っ引きの松次と行動を共にしている。

松次（まつじ）　岡っ引き。北町奉行所定町廻り同心田端宗太郎の配下。

嘉月屋嘉助（かげつやかすけ）　季蔵や三吉が懇意にしている菓子屋の主。

長崎屋五平（ながさきやごへい）　市中屈指の廻船問屋の主。元二つ目の噺家松風亭玉輔。

地図製作／コンポーズ　山﨑かおる

第一話　干し牡蠣

一

　まだ師走には多少間があるというのに江戸の寒さは雪になった。日本橋は木原店にある一膳飯屋塩梅屋からもれている灯りが暖かい。

「今年は秋があったのかね」

　履物屋の隠居喜平が呟いた。

「品川の海晏寺や浅草の正燈寺の紅葉狩りも勢いが今一つだったたって言うしな」

　飲み仲間である大工の辰吉が相づちを打った。この二つの寺は市中でも一、二を争う紅葉の名所であった。

「『海晏寺真っ赤な嘘のつきどころ』、『紅葉狩り例年行けどもいまだ見ず』だからな」

　喜平が流行の川柳を口にした。

　海晏寺の近くには品川遊廓、正燈寺の近くには吉原が控えていて、男たちの言い訳に使われることも多かった。

「はてね、皆がみんな、あんたみてえな助平とは限らねえよ。俺は毎年、紅葉だけ見て褞袍のところへ帰る」

辰吉が喜平を一睨みした。

色好みが高じて隠居させられた喜平は女に一家言あり、辰吉の恋女房で大柄なおちえを女ではなく褞袍だとからかい、いたく辰吉を怒らせ続けたことがあった。以前の二人は酒が入ると摑み合い寸前にまで荒れた。

「どこもかしこも、色街までも枯れてきているという話ですよ。そのせいでその筋からの注文も減りました」

指物師の勝二が話を世相に転じた。

「そりゃあ、てえへんだ」

「大丈夫なのか」

喜平と辰吉は猪口を持つ手を止めて勝二を凝視した。名の知れた指物師の婿になった勝二は、義父である親方が卒中で突然逝ってしまって以来、家族を抱えて努力と苦労を長年積み重ね、今に至っていた。もとより、釘を使わず、木と木を組み合わせる指物の技は至難で奥深い。

大黒柱の義父が亡くなる以前の勝二は、お気楽にも若い身空で喜平や辰吉同様、塩梅屋の常連客だった。しかし、その後は、一人前の指物師になるべく懸命に仕事に励みつつ、赤貧洗うが如し、箸など拵えて何とか妻と一粒種を食べさせていた。その間はもちろん塩梅屋にも顔を出さず、喜平と辰吉は時折、勝二の元に塩梅屋の菜を届けるという形で縁を繋いできた。そんな勝二の努力もようやく実り始めて、文箱や引き出し、飾り棚、茶道具等の注文が来るようになり、再び塩梅屋の常連になっていた。

――喜平さんのところの履物屋だって、辰吉さんの大工仕事だって厳しいはずだ――

一年前に江戸を見舞った流行風邪禍は多くの死者を出しただけではなく、その後の不景気風は人々の暮らしを根底から脅かし続けていた。

――履物や大工仕事は誰の暮らしにもなくてはならないものには違いないが、困ってくれば買わない、頼まない。その点、もともと必需ではない、豪華な飾り棚や茶道具等の指物の注文主は富裕な者ばかりで、実は景気とはあまり関わりない――

勝二は複雑な想いで、

「大丈夫ですよ、季蔵さんのおかげでここに来ることができています」

塩梅屋の主季蔵を見遣った。

「そうおっしゃっていただけると励みになります」

微笑みながら季蔵は応えた。

不景気は当然、食べ物にまで及んでいる。寒さが早かった今秋以来、季蔵は仕入れた魚介や青物を常備菜に拵えることに余念がなかった。どんな材料にも今日に限ってのお値打ち品はある。常備菜に使いまわすつもりなら、安値で量が沢山買えるものを選びつつ、無駄をなくすことができる。

今晩の主な肴は牡蠣だったが、三通りの常備法を披露しようとしていた。

「干し牡蠣には驚いた。突然、季蔵さんから、『今日は干し牡蠣です』なんて言われた時は、『なんだ、干し柿か、珍しくもない、そいつはお茶請けだろうが――肴になるのか？』なんて思ったがそうじゃなかった。あの驚きと感動はいいっ」

喜平の言葉に、

「干し牡蠣だなんて言われなきゃ、生の牡蠣を使ったもんだとばかり思ったろうよ。気がつかなかったところだ」

辰吉が干し牡蠣の京風朴葉焼きを讃えた。

これは水で戻した朴葉に干し牡蠣と春菊白味噌を重ね盛った上に春菊の葉を飾り、七輪に載せた丸網で焼いて供する。ちなみに京風を醸す春菊白味噌は、平たい鉄鍋に油をひいて小さく切った春菊の葉を炒めて水気を飛ばし、混ぜておいた白味噌、味醂、砂糖を加えて絡ませて拵える。

「わたしは断然、干し牡蠣の石窯焼きの方がよかった。あの変わった焼け具合、さまざまな薬味が混じり合った風味が何とも言えません」

勝二はため息を洩らした。

塩梅屋には、季蔵の元主で長崎奉行を務めた鷲尾影親の奥方で今は髪を下ろしている瑞千院から季蔵が貰い受けた石窯がある。長崎から運ばれてきたこの石窯ではパンやカステーラ等、竈や七輪で焼くのとは異なる旨味の増す焼き上がりと風味が楽しめる。

干し牡蠣の石窯焼きに欠かせないのは慈姑餡である。これは皮を剝いた慈姑をすり下ろし、鍋で沸かして冷ました煮切り酒でしっとりとのばした餡であった。

干し牡蠣は油でさっと炒めた後、牡蠣の殻に二、三個盛り、その上に慈姑餡と切り餅を細かに切って揚げたあられ、同じ大きさに切り揃えた柚子皮を散らす。石窯で表面が狐色に色づくまで焼くのだが、途中、醬油を一垂らしする。仕上げに乾燥させてある薄荷草少々を載せ、酢橘を添える。

「石窯ですとよりよい風味を堪能できますが、火にかけた深い鉄鍋に牡蠣殻を並べて焼き上げても石窯に近い味になります。これだと干し牡蠣の石窯風味焼きというところでしょうか」

季蔵は家庭でできる作り方を付け加えた。

「あれら、いったいいつ仕入れた牡蠣なんだい？」

喜平に訊かれた季蔵は、

「牡蠣がやたらよく獲れたという三日前の仕入れです」

殻付きの牡蠣が入った大籠を勢いよく逆さにした時の漁師の困惑顔を思い出していた。

「牡蠣なんて、その日のうちに食うもんだって思ってた」

辰吉の言葉に、

「生の牡蠣は、皆さん殻から外して柚子か酢橘を絞ってかけて食べてますよね。ですがこれは肴と言っていい代物で、相当の吞み助でもない限り、そうそう沢山食べられるものではありません。それとうちの子がそうなんですけど、牡蠣は滋養があるというのに嫌いな子どももいます。噛むとぐしゃっとくる感じや匂いが嫌なようです。その点、石窯風味焼きはしっかりと火が通っていて、ぐしゃっとはきませんし、これだけの薬味の力で匂いもほどよく抑えられています。あられを増やしたりすれば子どもも大喜びしますね、間違いなく」

　勝二が同調しつつ応えて、

「朴葉焼きの方は酒だけではなく飯に合うから皆の菜になる。季蔵さん、一つ干し牡蠣の作り方を教えてはくれまいか。是非とも倅や孫たちにも食わせてやりたい。それにはまず、日々、家族の菜作りに腐心している嫁に教えたい」

　喜平が身を乗り出した。

「それでは――。まずは殻から外した牡蠣を大根おろしの中に入れて、掻き混ぜてよく汚れを落とします。その後、水で洗い、徹底して水気を拭ってください。これを竹串に四個から五個ずつ刺します。そして風通しのいいところで半日ほど陰干しします。中が半生ですので火にかけるとちょうどいい按配になります」

「信じられない」

「たったそれだけ？」

「簡単だ」

　三人が口々に感嘆すると、

「これはとても便利ですよ。お馴染みの牡蠣飯や酢の物もこれで拵えることができますから」

　季蔵はにっこりと笑って、

「牡蠣の常備菜はあと二通りあるのです」

　次は牡蠣の酒煎りについての説明をした。

「こちらは干し牡蠣同様、汚れを取り除いて洗い、よく水気を拭った牡蠣を、酒を煮立たせた鍋に入れて酒煎りして使います。酒煎りした後、くれぐれも汁気をよく切っておくのが肝です。こちらの方は干し牡蠣よりも少しばかり長く、四五日は日持ちがします」

　そしてその後、手早く酒煎り牡蠣のおろし煮と小松菜巻き、がんもどきを拵えていく。

　おろし煮の方は酒煎り牡蠣に片栗粉をまぶし、卵の黄身をつけて、中温の油で揚げておく。これを出汁、塩、醤油、少量の味醂に大根おろしを入れた地でさっと煮る。器に盛りつけて針のように切った柚子の皮を添える。

「いやはや、汚れを取るのにも使う大根おろしとこの酒煎り牡蠣は、切っても切れない縁なんですね」

　あまり酒を飲まない勝二がぺろりと一番早く平らげた。

二

　小松菜巻きは胡麻油を少し垂らした湯で小松菜をさっとゆがいておき、刻んだ人参は出汁と煎り酒で下煮しておく。小松菜二、三枚を重ねて広げ、酒煎り牡蠣と人参をのせ芯にして巻く。

長皿にこれを盛り付け、合わせた出汁と酢でのばして葛でとろみをつけた餡をかけ、揚げた蕎麦の実を散らして供する。

「出来が早いねえ。これならおちえにも難なく作ることができて重宝がるだろうな。それになにより、揚げ蕎麦の実ってえのが酒煎り牡蠣に合っていい。あられと同じで子どもは喜ぶだろうが、子どもじゃない俺でもこいつをどっさり散らしてほしいね」

箸をつけた辰吉は笑みを洩らした。

「最後のがんもどきは多少手間がかかります」

そう断って季蔵は酒煎り牡蠣の入ったがんもどきを拵え始めた。

すでに生地は作ってある。これは水切りにした木綿豆腐を裏ごしにしたものにすり下ろした大和芋を混ぜて作る。

笹がきにした牛蒡、細く切って出汁、煎り酒、塩で煮た人参、さっとゆがいて細かく切った三つ葉を生地に加える。この時水気、汁気はよくきっておく。

最後に酒煎り牡蠣を加え、丸めて饅頭の形に整える。小麦粉をまぶして、からりと狐色に揚げる。

小鍋に出汁、煎り酒、少量の味醂を入れて火にかけ、水溶きの葛を加えてべっこう餡を拵え、がんもどきにかけて溶き辛子を添える。

「牡蠣の入らない青物だけのがんもどきとは一味も二味も違う。味が深いったらない。やはり、真打ちは格別だねえ。べっこう餡と溶き辛子も利いてる。黄色い辛子もいいが、やってみたいのは山葵だよ。これだってあっさりしてて、悪くはないと思う」

　喜平はしみじみと賞味した。

「最後は七日は持つ辛煮牡蠣になります。これは干し牡蠣や酒煎り牡蠣同様、大根おろしで下拵えした牡蠣の剝き身を、醬油と酒を煮たてた鍋に入れて佃煮のようにじわじわと煮詰めたものです。味醂は照りを出すために仕上げに使います」

　季蔵はすでに拵えてあった辛煮牡蠣を詰めた重箱を各々三人の前に置いた。

「これをお持ち帰りいただいて、ご飯に添えたり、今からお出しするお茶漬けに使ってみてください」

　季蔵は辛煮牡蠣を飯に載せると煎茶を注いで供した。

「喜平さんは刻み海苔、辰吉さんは蕎麦の実、意外にも勝二さんは一味唐辛子でしたね」

　三人三様の好みの薬味も添える。

「このところどこの家も生計が苦しいんで、うちも辛煮牡蠣の土産は有難いが、ちょっと早いんじゃないか、この流れは。もう一品、二品、ここで食べさせてくれないと腹の虫が鳴いておさまらん」

　辛煮牡蠣の茶漬けは喜平が一番早く食べ終えた。猫舌の喜平に合わせて冷ました煎茶を注いでいる。

「そう、おっしゃるんじゃないかとは思ってました。準備はしたのですが――」

季蔵は口を濁した。

「だったらそいつを食べさせてほしい」

辰吉の目が光った。

「お願いします」

勝二は頭を下げた。

「それでは――」

季蔵はまず、辛煮牡蠣入り強飯(おこわ)を披露した。

「茶漬けもいいが強飯もいい」

喜平はうっとりとした表情になり、

「俺はこっちの方がいいな」

辰吉は率直な物言いをして、

「実はわたし、赤飯があんまり好きじゃないんで、強飯はちょっと苦手でしたが違います ね、美味(うま)い強飯だってあるんだってわかりました」

勝二は目を輝かせた。

「皆さんにそんなに褒めていただくと――」

季蔵は恐縮し、

「あんたがこれぞと言えない理由(わけ)でもあるのかな？」

喜平は訊いてきた。

「実は蒸し上げた強飯に刻んだ辛煮牡蠣を混ぜ込んだ後、器に盛って、さらに刻んだクチコを載せて蒸すのです。とっつぁんが遺した日記にそう記されていました」

「クチコってえのは口の子と書く、ナマコの大事なところだろ？」

喜平の言葉に、

「やはり、先代が作ったクチコ入りのものを召し上がっていたのですね」

季蔵は固い表情のままでいた。

ナマコの生殖巣であるクチコには、軽く塩をした生クチコと干した干しクチコがあるが、能登から江戸まで運ばれてくるクチコの多くは干しクチコであった。

――元々高価な珍味であり、一枚の干しクチコを分けて売り買いしていたものだったが、このところ、名だたる海産物問屋でもとんと見かけない。今回、大盤振る舞いを決心して海産物問屋を廻ってみたがやはり、どこにも影も形もなかった。とっつぁんは辛煮牡蠣入り強飯は、クチコのおかげで位を上げて肴にもなるのだと書いていた。材料が揃わずに思ったような料理が出来ないのは何とも辛い――

「あんたの気持ちはわからないでもないが、うちの連中はこれで大喜びすると思う」

いち早く喜平は察したが、

「いつだったか、おちえの奴が贔屓の歌舞伎役者の好物の肴が塩漬け生クチコだって、どこかから聞いてきて、馬鹿高い生クチコを買ってきたことがあったっけ。あんまり量が少なかったんで俺は食わして貰えなかったが、一度だけ、祝言に呼ばれて啜った干しクチコの吸い物は美味かったから、生ともなりゃあ、さぞかしなんだろう。イケる口のおちえはそいつで酒を飲んでいい気分になってたな。美味いんだろうねえ」

辰吉の話はクチコから離れず、とうとう、

「クチコなんて食べたこと、一度もありませんよ。ナマコだって同じです。そもそもナマコは他所の国へじゃんじゃん運ばれてて、あんまり食えないものでしょ。でも、そうは悔しいとは思いません。ナマコの絵だけは見たことがあって、あの化け物みたいな気味の悪い姿、思っただけでぞーっとしてしまいますから。わたしも家族も金輪際、ナマコにもクチコにも関わりたくありません。辛煮牡蠣入り強飯は牡蠣だけで充分です」

勝二が話に終止符を打った。

——こちらが拘ったばかりに皆さんに気を遣わせてしまった——

悔いた季蔵は、

「これが正真正銘の最後の一品になります」

辛煮牡蠣のおろし和えを拵えた。同じように大根おろしと合わせながら、おろし和えがおろし煮と異なる点は、牡蠣を揚げずに、酢と煎り酒、砂糖、出汁を混ぜた大根おろしに和えるだけという手軽さにあった。これにも揚げた蕎麦の実がよく合う。

「こりゃあ、また簡単で美味い」

喜平が相好を崩し、

「俺でもできる、一つおちえに作ってやろう」

辰吉はまたしても恋女房の名を口にした。

そんな辰吉を、

「ここだからまあいいが、他所様が聞いたら相当の美人女房だと思われて後で大変だ」

酔いも手伝って喜平はつい辛口になったが、

「そうですよ、気をつけないと。後でおちえさんが付け廻されでもしたらどうします？」

勝二は絶妙にして神妙な口調でその辛口を封じると、

「さあ、皆さん、そろそろ。お二人をお送りして帰ります」

季蔵に目配せして床几から立ち上がった。

季蔵は干し牡蠣、酒煎り牡蠣、辛煮牡蠣と各々の拵え方を記した紙を三人に渡した。

「これもご一緒にお持ちください」

こうして常連たちは店を出て行った。

その後、季蔵は暖簾を仕舞って、しばしの間、主に塩梅屋を訪れた人たちに配る、安くて美味しい材料で拵える旬の料理法を書き続けた。噂になって瓦版に載ったこともあったほどで、もう何年も前から拵えて配ってきたものだった。しかし、店を閉めて、粥と丼だけを売った流行風邪禍の真っただ中と、去った後の慌ただしい一時期はとても頭も手も回らず、やむなく休んでいた。

――そう考えるとこういうものを書いて配ることができる今は一息ついて、元の平穏が戻ってきたことにはなる――

そこでまた、季蔵は入手できないクチコへ想いを馳せて、

――あれほど大変だった流行風邪禍一色、誰もが生きるか死ぬか、日々が戦場だった市中の様子が思い出される。あの時のことを想えば、材料が揃わないなどというのは取るに足りない、愚痴を通り越してよろしくない我儘なのかもしれない――

いたく反省し、

――今はわたしの料理の工夫が市中の皆さんのお役に立ってほしいと一途に願って、これを懸命に続けて行こう――

自身に言い聞かせた。

三

それからもしばらくの間、離れに移った季蔵は熱心に筆を使い続け、空が白み始めた頃、うたた寝していると、

「季蔵さん、いるかい？」

離れの戸口で馴染みのある声が聞こえた。

――これはいつものだな――

全身に緊張が走って目が覚め、慌てて出てみると、

「銀杏長屋の方に行ったんだがいねえんで、こっちへ廻ってみたのさ」

岡っ引きの松次が立っていた。

「なるほど」

「用向きは言うまでもねえ」

「わかりました」

季蔵は足駄を履いた。外は前日の夕方からちらついていた雪がかなり積もっていた。

「このところ秋にしちゃあ、寒いねえ」

松次の吐き出す息が白い。

「お奉行様と田端の旦那が芝口の大しだれ柳の下で待ってる」

――今度のは市中での事件のようだ――

塩梅屋の主季蔵には、北町奉行烏谷椋十郎の勧めで先代長次郎から引き継いだ裏の仕事があった。烏谷の命により、隠れ者として働くことである。奉行所役人が表立って探れない事件の真相究明を振り当てられるのであった。

――こんな呼ばれ方もたびたびなのだから、松次親分や田端様もとっくに気づいているのではないか？――

この事実は季蔵と烏谷だけが知っているはずなのだが、松次や田端から正面切っても、そうでない匂わし程度でも問われたことは一度もなかった。

――まあ、それはそれでいいのかもしれない――

早足で歩いているうちに空が白んで夜が明けると烏谷と田端の姿が見えた。葉が落ちたしだれ柳の華奢な枝が雪を重そうに積もらせている。

「ご苦労」

烏谷が一言労った。

田端の目は積もった地面の赤い雪に向けられている。刺し殺された仰向けの女の骸が雪を血で染めている。女の年齢は三十歳近くであった。

「骸は幕染屋小錦屋の内儀お紺。深夜に呼び出されてここで刺し殺された。骸を見つけたのは朝一番にこの道を通る納豆売りだ」

田端が告げた。

「何で刺されたのか気になります」

刺し傷は雪を血だまりに変えている骸の腹部だけではなく、貫かれてあたりに血を飛び散らせている首の致命傷と二ヶ所のように見えた。

「お紺は腹を刺されて倒れて動けなくなったところを、首に止めを刺されたのだ。刀や包丁でないのは確かだが、今はまだ何で刺されたのかまではわからない。以前、市中に出てきた百姓の酒が過ぎて、祭りの喧嘩で暴れ、相手の胸を突いて殺してしまったことがあった。そやつは即刻打ち首になった。木から落ちて足を痛めていて、足を引きずっているのを揶揄されての騒動だったが、芋掘りに使う農具を杖代わりに持参していたのが不運だった。この傷はあの時の刺し傷に似ているように思う」

淡々と続けた田端の言葉に、

「その話ならわしもよく覚えている。そんなものさえ手にしていなければ、お咎めはあっても打ち首だけは免れたろう。わしならそもそも足が悪いというのに市中に出てきたりはせんがな。若い男だったから江戸の祭りを一目見ようと血が騒いだのだろうがな。確かに似ている」

烏谷が同調した。

「その芋掘りの道具は斧などのように先に刃がついているものですか？」

季蔵のさらなる問いに、

「いや、全て木で出来ていた。ただし、先は土を掘り起こしやすいよう尖った造りだった。それゆえ胸を一突きできたのだ」

田端が応え、烏谷が頷いた。

「刀や包丁の類のようなぱっと見てわかるような代物ばかりが、人の命を奪うとは限らんのだ」

そう洩らした烏谷は戸板を運んできた小者たちの姿が見えると、

「番屋まで骸を頼む」

まずは命じて、

「さて、行くか。行くぞ」

その場を離れると、先に立って番屋とは反対の方向へと歩き始めた。

「どこへ行かれるのです？」

季蔵が呟くと、

「行けばわかるよ」

松次が小声で応えた。

先に歩いていた烏谷と田端の足が止まった。掛札場の前であった。掛札場は行き倒れや水死者の身元を尋ねたり、市民へ様々な告知を記した立て札が立てられる場である。しかし、今そこにあるのは三十歳代半ばの男の骸だった。やはり周囲の雪は血で染まり、仰向けの骸は腹と首を刺されている。

「殺されているのは先ほどのお紺の亭主で小錦屋の主直吉(なおきち)だ。見つけたのは浅蜊(あさり)売りだった」

田端の言葉に、

「それでは夫婦共に殺されたのですね。同じ殺し方をしているところから見て下手人は同じ人物――」

季蔵は反射的に応えた。

「そうだろう」

烏谷が大きく頷いたところへ小者が追いついてきて、中の一人が、

「先ほどの骸は番屋に着く頃です。戸板がもう一枚とのことでしたが遅れまして申しわけございません」

深々と頭を下げた後、

「それからこの者が話したいことがあるというので、子守娘を頼んで、連れてまいりました。小錦屋と隣り合って小間物を商っているお松です」

後ろに居た四十歳代半ばの女の方を振り返ると、

「それでは」

仲間に合図して直吉の骸を戸板に載せた。

如何にも世話好きといった様子のお松はふくよかな丸顔で目を伏せたまま、番屋に運ばれていく直吉の骸を見ようともせず、

「さっきのお紺さんの前も目を閉じて歩きました。日頃から仲良くしている夫婦がこんな目に遭うなんて、あの可愛い勇太ちゃんを遺して逝っちまうなんて、もう悪い夢だとしかあたしには思えません」

やや野太い声を震わせた。

「何と小錦屋夫婦には倅がいたのか？」

元娘岡っ引きだった妻との間に女の子がいて、父親である田端の口調も翳った。

「痛ましいな」

ぽつりと呟く。

「そうですとも、そうですとも。まだ三つにもならない子どもを孤児にするなんて、神も仏もあったもんじゃない、酷すぎますよ」

お松は怒りの籠った泣き声になった。

——お役目とはいえ、寡黙で仏頂面だが実は心優しい田端様には辛い一件だ——

「もしや、あなたはどのような経緯でご夫婦がこのような無残な姿になったか、御存じなのではありませんか?」

季蔵は思い切って田端の代わりに訊いた。

「夜更けて錦屋さんから迎えの人が来たんです。何でも長く寝付いていた錦屋のお内儀さんの具合が急に悪くなって、明日の朝まで持たないだろうから、来てほしいということでした。もちろん、直吉さんだけじゃなしにお紺さんも一緒に。直吉さんとお紺さんは共に元は錦屋さんの奉公人で、一緒に働いていて長く想いあった挙句、夫婦になったんだと聞いてます。だから、二人にとって暖簾を分けて貰った錦屋の御主人やお内儀さんは、足を向けて寝られないほどの大恩人でしょう? 特に錦屋の暖簾分けを錦屋の旦那さんに承知させたのはお内儀さんで、直吉さんたち夫婦はとても感謝してましたから、そのお内儀さんが明日をも知れない身だと知らされれば、何を措いても駆け付けたかったはずです」

お松は一気にそこまで話した。

「どうして二人一緒に駆け付けようとしなかったのですか?」

季蔵はさらに訊いた。

「今晩に限ってむずかる勇太ちゃんは風邪らしく、額に触ると酷い熱だったんで、まずは直吉さんが『お内儀さんや錦屋さんのことも大事だが、子の様子も気になる、風邪は万病の因だしな』と一人で迎えの人と一緒に出て行ったんだそうです。その後、ほどなくその迎えの人が戻ってきて、お紺さんに『旦那さんが思い直して、子どもと一緒に来るようにと途中で待ってます』って。それでお紺さんは勇太ちゃんを抱いてわたしのところへ来て、この事情を話してくれました」

「あなたは小錦屋さん夫婦にとって、深夜に戸を叩ける相手だったのですね」

季蔵の一言に、

「独り身を通して子のいないあたしは勇太ちゃんが可愛くてね、頼まれて時々世話をさせて貰うのは願ったり叶ったりでしたよ。あの二人はこのところずっと仕事で大忙しだったし、とかく遠くの親戚、近くの他人とも言いますしね」

お松は初めて微笑みを浮かべた。

四

「その後どうなった？」

田端がお松を急かした。

「そうは言っても勇太ちゃんは熱があるんですすよ。連れてはいけませんよ。だから、あたしはお紺さんだけを行かせて、二人が帰ってくるまでの間、小錦屋さんのとこで、勇太ちゃんを看ていることにしました。風邪で熱のある子どもはとにかく温かくしてやるに限ります。寒い外には出せない、自分が役に立ってよかったと思いました」

「迎えに来た人はどんな様子でしたか？」

ここが肝だと季蔵は思った。

——そうだな——

烏谷の目がぎろりと光り、

「子どもまで巻き添えにしようとしていたとは何という奴なのだ」

田端は怒声を上げた。

「たぶん男の人だと思います」

お松の曖昧(あいまい)な応えに、

「たぶんとは？」

田端は苛立(いらだ)ちを隠せなかった。すると、

「いいえ、背の高い男の人でした。間違いありません。ただし、すっぽりと黒い頭巾(ずきん)で顔と頭を覆っていました」

お松は唇を嚙みしめつつ言い直した。

「まるで盗賊まがいの形(なり)ではないか？　よりによってそんなよくわからない奴にどうしていい大人が誘い出されたんだ？　おまえもそやつを見ていたのだろう？　おかしいとは思わなかったのか？」

田端はお松まで詰(なじ)る物言いになった。

「雪が散らついて、毎日寒いですからねえ——」

「見たのは背丈だけか？　どんな目をしていた？　さぞかし怖い目であったろうが——」

烏谷は知らずと持ち前のどんぐり眼を瞠って、

「こうか？」

迫ったが、お松は首を横に振って、

「申しわけありません、覚えていません。でも、丸に桜の錦屋の紋に屋号が書かれた提灯は持っていましたよ」

額の油汗を片手で拭うと、

「もうこれ以上はお話しできません。あたし、実は菩提寺が錦屋さんと同じなんです。錦屋のお内儀さんは信心深く、寄進や孤児を育てている尼寺への助けも欠かさず、慈悲深いお方でしたので、容態が悪いと聞いて正直、あたしまで気がそぞろでした。こんなことになるんなら、あの時の迎えの人の様子をもっとよく見ておくのだったと悔やまれます。もう勇太ちゃんのところへ戻っていいですか？　しっかりお話しできるつもりでしたが、肝心のことがうろ覚えでお役に立てませんでした」

目を伏せた。

「そんなことありません、よく話してくれました、ありがとう」

季蔵が取りなして、

「早く子どものところへ帰ってやれ」

田端が追い立てた。

松次の目が驚き続けていて、

——こんなに旦那が子ども好きだったとは知らなかったぜ——

季蔵にだけ報せたつもりだったが、

「まさに鬼の目にも涙か、鬼の霍乱とはよく言ったものだ」

知らずと呟いた烏谷に、

「今、何とおっしゃいましたか？」

田端が聞き返すと、

「いや、これはいたいけな幼子から父母を奪った、人ではなく鬼のような酷い所業ゆえ、一刻も早く下手人を捕らえねば奉行所の面目が立たぬであろうと、しごく当たり前のことを言ったまで」

烏谷は巧みに惚けた。

この後四人は番屋へと向かった。二体の骸の詳しい検分に立ち会うためである。牢医と骸医を兼ねる町医松山玄瑞が、鳥の雛の頭のように見える、つんつんと常に毛の伸びかけている坊主頭と、擦り切れかけた十徳姿で駆けつけて、

「最初の一撃は腹でしょう。腹を刺されて動けなくなったところを、首を刺して殺したものと思われます。傷口から察して殺しに使われたのは刃物ではありません。傷が並んでついていますが、このような殺し方は首に致命傷を与えるまで、断末魔の苦しみを長引かせることができるので酷いものです」

と、告げた。

検め（あらため）が自分たちの見解と一致したとわかると、烏谷はかつて打ち首になった百姓の話に触れて、

「それでこれらの刺し傷が刃物ではないとして、いったい何なのだ？　まさか、百姓が使う農具がどこかから、勝手にこの市中までぽーんと飛んできたとは思えぬぞ。何であるか見当はつかないのか？」

厳しく詰め寄った。

しかし多忙を極めているわりには奉行所からの手当は薄く、暮らしに四苦八苦している玄瑞は、

「そ、そうは申されても、こ、これ以上はとても――」

わざと訥弁（とつべん）になり恐れをなしたふりをすると、

「これから往診が立てこんでおりまして、ご、ご勘弁を、し、失礼いたします」

背中を丸めるようにしてあたふたと番屋を出て行ってしまった。

番屋の腰高障子（こしだかしょうじ）が開いた時、季蔵には六、七歳の男の子が身の丈の倍以上もある、先が細く窄（すぼ）まった長い棒を振り回している姿が見えた。

――もしかして――

「しばし失礼いたします」

季蔵は玄瑞に続いて外に出た。

夜が明けても陽（ひ）が射（さ）さず、外気が冷たいせいで地面の雪はまだ溶けていない。

「何をしてるの？　今年は大雪になりそうだから出してみたんだけど、コウ鋤をそんな風に振り回しては駄目。転んで怪我をするよ」

　母親らしい女が近くの家から飛び出してきた。

「これはこうするものでしょ」

　母親は息子から取り上げたコウ鋤を杖のように突いて歩いて見せた。

「さあ、やって」

　ふくれっ面の男の子は渋々、コウ鋤で雪の上を突いてつまらなそうに歩いた。

　――コウ鋤は雪を屋根からおろすのに使うが、こんな使い方もあるのだな。だが、降ったばかりの雪を撥ね上げてしまうこともあるだろう。雪だけならまだしもその下の泥も掘って撥ね上げると大変だ。あっそうか！――

　中へ戻った季蔵は、

「備中鍬です。あれなら先が分かれている上に尖ってます」

　と告げて、

　――たしか、この番屋でも見たことがあったな――

　記憶を呼び覚まして板敷に上がると押し入れを開けた。

「ありました、これです」

　季蔵は二人の前に備中鍬を差し出した。

「なるほど。殺しの道具はこれだったのか」

烏谷は唸り、

「これなら草花を植えているどこの家にあってもおかしくない代物です」

田端は力強く頷いた。

「しかし、これで下手人の割り出しはむずかしくなった。市中の家々のどこにあってもおかしくないとなれば、下手人を捕らえる網は広く取らねばなるまい」

ふうとため息を洩らした烏谷は、

「他に下手人について手掛かりはないものか？」

田端と季蔵を見据えた。

「これは手掛かりと言えることではないかもしれませんが――」

前置きした季蔵は、

「松次親分」

松次の方を見て訊いた。

「親分は市中の道に詳しいので尋ねます。迎えの男は直吉さんとお紺さんを殺す目的で連れ出していますが、骸のあった大しだれ柳と掛札場は小錦屋から錦屋へと続く道なのでしょうか？　近道はどちらです？」

「小錦屋から錦屋へは大しだれ柳の先の辻を左に曲がるのが近道。近道はこれだけ。掛札場を通るとなると、大しだれ柳の手前を左に折れて、掛札場を右に見てまっすぐ進み、右に折れて次は左でまた右、こいつは遠回りでさ」

松次は応えた。

「ということは、下手人は小錦屋と錦屋を結ぶ道を二通りも知っていたことになります。そして別々の道へ夫婦、それぞれを引き込んで残忍に殺した――」

田端は憤懣やる方ない表情で眉を上げた。

五

「掛札場から番屋までは一本道だったので気づかずにいた。行く道を変えて殺すとは何とも入念だ。ただし、ここで一つ忘れてほしくないことがある。お紺の骸を見つけたのは納豆売りで直吉の方は浅蜊売りだった。この二人の名は訊いてあるゆえ、松次と田端で調べてくれ。わしと季蔵は錦屋を訪ねて詳しい事情を訊くことにする。互いの調べは八ツ(午後二時頃)に突き合わせすることとしよう」

烏谷が断じて四人は番屋を出た。

季蔵と烏谷は雪道に血溜まりが残っている掛札場の前に戻って、松次に言われた通りに折れて進み、さらに二度折れるとやっと錦屋の屋根看板が見えた。丸に桜の紋の後に錦屋と掲げられた看板が、老舗らしい古色蒼然とした趣きを醸し出している。

「すでに元奉公人の小錦屋主直吉とお紺が昨夜、殺められた話は主染右衛門に伝えてある。北町奉行烏谷椋十郎と供の者がまいったと報せてくれ」

烏谷が名乗ると、

「は、はい、只今」

四十絡みの番頭は血相を変えて大番頭に報せに行き、出て来た白髪混じりの男は、

「大番頭の伊久三と申します。お話はてまえが承り、主に伝えましたのでよく存じております、さあ、どうぞ。ご案内いたします」

落ち着いた物腰で二人を上に上げると客間へと誘った。

障子を開けると、

「お入りください」

下座に座っていた染右衛門が立ち上がって迎えた。染右衛門は年齢の頃は六十半ばで矍鑠としていたが、やや前のめりの小柄な上半身に力を込め続けていて、常に背中をぴんと伸ばそうとしているように見えた。

「それではてまえは」

部屋から下がろうとする伊久三を、

「おまえもここにいなさい、お奉行様から何かとお指図があるやもしれぬことだから」

染右衛門は引き留めた。

「では」

烏谷は床の間を背にして上座に座り、季蔵は障子近くの下座に伊久三と並んだ。

「まず訊きたい。小錦屋の夫婦はここのお内儀の臨終に間に合おうと雪道を急いで殺められた。昨夜お内儀が危篤だったというのは真か？」

烏谷は切り出した。

「とんでもない、妻は長患いで、時に熱と痛みで寝付くこともございます。このところの寒さがたたり、何日か前から臥せってはいましたが、食もそこそこ進んでおります。危篤なんて、縁起でもない。どうか、当家のかかりつけ医の先生にお尋ねになってくださいませ」

染右衛門は危篤という騙りに立腹している様子だった。

――病弱ではあっても、観音菩薩のような優しく清らかなお内儀を一筋に想っているのだろう――

正直季蔵は感動を覚えた。

「下手人はここのお内儀の危篤を騙って小錦屋夫婦を連れだした者と思われる。これについて思い当たることはないか？」

烏谷の問いに、

「ございません」

染右衛門はきっぱりと応えた。

「下手人が手にしていた提灯にはこの店の紋と屋号が描かれていて、小錦屋夫婦だけではなく、お紺を送り出した隣家の者も見ている。これに心当たりは？」

「まさか。そのようなことまで――」

一瞬絶句した染右衛門は、

「伊久三」

大番頭の方を見て、

「納戸にある紋入りの提灯を全てここへ」

と命じた。

「はい、ただ今」

伊久三は急ぎ足で廊下を歩いて去り、戻ってきた時は、背後の小僧たちに、畳まれている幾つもの提灯を抱えさせていた。そして、

「それらを広げてここへ」

客間の畳の上に広げられた丸に桜の紋付きの提灯が並んでいく。

「なくなったものはありませんので、このとおり全部で三十でございます」

伊久三が告げた。

「あと暖簾分けした小錦屋や親戚の家紋も丸に桜なのではないか？」

烏谷は追及を続けた。

「初代錦屋が丸に桜は血縁の暖簾分けに限ると決めました。代々の錦屋の主と血のつながりがある幕染屋だけが丸に桜の紋を使うことができるのです。初代の頃はそんな親戚の幕染屋が男子の数だけあったようですが、だんだんと減って、ついにこの間、流行風邪で一軒残っていた血縁の幕染屋も亡くなりました。血縁と関わりなく暖簾分けした奉公人たちには、丸に桜の紋は与えておりません。ですので、ここにある提灯が全てでございます」

染右衛門が言い切った。

——それでは小錦屋夫婦にとって丸に桜は錦屋だけ。夫婦も丸に桜の紋付きの提灯に仰天してしまい、それを手にしていた者の怪しさに気づかなくても不思議はない——

季蔵は小錦屋夫婦がまんまと誘い出され、隣家のお松も不審に感じなかった理由に得心がいった。

「ところで、この店の奉公人は皆、店で起居しているのか？　通いの者はおるか？　特に並外れて背丈のある者はいないか」

最後に烏谷は訊いた。

すると染右衛門は、

「流行風邪禍以来とかく落ち着かない日々が続いています。いつ、人の嫉み妬みを買って何をされるかわかったものではございません。商いの集まりやおもてなしは夜のこともあるので、浪人の陣野史郎様に送迎のお護りをお願いしております。たしかにたいそう背丈のあるお方です」

困惑しつつも応えた。

「その者をここへ呼んでほしい」

「今ここにはいらっしゃいません。今日の旦那様のお出かけに間に合うよう来ていただくので、それまでは八官町の長屋にいらっしゃるかと思いますが」

伊久三が応えた。

店先まで見送ってくれた伊久三に、

「ここの提灯はどこへ頼んでいる？」

さらに烏谷が訊くと、

「浅草の小田原屋さんです」

すっきりとした応えが返ってきた。

二人は浅草へと向かった。


烏谷が目配せをし、季蔵一人が小田原屋の店先に立った。

傘屋を兼ねる小田原屋では主が仕事場に居た。年齢の頃は錦屋染右衛門と同じくらいであった。働き盛りの職人たちが傘や提灯の骨に塗る糊を作るのを息を詰めて見ている。これは温めた糊に渋を混ぜて作るのだが、こうすると雨が染み込むのを防ぐことができる。

若い職人の取り次ぎを勘違いしたらしく、

「小田原屋の提灯はね、普通のものと違って中骨が平たくて、貼る紙との糊代に幅があるんで剝がれにくいんですよ。それで雨や霧にも強い。しかも安いんだが、大雄山最乗寺の神木の一部使いを御住職様から許されてるんで魔除けにもなるんです。どうです？　お得でしょう？」

熱心に商品を褒めちぎった。

「すみません、ここの提灯をもとめに来たのではないのです」

一瞬、主は傍にいた若い職人を睨んだ。

「時は取らせません。一つ二つお尋ねしたいことがあるだけです」

主は咳払いをしてから、

「手短に」

季蔵を見据えた。

そこで陣野史郎が提灯を頼みに来たか来なかったかについて訊くと、

「さて、陣野史郎様――」

主が首を傾げかけると、

「旦那、たしかあの大きな図体の浪人ですよ」

糊を混ぜ終えた職人の一人が言った。

「注文は俺が受けて、後で親方に伝えましたよ。見るからに恐ろしげな男で昼間だというのに酒臭くてね。でも、錦屋の大番頭伊久三さんに頼まれたってことで。注文を受けて、三日ほど待って貰って、取りに来たその男に渡した。まずかったかな？」

「そんなことはありません」

季蔵はその提灯が殺しに使われた事情をここで洩らす気はなかった。

――明日には小錦屋の夫婦殺しが奉行所役人と通じている瓦版屋の餌食になるのだろうが、あえて今から餌をばらまくこともない。それに遺された子のことを考えるとことさら騒ぎ立ててほしくない――

季蔵が小田原屋を辞して店から外へ踏み出して歩き出したところへ、

「どうであった？」

現れた烏谷が隣に並んだ。

「陣野史郎は伊久三さんに頼まれたと偽って、紋入りの提灯を小田原屋から手に入れていました」

「なるほど。ならばすぐに陣野を捕らえねばなるまい」

烏谷は陣野の住む八官町の長屋へと足早になった。

六

「今の御時世、小錦屋の夫婦殺しは重いぞ」

烏谷が話しかけてきた。

「市中の人たちの同情が遺された子に集まることでしょうから」

「奉行所が背負う重みは子への同情に止まらない。景気は悪さの極みで、流行風邪に負けずに生き残っても、例年にないこの寒さに職を失って飢える者たちも出て来るだろう。先ほどの松山玄瑞はぱっとしない風貌(ふうぼう)に似合わず医者としての腕はいい。その玄瑞が今年の寒さと風の乾きがまた、新たなる流行風邪を生むかもしれないと懸念しておる。もっとも小錦屋夫婦の惨事がさらに重みをずっしりと加えるのは事実だ」

烏谷は小声で続けた。

「また新たなる流行風邪が？　そんなことがあり得るのですか？」

　季蔵は耳を疑いたかった。

「玄瑞によれば流行風邪に限らず世に疫病がぱっと広がった後、やがておさまるのは世の中がそこそこ安定しているからだそうだ。疫病に冒された世から元の真っ当な世に戻ろうとする力が残っていれば問題はない。けれども元に戻ろうにも、その力が弱すぎた場合、食うや食わずの者たちが増えて滋養不足の者が多すぎるとそうはならないとのことだった。今回は危ないと玄瑞は言っている。わしもなるほどと思った。そして、せめて小錦屋の一件だけでもたちどころに下手人を挙げて、『奉行所、あっぱれ』と讃えられたいものだと思っている。今こそ市中の皆は頼れるもの、明日を預けられるものをもとめているのだからな。希望は人の心身を強くするとわしは常から思っている」

「よくわかります」

　季蔵は共感しつつも緊張した。

　――しかし、お奉行が口にしたような今の市中で、助け合う気持ちこそ生まれても、このような惨たらしい殺しを働いた者がいるとは――、それが陣野史郎だったとして、物盗りが目的でなかったのは事実だ――

　深夜のとっさの外出とあって直吉、お紺とも小銭の入った財布しか持ち合わせておらず、それらは奪われずにそのままあった。

　――誰かに頼まれたとしたらいったい誰があのようなことを――

季蔵には黒幕の見当がつきかねた。

二人は八官町の長屋の木戸門を潜った。

「お尋ねしたいことがございます」

季蔵は物腰低く、井戸端で洗濯をしながらよもやま話をしていたかみさんたちに陣野の家の場所を訊いた。

「あんた、陣野さんの何なの？」

髷に白いものが目立つ年配の女が訊き返してきた。

「てまえは口入屋の者で陣野様に新しい仕事を紹介にまいりました。こちら様がどうしても陣野様と直に会いたいとおっしゃって」

季蔵はさりげなく烏谷を振り返った。

「あんた、いい男だね。今日は眼福でいい日だし、あんたの仕事が上手くいかないのは気の毒だよね」

ふふっと笑った年配女は、

「そういや、あの男、一昨日あたり帰ってたかね」

仲間に向けて呟いた。

「たまには饅頭ぐらい配っても罰は当たらないっていうのにね。呑み気だけで色気なし。あんなケチな酔っ払い、帰ってこなきゃいいのにさ」

赤子を背負ったもう一人が吐き捨てるように言い、

「でも、昨日も今日も姿を見てない。あたしんとこは木戸に一番近いから、誰が帰ってきて出てったか、よーく、わかっちゃうのよね。あの男、いつも大徳利を抱えてる。たしかに色気がないったらない。一昨日の朝もそう。それっきりだから、帰ってきたまま家にいるはず」

一番若い女が勢いよく告げて、年配女に目で忠義を示した。

「陣野さんは右の一番奥だよ」

年配女はわざとつっけんどんに季蔵たちに応えつつ、若い女に『お役目ご苦労』とばかりに目で頷き返した。

そこで素早く烏谷は季蔵に小粒を握らせた。小粒一つで饅頭が百個は買える。季蔵がそれを年配女に手渡すと、

「そっちの旦那もいい男」

すかさず赤子を背負った女が立ち上がって、烏谷に目を細めて見せた。

路地を奥へと歩きながら、

「いい男は得だな。されど銭でもいい男になれる」

烏谷は冷やかすのを忘れなかった。

二人は陣野史郎の家の前に立った。

「これではとんと女には好かれず、長屋内でも誰も訪ねはしないだろう」

烏谷はぼろぼろの油障子をちらと見て、がたぴしと建付けの悪いその障子を思い切り強

く引いた。

　中へと入ったとたん、熟柿に似た酒の匂いが鼻をつき、板敷にうつ伏せに倒れている男が目に入った。近くに大徳利と湯呑みが転がっている。

　倒れている男は烏谷と甲乙つけ難い大男である。陣野に違いなかった。咄嗟に季蔵は陣野の首筋に触れた。

「脈が触れません、すでに亡くなっています」

　断じて骸を仰向けにした。

　陣野の死に顔は穏やかであった。

——酒を飲み過ぎ、吐瀉物が鼻や喉に詰まって死ぬこともあると聞いている——

　季蔵は急いで、長屋の住人を番屋へと走らせた。納豆売りと浅蜊売りを呼んで調べている、松次と田端に報せるためである。

——松山先生は親分が呼んでくれるはずだ——

　烏谷の方はさっきのかみさんたちを集めて、身分を明かし、一昨日か昨日、陣野を訪ねてきた者はいなかったかと訊いた。

「いません、いません、さっき申し上げた通りです」

　年配女の指図で人見張りを続けている若い女は蒼白になって繰り返し、

「もう勘弁してやってください」

「ほんとなんですから」

他の二人が烏谷に向かって手を合わせた。

「それに何か深い理由があって訪ねてくる人は、夜更けてからって決まってるんですよ。どこの長屋だってそうだろうと思います。あたしたちはほんのちょっと面白い他人事を高みの見物したいだけで、生きるの死ぬのなんていう不義密通や、こんな惨たらしいことには一切関わりたくなんてないんですから」

最後は年配女が気丈に締め括った。

田端と松吉はこちらへ向かう途中、ばったり遭ったという牢医の松山玄瑞と共に駆け付けてきた。

玄瑞はすぐに屈み込んで骸の顔を注視して、

「大酒が災いして急に死んだのなら吐いたものが鼻に詰まっているはずですが、それはありません。石見銀山鼠捕りならば血反吐を吐くがこれもなし。口からは酒の臭いしかしません。となると考えられるのは阿芙蓉です。阿芙蓉入りの酒なら少量でもこのように安らかな死に顔を見せます」

一気に死の因を告げると、

「この件についてはもうお話ししました。番屋へは伺えません。そもそも下手人の縄打ちはそちらのお役目でしょうし。貧乏暇なし、これにて失礼」

そそくさと出て行ってしまった。

この後、皆で陣野の家の中を調べた。もう何日も前の肴だと思われる炙って裂いたスルメ一切れと、畳んだ布団の間から赤い薬包、日記らしきものが見つかった。

薬包の中身を一舐めした烏谷は、

「この者が阿芙蓉病みつきで、うっかり酒に混ぜる量が過ぎたというのか？　阿芙蓉は高すぎてそこらの浪人者が病みつけるものでもないがな。しかし、これを見つけた以上、そのように見做すしかあるまい」

苦虫を潰したような顔で言った。

男手の手跡の日記は以下のようなものだった。


小錦屋のお内儀にはすれちがったとたん心が傾いた。忘れられなかった。たびたび用もないのに小錦屋で流行の暖簾や風呂敷を買った。『ここあきや』と染め抜かれて、大売れした、小錦屋ならではの流行風邪除けである。これを他の者たちは流行風邪禍から逃れるために戸口に掛けたようだが、俺はお紺を想って日々愛でた。

日記に目を落としていた烏谷は、

「どうやら、陣野史郎は小錦屋のお内儀お紺に横恋慕していたようだ」

季蔵に日記を開いたまま見せた。

「なるほど」

続いて読んだものの、季蔵はぴんと来なかった。

「ここの女たちは、あやつを呑み気だけで、女っ気には疎いと言っていなかったか？」

「そうですね、でも、人は見かけによりませんから」

季蔵は曖昧に首を傾げた。

「あのような男にも女を想う一途な気持ちがあったのだろうが――」

しかし、烏谷は次を読んで顔色を変えた。


俺はとうとう、お紺の後を尾行ずにはいられなくなった。俺の見ていないところでお紺が何をしているかと想うだけで、どうしようもなく不安と怒りがこみ上げてくる。何とかしてお紺を俺だけのものにしたい。


「これは一途な想いなどではなく、阿芙蓉病みつきも手伝って常軌を逸した勝手な我儘の極みです」

――こんな相手のせいで命を奪われるとは――

季蔵はたまらない気持ちになった。

七

戸板が届けられて骸が番屋に運ばれた。烏谷と季蔵、田端と松次は直吉にお紺、加えて陣野史郎の三体の骸を前にして下手人を考え始めた。

　まずは季蔵が錦屋での調べから浪人者の用心棒陣野史郎の名が浮上し、提灯屋への依頼の事実を突き止めて住処(すみか)を訪れ、当人の骸に行き当たった次第と阿芙蓉、日記の話と続けた。

「こうした流れですと、錦屋のお内儀が危篤だというまことしやかな偽りで小錦屋の主夫婦を連れ出して惨殺したのは、阿芙蓉病みつきでお内儀のお紺に邪(よこしま)な想いを抱いていた、陣野史郎ということになります。丸に桜の錦屋の提灯を下げて二人を迎えに来た男は、背が高かったと隣家の女も言っていることですし。けれども、どういうわけか、わたしは今一つ、すとんと腑(ふ)に落ちないのです」

　季蔵は三体の骸を順番に見ていた。

――直吉さんとお紺さん、美男美女、あまりに似合いすぎる組み合わせは、このような不幸に見舞われてもおかしくないのではないかと思った。そして、陣野史郎。この男にも恋心があったことは日記でわかった。けれども、似合いすぎる夫婦と日記にあったような陣野の執拗(しつよう)な恋心とが、どうしても結びつかない。そもそも、生前こそ粗野であったろうが、根は善良そうな陣野の死に顔と日記の文との間にあまりの隔たりがある。そうだ、この文の傲岸(ごうがん)な思い入れの恋心はこの顔に宿るべきではなく、あの残虐性を秘めた顔にこそふさわしいのだ――

　季蔵はかつて許嫁(いいなずけ)だった瑠璃(るり)を横取りしようと、罠(わな)を仕掛けてきた主の息子の平たくのっぺりした、感情とは無縁な不気味な顔を思い出していた。

──自分の想いが叶わないとなると、夫もろとも相手を殺そうとするような身勝手な残虐性に操られている顔はあの手の顔だけだ──

「わたしも陣野の仕業と見做すには違和感がある。陣野はなにゆえ、刀を使わず備中鍬を殺害道具にしたのだろうか？」

田端の指摘を、

「あの長屋から備中鍬は出て来やせんでした。もしやと思って、厠や塵芥箱の中も探しやしたが、隠されたり、捨てられちゃあいませんでした。もちろん、土を掘り起こして埋めた跡なんぞもありませんでしたよ」

松次が支えた。

「そして何よりあの者の刀が使われた様子がなかった」

家捜しの折、田端は陣野の刀を調べて錆びかけているのを確かめていた。

「お侍ってのは、たとえ浪人してても刀が命でやすよね。備中鍬なんて泥くせえもんで二人も人をぶっ殺すもんですかね。しかも、あの殺し方、腹に一撃して相手を弱らせてから首にブスッでやしょう。陣野って男、用心棒に雇われるほどだから腕に覚えはあるはず。それとも、一度阿芙蓉病みつきってえ地獄に落ちちまうと、味噌も糞も一緒、やることが情けねえもんになっちまうんですかね。ちょいと言い過ぎました。こいつは寝言みてえな言い草でいけねえや」

珍しく皆の前で率直な物言いをした松次は頭を掻いた。

「たしかに陣野が下手人なら、なぜ刀を使わなかったのかと、わしも疑問に思っている」

烏谷は田端たちに同調しつつも、

「ただし、見つけた阿芙蓉の薬包や片想いの辛さをさんざん書き散らした日記の文、陣野が提灯を小田原屋に注文していた事実がある」

事実の重みを忘れなかった。

――まさか、日記の文から浮かぶ顔が陣野とは似ても似つかないとは言えない――

「長屋にあった阿芙蓉や日記が陣野のものだとするのは当たり前かもしれません。おそらく奉行所の調べではそうだと決めつけられるでしょう。けれども、誰も陣野が阿芙蓉を用いたり、片想いの歪(ゆが)んだ想いを書きつけている姿を見てはいないのです。しかし、陣野が錦屋出入りの提灯屋に注文に行ったことについては、その行いだけが動かし難い事実です。とはいえ、備中鍬同様、提灯も長屋にはありませんでした。ですから、陣野はただ、命じられて小田原屋へ足を運んだだけとも考えられます。そうなると陣野が阿芙蓉入りの酒で死んだということだけが真実なのです」

季蔵の言葉に、烏谷は、

「面白い考えだ」

首肯し、

「提灯注文までもが仕組まれたことになると、陣野はただの酒好きで阿芙蓉病みつきなどではなく、誤って阿芙蓉入りの酒を多く摂(と)り過ぎたというのも疑わしくなってきたぞ。陣野は阿芙蓉病みつきに仕立て上げられたのだ。そうだとしたら金は幾らでも要るゆえな。昨今、金目当てで用心棒が殺し屋になってもおかしくはあるまい。ようは殺し屋の頼まれ仕事だったように見せかけたのだ。この殺しの真の下手人は別にいる。しかし、そやつは念を入れ過ぎて墓穴を掘った。殺し屋に横恋慕の証である殺す理由を書いた日記など不要だ」

　このところ珍しい、わはははという会心の笑い声を上げた。

　すると田端が畳みかけるように言い放った。

「あと一ヶ所、この見せかけには辻褄の合わない裂け目があります。わたしも陣野が住んでいた長屋のかみさんたちの話を聞きました。あの長屋の若いかみさんの話では陣野は一昨日の夕刻、いつものように大徳利を抱えて帰ってきていたとのことでした。とすれば呑み助の陣野はすぐに酒浸りになるはずです。陣野は一昨日殺されています。その証に松山玄瑞先生は指摘されませんでしたが、陣野の骸はすでに柔らかでした。陣野が殺しを行い、長屋に戻って酒に混ぜる阿芙蓉の量を誤ったのなら、骸はまだ硬いはずです」

「なるほど真の下手人は生きている陣野に罪を犯させたのではなく、その骸に罪を負わせようとしていたのだな。ただし、このままではどうしても解けない謎が一つ残っている。ところで直吉とお紺、二体各々の骸を見つけた納豆売りと浅蜊売りの調べはどうだった？真の下手人は背の高い男でなければならぬのだぞ」

　田端たちを見据えた。

「どちらも番屋に報せてきた時と同じことを話しただけでしたが、しっかりと二人の背丈は確認できました。子どもじみた納豆売りも男前の浅蜊売りも背丈は松次よりやや低かったので、むしろ小柄な部類だと思います」

田端が神妙な顔で応え、

「下手人が大男だってえのは、小錦屋の隣に住んでたお松って女が言ってたことでしょう？　それだけ――。だとしたら、相手が黒い頭巾を被(かぶ)ってぞろっとしてたもんだから、見間違えたのかもしれやせんぜ。見知った丸に桜の紋付きの提灯と、はじめて見る人の様子とはわけがちげえますよ」

松次は臆(おく)せずに思ったことを口にした。

「真の下手人が小柄だった可能性はあります。見間違いではなく、背の高さもまた仕組まれていたのではないかと思います」

松次の言葉に頷いた季蔵は、

「急ぎ市中にある芝居小屋全てを調べて、お公家(くげ)さんが出てくる芝居に使う烏帽子(えぼし)が盗まれていないか確かめてください」

烏谷に向かって強く言った。

「頼むぞ」

力の籠った目を向けられて命じられた田端と松次は、

「承知いたしました」

「わかりやした」

勢い込んで番屋を後にした。

こうして田端と松次は市中の芝居小屋を調べた。千両役者を抱える芝居小屋では、ことある毎(ごと)にお上の風俗取り締まりに遭って休業させられることが多い。それもあって、盗みがあっても訴えはしなかった。お上とは極力無縁でいたいという警戒の表れであった。そこで田端は、

「それでは仕方ない。得意先元帳を出せ。贔屓客たちからも話を聞きたい」

相手は観念したのか、

「恐れ入りました。ご贔屓のお客様方はわたしどもにとって宝です。このお方も古くからの大事なお客様ではございますが、実は――」

時代物で用いる直垂(ひたたれ)姿の武士の盛装一式を錦屋の大番頭伊久三が訪れて、しばし、金十両で借りたいというので、貸し出したことを認めた。

「錦屋さんには代々、舞台の幕をお願いしてきていて、持ちつ持たれつの間柄でした。今の錦屋のお内儀さんは娘時代から芝居好きで、長くわたしどものところへ通ってくれていました。そのお内儀さんが寝付いてしまい、もう芝居見物はできないので、その一式をつけた旦那様をご覧になりたいとのことでした。その一式とは義経(よしつね)が官位を賜(たまわ)る時の晴れ姿で舞台の義経には欠かせない物なのです。すでにお返しいただいております」

「うむ。しばし借りるぞ」

田端は有無を言わせず、装束一式を借り受けて番屋に向かった。装束の中には、掛け緒と言われている紐で頭に固定する折烏帽子があった。これを中背の松次が被って黒い頭巾で頭と顔を覆い、高下駄を履き、目だけを見せたところ、

「そう、それ、それよぉ」

お松は興奮気味に何度も頷いた。

番屋には錦屋の主染右衛門と大番頭の伊久三も呼び出していた。

二人は深く頭を垂れ、罪を認めた。

「用心棒に雇っていた陣野史郎を道連れにしたのはお察しの通りです。わたしは背丈のある方ではないので大男に見せて、罪を着せる相手がいれば見破られないと思いました。女房は一人娘でわたしは奉公人同様の貰い子から入った婿養子です。孤児で先代夫婦に拾われたわたしは養子とは名ばかり、義父母を主と仰いで懸命に働き、やっと認められて婿になりました。それでも女房は菩薩のように美しく優しい女でしたので夫婦の暮らしは幸せでした。難はわたしとの間に子が出来なかったことです。ですのでいずれは女房が可愛がっている姪を養女にして、かつてのわたしのように頑張っている直吉を婿にするつもりでした。わたしも厳しく仕込まれましたので直吉にも辛く当たったことがあるやもしれません。けれどもこれが当人のためであると信じていました。いずれは店主にして錦屋が継がれて栄えていくのを感じながら、気楽な隠居暮らしを楽しむ――それがわたしたちの夢でもあったのです。ところが直吉はお紺と夫婦になって独り立ちしたいと言い出し、気の優

しい女房は内心、がっかりしながらも反対するわたしを止めて、暖簾分けを許しました。病弱な女房の胃の腑に触れるとわかる悪い出来物が見つかったのはこの頃です。やがて大きくなる出来物のせいで女房は痛みを訴えるようになり、医者が富者の痛み止めだと勧める阿芙蓉を使うしかなくなりました。これを使えば好きな芝居見物等、死ぬ寸前まで出かけて余命を楽しむことができると言うのです。さらに医者はこのような死病に取りつかれた患者の家族に対しても、心の緊張や絶望を癒す効き目があると言って、わたしにも勧めてきました。当初はこうした阿芙蓉使いも女房につきあっているつもりでしたがやがて――」

そこで声が掠れた染右衛門は一旦言葉を切って、ため息を一つ洩らしてから咳払いをして先を続けた。

「流行風邪禍とこのところの不景気が重なって、錦屋の売り上げはがくんと落ちました。どんなに努力しても駄目なのです。それこそ、大番頭の伊久三と手分けして、何度も幕の注文を取り付けようとお得意先を廻っても無駄足でした。どこも苦しく、とても値の張る幕まで新調する余裕がないというのです。休業の長かった芝居小屋まで口を揃えていました。そして、女房はきちんと薬の量を守れているというのに、わたしが一日に使う阿芙蓉の量は増え始め、気がついた時はもう店を仕舞うしかなくなっていました。片や直吉、お紺の小錦屋はお札代わりの『ここあきや』の暖簾の大成功でその勢いはうなぎのぼりなのです」

「小錦屋さんに金策を頼もうとは思わなかったのですか？」

　季蔵は訊かずにはいられなかった。

「恥を忍んで直吉に金を貸してほしいと頭を下げようかとも思いましたが、いざとなるとできませんでした。錦屋には長きに亘る幕染めの老舗としての誇りがあります。そんな錦屋の主が暖簾分けした先のしかも、幕ではない安っぽい暖簾売りに頭を下げるなど、もってのほかだと御先祖様の怒りの声が聞こえてきそうでしたから。わたし自身もそう思いました。患ってもうそれほど先のない女房も哀れでした。そんなある日、直吉がわたしを訪ねてきて病臥している女房に挨拶をした後、暖簾の他に『ここあきや』の小物を作り、大々的に売り出したいから力を貸してほしいと言ってきました。一緒に組めば江戸だけではなく、上方でも大売れするというのです。たしかにその通りかもしれません。錦屋の窮状を知っての助け船だとすぐわかりましたが、錦屋が安物売りの片棒を担ぐのは気が進まず、断りました。その実、今まで気持ちを抑えることができた阿芙蓉が量を超えて使い続けているせいか、不眠と激昂につながり、気を高ぶらせていたのは自分自身でした。小錦屋と直吉、お紺夫婦への憎しみが炎のように心に広がって良心を焼き尽くしたのです」

「この殺しの企ては冷徹に計算されています。ここまで恐ろしいことを企てることに迷いはなかったのですか？」

　季蔵は温和に見える染右衛門の顔を凝視した。

　――どんな人にも魔が潜んでいるということなのだろうが――

「殺しの企てで一番先に思いついたのは陣野先生の長屋にあえて阿芙蓉と一緒に残した、あの日記の思い詰めた文面でした。わたしたち夫婦はかつて、直吉を跡継ぎに決めて恋心にも似た夢を描いてきたのですから。この時からわたしは今までのわたしではなくなったのです。ですからおおよその殺しの手順を考えたのはわたしです。当初は二人一緒に殺すつもりで遠回りの掛札場の前と決めていました。ここは錦屋と小錦屋のちょうど中ほどにあって助けはまず来ないところだからです。ところが姿を変えて小錦屋に二人を迎えに行った時、夫婦が一緒に出られないとわかって、咄嗟に二人を歩かせる道を各々変えました。直吉には遠回りを歩かせることにして、お紺の方は近道の大しだれ柳の下で殺すことにしたのです。大しだれ柳の下に捨てられていたわたしはこの大しだれ柳が大嫌いでした。わたしにとって頭に浮かべたくない禁忌ではある一方、憎しみを託すにはふさわしい場所のように思えました」

「では小錦屋夫婦の一粒種を手に掛けなかったことを悔いているのですか？」

季蔵は息を止めた。

「あの時のわたしは直吉、お紺ばかりか幼子の男の子も手に掛けるつもりでした。わたしたち夫婦は子宝に恵まれなかったというのに、成功だけではなく跡継ぎまで得てしまったあの夫婦が憎く、その憎しみは二人の間の子にも向いていたからです。けれども今ではあの子が風邪で熱を出していて、本当によかったと思っています」

そう告げて眼下の膝の上で両手を開いた染右衛門は、

「今日、店を出る時、女房をこの手で旅立たせてきました。女房に頼まれたからです。病弱なゆえか勘の鋭かった女房は、わたしと伊久三の普通ではなくなっていた言葉や気配で、おそらくこの悪行がわかっていた様子でした。死に際の言葉は『小錦屋の幼子の命を奪わなくてよかった、それだけがせめてものわたしたちの救いです。先にあちらへ行って詫びています』でした。もう思い残すことは何もありません。覚悟は出来ております」

妻殺しをも白状して肩を落とした。

伊久三の方は、

「小錦屋夫婦殺しは旦那様とてまえ、どちらからともなく言い出したことでした。てまえは旦那様とお内儀さんが目をかけていた直吉に裏切られたと思っていましたし、器量好しのお紺は持ち前の色香で直吉をたぶらかした女狐だと思っていました。それゆえ二人の成功は錦屋を踏み台にしている、そのせいで本家本元が傾いたのだと怒りを持っていました。旦那様とてまえは殺しの分担を決めました。旦那様が大男に見せかけて小錦屋夫婦を深夜に誘い出して殺す。殺し道具の備中鍬と姿を変える折烏帽子はてまえが考えました。そしててまえが陣野先生に錦屋の提灯を注文させ、好きな酒に阿芙蓉を混ぜた大徳利を持たせて長屋に帰し、骸になっている頃を見計らって、旦那様に言われた通り、阿芙蓉の包みと日記を布団の間に挟みました。後悔はしていません。権現様以来の古式ゆかしき老舗錦屋に命を捧げられてよかったと思っています。てまえは老舗には欠かせない年老いた独り身の奉公人、白ねずみの誇りを全うできたんです」

幾分微笑んだかのように見えた。

それから一月ほど後、錦屋染右衛門と伊久三は市中引き回しのうえ、斬首された。

田端宗太郎の熱心な聞き取りにより、染右衛門に阿芙蓉を勧めた医者が、牢医にして骸医も兼ねていた町医者松山玄瑞であったことが突き止められた。

「今の今まであの男はぞんざいながら骨があると思っていたが――」

烏谷はがっくりと肩を落とし、

「何が何だかわからぬ世になった」

田端は頭を抱え、松次は、

「よりによって、医者が人殺しの片棒を担いでたなんてねえ、世も末ですぜ」

ずばずばと思いを吐き出した。

捕らえられた当の松山玄瑞は、

「子を産み続ける若い妻にもう産むなとは言えませんでした。その上見かけのいい妻は着道楽でした。流行風邪禍の間でも医者にかかったり、こちらが処方する薬に頼る者は富裕な一握りでしたし、その手の者たちは法眼等、名のある医者を選ぶんです。とにかく我が家は常に生計が苦しくて、牢医や骸医を引き受けたのも少なくはあったが月々の手当があったからです。とはいえとても足りず、人づてに聞いた妙薬が取引されているという廃寺へ行ってみると、金子と阿芙蓉が置かれていました。金子だけ貰って阿芙蓉は始末しようと思いましたが、これだけの金子となるとやはりどこかに見張りの目があるはずだと思い、迷っているうちに妻が金子に手を付けてしまいました。それからはもう夢中で富裕者の気鬱に阿芙蓉治療を勧めました。後戻りは出来ませんでした。阿芙蓉が足りなくなるとその寺へ行って補充しました。初めての時に阿芙蓉に添えてあった金子がこちらの取り分だと了解しました。阿芙蓉常習の怖さも知っていて、当初は額の大きさに躊躇しましたが、そのうちにあまり何も感じなくなりました」

　と罪状を語り、御白州で八丈への遠島の沙汰が決まると、

「救われました。阿芙蓉悪用流通の悪人のまま首を打たれるのを覚悟していたからです。これでわたしもやっと医者に戻れる機会ができました。医者として死ぬことができるかもしれないという希望の光が見えました。妻は去り、残していく子らのことは気がかりでしたが、お奉行様のお力で兄弟姉妹が離れずにすむ養子先をお決めいただきました。安心いたしました。八丈には医者らしい医者はいないと聞いています。ですので八丈でおのが医者にあるまじき深い罪を償いつつ、せめて命があるうちは、島の人たちのために精一杯、医術を役立てたいと思います」

　玄瑞は目に涙を浮かべた。

第二話　小羽(こば)いわし

一

このところ季蔵(としぞう)は塩梅屋(あんばいや)の離れに寝泊まりすることが多い。安くて新鮮な魚介を手に入れるためである。値の相談も届けてくる漁師とするようになった。

「売り物にならない魚を分けてくれませんか？」

交渉したところ、

「田んぼや畑の肥やしに撒(ま)かれちまう小羽(こば)イワシなら、毎日、あがった分だけ分けてやるよ。あんたなら肴(さかな)や菜にしてくれるだろ。小羽だってイワシなんだから、人に食べられなきゃ気の毒だ。安くしとく。肥やし作りの奴(やつ)らは偉そうに値切る。我慢なんねえと思ってたとこさ。ただし、肥やし作りの商人(あきんど)は来るのが早えんで、その前にここへ運ぶ。夜が明けるか明けないうちにここにいてくれ」

その漁師は日焼けした顔を綻(ほころ)ばせて頷(うなず)いてくれた。

この日の早朝、その漁師が大籠(おおかご)五籠もの小羽イワシを置いて帰った後、明け六ツ（午前

六時頃）を過ぎて店に出てきた三吉が、

「へーえ、干し牡蠣の次はイワシなんだね。それにしてもずいぶんと小さいイワシだな。大きい金魚みたい」

　量の多さと小ささに驚いた。

　イワシには多くの種類があるが、中でも真イワシは大きさによって呼び名が変わる。七寸（約二十センチ）以上のものを大羽イワシ、三寸（約九センチ）に満たないものを小羽イワシまたは平子イワシといい、その間のものを中羽イワシと呼ぶ。

「こいつがちょい大きくなると朝餉に食べてる目刺になるのかな？」

「いいや、目刺にするのはカタクチイワシかウルメイワシだ」

　目刺は干物の一種でイワシを塩漬けにした後、目から下顎へ竹串やワラを通して数匹ずつ束ね、乾燥させたものである。七輪の上でこんがりと網焼きにすると飯の恰好の菜になる。

「どうしてこいつらは目刺になんないの？」

　首を傾げた三吉に季蔵は、

「ところでどうして、イワシが安いか知ってるか？」

　問うた。

「そりゃあ、馬鹿みたいに沢山獲れるからだよ、決まってる」

　三吉は得意げに応えた。

「それではイワシは美味いか？　不味いか？」

「そんなこと聞かれなくても――。煮ても、焼いても、揚げても、刺身でも美味しいのがイワシだよ‼　文句なしっ」

三吉の言葉が跳ねた。

「たしかにおまえの言う通りだが、脂が多いせいもあって、イワシは保ちが悪すぎる。鰓の色がすぐ変わってしまって活きが落ちる。ウルメイワシやカタクチイワシは真イワシよりも保ちが悪い。それで干物にするしかないのだ。ウルメイワシの丸干しは絶品だと聞くし、大きめのウルメイワシは開きにするとたいそうな美味さだというが、海産物屋に頼んでも、なかなか手に入らない」

「なーるほど、イワシも深いんだね。そうそう、生まれて間もない、薄ねず色の糸切れみたいなイワシの子を塩茹でして干したのが、ちりめんじゃこだったよね。おいらだって知ってることあるんだよぉ」

三吉はぴしゃりと両手を打ちあわせた。

「ちりめんじゃこはカタクチイワシの子が一番美味い。それと正月に豊作と長寿を託して食べる田作りには、カタクチイワシのちりめんより少しばかり大きくなったものが使われる」

「それ、ごまめとも言うよね。ごまめのまめはまめに動くってことで達者な証ってことだって、おっかあが言ってた」

「では、小羽イワシを目刺にしない理由に戻るぞ。目刺にして売るには干すと身が縮むこともあって、この大きさでは小さすぎるからだ。もっとも海辺に住んでいる人たちは、自分たち用に小羽でも目刺にしているかもしれないが、たいていが余ったイワシは種類を問わず商人が買い付けて肥やしに作られる。言い忘れたがそれが田作りの謂れだ」

「食べられないで肥やしかあ、何か悲しいね、それにちょい悔しい」

「肥やしも必要だから仕方がないのだろうが、届けてくれた漁師さんもおまえと同じような想いのようだったぞ。わたしも同じだ。ここは一つ、小羽イワシを保たせて、飛び切りのイワシ料理を拵えてみようと思う」

季蔵が示した心意気に、

「よしっ、おいらも頑張って手伝うぞお――」

三吉も怪気炎を上げた。

早速二人はイワシの保ち料理に取り掛かった。

「イワシを保たせて料理に使うための下拵えをしてみようと思う」

季蔵の提案に、

「あれっ、糠に漬けるっていうのはないの？　簡単だしおっとうの好きな肴だから、おっかあはいつもイワシを菜にする時、別に取り分けて漬けてるよ」

珍しく三吉が主張した。

「イワシの頭と腸を取ってよーく水で洗った後、水分を拭き取っておくでしょ。次は米糠と塩、細かく切った鷹の爪を大鉢に合わせると、漬け床の出来上がり。これを掬ってイワシを覆うようにまぶすんだけど、その時、お腹にも糠を入れる。漬け床の大鉢の中にこのイワシを埋め込んで一晩は寝かせる。食べる時は水洗いして糠を落としてから七輪の丸網に載せて焼く。漬けて次の日から食べられるけど、おっかあが忘れててちょっと古漬けになってもまた別の美味さがあるんだって、おっとうが言ってた。おいらは飯に合わせるから漬けて三日目ぐらいがいいな」

三吉はすらすらと作り方を話した。

「たしかにイワシの糠漬けはどこの家でも簡単に作れる保ち料理で、肴にも菜にもなる優れものだが、ここ塩梅屋はなにぶん、銭をいただいて肴や菜を供しているから、それでは──」

「そうだったよね。わかった、おいら、イワシの糠漬けは我が家の一押しにしとくよ」

三吉は素直に頷いた。

「それじゃ、始めるぞ」

季蔵は威勢よく掛け声をかけて、まずはイワシ煮から始めた。

イワシの下拵えは頭を切り落とし、腸を出した後、水でさっと洗う。さらに薄い塩水で丁寧に洗い清め、水気をよく拭き取る。

「おいら、これ得意」

三吉の手の指は見かけによらず細く器用に動いて、小さな小羽イワシの下拵えに適していた。

大鍋に水、酒、それから酒に裏ごしした梅干しを加えて煮切った煎り酒を合わせて火にかける。ここに下拵えの済んだイワシを入れてさっと煮上げる。できあがったイワシ煮は平たく大きな鍋に並べて、冷暗所で保存する。

「今年は寒いから四、五日は保つだろう」

これを使って季蔵はイワシの紫蘇風味とイワシの生姜煮を手早く拵えた。

紫蘇風味の方はイワシ煮を中鍋に取り、水、醤油、酒を同量合わせたものをひたひたに注ぐ。梅干しを漬けた赤紫蘇を載せ、ゆっくりと煮詰める。炒り胡麻を振って供する。

赤紫蘇を生姜の千切りに変えてゆっくりと煮ると生姜煮になる。

見ていた三吉は、

「残念、飴みたいな煮汁で絡めるごまめと違って、砂糖も味醂も入れないんだね」

当てが外れて気落ちしたように見えたが、味見してみると、

「たしかにこの方が大人の味だ、イワシの旨味が際立って美味しい。おいらも早く大人にならなきゃ」

感心しつつ吐息をついた。

「次はイワシの空揚げと行こう」

季蔵は次に進んだ。

イワシの空揚げはイワシ煮とは下拵えが異なる。頭を切り落とすところまでは同じだが、

開いて縦に裂き、骨を取り除く。

「こいつもおいらの十八番」

三吉は浮かれた物言いで次々にイワシの背開きをこなしていった。これらもイワシ煮同様よく洗い、最後は塩水で清める。天婦羅用の大鍋に油を入れて火にかけ、片栗粉をまぶした背開きのイワシを揚げていく。イワシははじめ少なめに入れ、鍋の温度が高くなるにつれて入れる数を増やす。香ばしく狐色にからっと揚げる。

「このままでも美味いぞ」

季蔵はそのままのあつあつを食べた。

「おいらはやっぱしこれ――、この方が沢山食べられちゃうし」

三吉は塩をぱらぱらと振って、五尾ほどあっという間に平らげた。

いい匂いはイワシの空揚げによるものだけではなかった。ふっくらと白飯の炊きあがる匂いも混じって店に立ち込めている。

「そろそろ昼餉にするか」

声を掛けられた三吉は、

「合点承知」

すぐさま飯茶碗を取り出そうとした。

だが季蔵は、

「待て待て、慌てるな」

三吉を止めて、

「イワシの空揚げは揚げたてが美味いのはわかっているが、日を置いて食べるとなれば冷めた空揚げで勝負だ。今ならイワシの空揚げは四、五日は保つ。今からこいつを使った料理を拵えるぞ」

拵え始めた。

二

季蔵が拵えたのはイワシの南蛮風味とイワシの空揚げの沢煮椀であった。

イワシの南蛮風味に用いる南蛮酢は酢、煎り酒、味醂、砂糖を小鍋に入れて一煮立ちさせて冷ましたものである。揚げたてのイワシの空揚げを平たい皿に並べ、半量の南蛮酢をかけまわす。輪切りにした赤唐辛子を散らして冷暗所で味を馴染ませる。

韮は茹でて冷水に取る。葱は微塵切りにして水にさらす。それぞれ水気を切っておく。

南蛮酢をかけたイワシの空揚げと韮、葱を和えて器に盛りつけ、残しておいた南蛮酢をかける。

早速味見した三吉は、

「おいら、夏の胡瓜の酢の物は好きだけど、寒い時の酢の料理って、冷たいしなんか寒々しくて、正直食べるの苦手なんだ。酢と寒さ、合わないんじゃない？　でも、揚げた小鰺の南蛮漬けはそこそこ好きだよ。けどイワシの南蛮風味には敵わない。イワシって大雑把な味だと思ってたけど、この料理で上品な風味があるんだって気がついたよ」

しみじみと言った。

次はイワシの空揚げの沢煮椀である。

「沢煮椀の沢の意味を知ってるか？」

季蔵は沢煮椀に使う人参、牛蒡、戻した干し椎茸を千切りにして下茹でした後、冷水に取った。全て水気を切り、たっぷりの昆布と鰹節で取った出汁に漬けておく。

「沢って川の沢の水のことだよね。それがどうして料理になんのかなあ？」

三吉は首を傾げて、

「わかりません、教えてください」

あっさり降参した。

「一つには沢山という意味で、これは青物がたくさん（沢山）入っているからこの名が付けられたという。二つ目は山間の広く浅い谷が沢なので薄い味付けという意味。三つ目は千切りの具が沢の水の流れに見えるという意味のようだ」

「青物をたっぷり入れる椀なら、けんちん汁もあるよ。あれも青物の出汁が混ざり合って美味しい。沢煮とどこが違うの？」

「けんちん汁は寺で作られたのが始まりで精進料理の一つだ」

「だから、イワシ等の生臭を入れるのは沢煮なんだね」

「元は猟師料理だったと言われている。猟師が山に入る際、日持ちする肉の背脂や塩漬けの鳥獣肉を持っていき、山菜と一緒に具沢山の汁を作ったことが始まりという説が有力だ。今回は鳥獣肉に勝るとも劣らない、旨味の脂たっぷりの滋養のある魚、イワシを使ってみた。あと長崎から伝わった南蛮料理を工夫したものだとか、長く豚を食べてきた薩摩料理の一種だという説もある」

応えた季蔵は椀を用意した。椀にイワシの空揚げと千切りの青物を出汁から取り出して盛り付け、出汁はあつあつに温めて椀に張る。さっと茹でた三つ葉を散らし、おろし生姜を添える。

「さあ、出来た、食うとするか」

季蔵が三吉に飯を盛るよう促した時、油障子が開いて、

「邪魔するよ」

岡っ引きの松次が入ってきた。

「お一人ですか？」

松次はたいてい定町廻り同心田端宗太郎と一緒に訪れる。一息入れるためで、下戸の松次は甘酒とその日にできた菜を飲み食いし、田端は四季を問わず湯呑みで冷酒だけを呷る。

――また、この間のようなことが起きたのだろうか？――

季蔵は不安に感じた。松次が年甲斐もなく恋に身を窶していたのは、つい半年ほど前のことであった。

「言っとくが今、あんたが案じたようなことじゃあねえよ」

松次は少々困惑顔で、万事心得ている三吉がすぐさま用意した甘酒を啜っている。その間も松次の目は三吉を捉え続けていた。

――これはいったい――

季蔵は不審を募らせながら、

「ちょうど飯にするところでした。賄いですがご一緒に如何です？」

松次に昼餉を勧めた。

「そりゃあ、有難てえ」

松次は笑みをこぼして、早速、イワシの南蛮風味と沢煮椀に箸をつけて、

「南蛮風味は酢と油とイワシ、これが恐ろしく合うねえ。それから沢煮椀てえのは、つくづく汁まで千両役者だよ。青物とイワシの出汁の絡み合いで、例えていやあ、相性のいい男と女、もう最高さね」

料理を艶っぽく讃えながらちらちらとまだ、三吉の方を見ている。もっとも食べるのに夢中な三吉は気づいていない。

――三吉に何かあったのだろうか？――

季蔵はまず松次と目を合わせた後、三吉の方を見てまた、松次の目に戻ってみた。松次の目が頷いた。

――やはり、三吉のことか――

合点した季蔵は、

「食べ終えたら良効堂さんで赤芋茎と花茗荷、蓼を、瀬戸物町の鰻屋で三開きほど鰻、嘉月屋の御主人から栗の蜜煮をもとめてきてほしい。次のイワシの空煮鱠の料理と合わせるつもりだ」

三吉を使いにだした。

ちなみに良効堂は江戸開府から続く老舗の薬種問屋で、昨今は薬草園の他に青物畑があり、烏谷の尽力で青物好きを募った頒布講を始めてからは、筵で四方を囲い油障子で種苗を覆った促成栽培も試みている。そのおかげで四季を超えて入手できる青物が増えた。

瀬戸物町の鰻屋は昨日、今日、明日までが旅鰻の安売り日であった。将軍家の贅沢な暮らしを物語る下水に含まれる滋養によって、江戸城の堀で丸々と肥える鰻と異なり、江戸近郊の河川で獲れる旅鰻には独特の芳しい風味があった。季蔵にとって鰻は脂ではなく風味なのである。

また菓子屋の嘉月屋では、常に秋から翌春までより保つよう煮含められた栗の蜜煮が蔵に蓄えられている。菓子に使うだけで売り物ではないのだが季蔵とは長いつきあいの主の好意で都合して貰うことができた。

「お茶を淹れましょう」

季蔵はほうじ茶を湯呑みに注いで松次に出した。

「何か、三吉にまずいことでもありましたか？」

おそるおそる訊ねた。

「まずいことじゃあねえが――」

松次は言い出しにくそうではあったが、

「錦屋の主と大番頭がしでかした殺しのことで、小錦屋夫婦の骸を見つけた納豆売りと浅蜊売りをお奉行様に命じられて調べたろ？　実はな、あんたのよく知ってる奴らだったんだ。田端の旦那はああいう人だから、殺しとも関わりがなかったことだし、きっと黙ってるだろうけど、俺は気になってな、あんただって知れば気にするよ」

――田端様とて松次親分が怪し気な女に付きまとわれていた時は案じて、わたしに報せてくれた。ようは今回、松次親分ならわたしに黙っていることなどできはしないと察してのだんまりと見た――

「是非とも教えていただきたいです」

季蔵は松次を促した。

「納豆売りは今さっきまでここにいた三吉で、浅蜊売りの方はあんたとは長い縁のある船頭の豪助だよ」

聞いた季蔵はしばし呆然とした。

「そんな――。何も聞いていません」

なかなか言葉を継げずにいたが、

「暮らしのためですね」

松次に念を押す形になった。

「まあ、そうだろうよ」

大きく頷いた松次は、

「今時は大店(おおだな)だって錦屋のように苦しい世の中だから、下々が暮らしに詰まることだってある。けど、そん中に知り合いがいるっていうのは因果で結構辛(つら)いことだと思う。でも、知らなきゃ、助けにもなんねえだろ。あんたなら知りたいはずだと俺は思った」

床几(しょうぎ)から立ち上がった。

「どのくらい前からです？」

「二人とも二月ほど前からだと言っていた。米やいろんな食べ物が高くなった頃(ころ)からだ。あれには誰でも難儀だったろうよ。俺が何とかやっていられるのは一人暮らしだからだ」

「報せていただいてありがとうございました」

季蔵が頭(こうべ)を垂れると、松次は軽く手を振って店を出ていった。

——それにしても、あまりこのところ会わない豪助はともかく、三吉が納豆売りをしていたことに気づかずにいたとは、何とも——

三吉は塩梅屋に雇われる前は、柄こそ大きくはあったがまだ子どもだというのに天秤棒(てんびんぼう)を担いで納豆売りをしていた。借金を背負わされた両親の支えになっていたのである。そんな三吉のけなげさを買った烏谷が借金を肩代わりし、塩梅屋での下働きを勧めたのである。

——この店を一時閉めて粥(かゆ)や丼(どんぶり)ばかり売っていた、流行風邪(はやりかぜ)の真っ最中、三吉一家も流行風邪にやられていた。その間、お奉行の助けはあったものの、やはりこちらも苦しかった。けれどもそこは工面して、三吉の家に粥や丼を届けただけではなく、給金を払い続けた。それなのにどうしてまた三吉が納豆売りまでしなければならなくなったのか？　何かあったとしてもわたしに打ち明けてほしかった――

季蔵は解せぬまま、イワシの空煮鱠を拵え始めた。

――何かしていないと落ち着かない――

三

幸いイワシの空煮鱠は手間がかかり、その間、季蔵は三吉のことを考えずに済んだ。

イワシの空煮鱠の下拵えは頭と腸だけではなく尾も切り落とす。臭みが強い腹の中は丁寧に洗い、塩を入れた冷たい小盥(こだらい)に放(ほう)っておく。こうすると臭みもさらに抑えられ身が締まる。

その後、ひたひたの湯でさっと茹で、茹で汁を半分捨てる。捨てた分、酢を足して昆布も入れる。落し蓋(ぶた)をしてことことと骨まで柔らかくなるまで煮ている間に、おからに豆乳を入れて柔らかく伸ばし、漉(こ)し器で漉す。これに漉したイワシの煮汁を加え、酢、砂糖、塩、卵黄も加えて混ぜながらゆっくりと煮て、冷まして漬け床にする。

平たい皿に骨まで柔らかくなったイワシを並べ、上に冷ました漬け床を載せる。重ねて漬けるとイワシの皮が剝(は)がれやすくなって見た目が悪くなるので、重ねずに仕込むと何皿ものイワシの空煮鱠が出来上がる。

　手間がかかるだけあって、ここまで凝ると七日は保つ優れ物である。

　この後、客たちに配る紙にイワシ煮、イワシの空揚げ、イワシの空煮鱠の保ち食三通りの拵え方と、これらを使った料理を書きつけていたところに、

「只今ぁ」

　三吉が戻ってきた。

「買ってきたよぉ」

　三吉のもとめてきた材料が広げられた。季節外れなのと野生ではないせいでやや葉が小ぶりで辛みが弱い蓼、旬ぎりぎりの花茗荷とヤツガシラの茎の赤芋茎、鰻四開き、栗の蜜煮。

「赤芋茎と花茗荷、蓼は季蔵さんが良効堂の頒布講に入ってるし、栗の蜜煮は嘉助旦那がおいらに残りは食べなさいって、どっちも無料。安売りの鰻は中途半端に余ったから、四は死だってえ縁起を担がなきゃ、一開きおまけしてやるってことで――」

　自慢げに報告した。

「いいところに帰ってきてくれた。これでイワシの空煮鱠を使った料理を拵えることができる。いいか、よく見ていて、残りを書いてくれ」

　季蔵は書きかけの紙を指差すと、早速イワシの空煮鱠を使った料理に取り掛かった。

　まずはイワシの空煮鱠春望酢かけを拵える。初鰹や鮎の焼き物に欠かせない蓼酢を工夫

したのが春望酢で、これは当たり鉢で当たった蓼酢に、煎り酒、柚子の汁、味醂を合わせて、片栗粉でとろみをつけたものであった。

赤芋茎はよく洗い皮を剝き、酢を落とした湯で下茹でしておく。食べやすい大きさに切って出汁、味醂、酢、煎り酒、塩で煮含める。

ここで季蔵はまだ盛りつけずに、

「次の秋の酒肴盛に行くぞ」

掛け声をかけた。

まずは厨にあった細めの牛蒡を洗って四つ割りにし、醬油、味醂で薄味に整えたもので煮付ける。これは鰻の八幡巻きには必須である。

開いた細めの旅鰻は八幡巻きに適している。鰻の皮を外側にして牛蒡を巻き、たれ焼きにし、そこそこ冷めたところで切り分けるのだが、イワシの空煮鱠もほぼ同じ大きさに切る。

「重箱を二重ね用意してくれ。紅葉の絵柄のを頼む」

三吉に言いつけた。

「承知」

離れの納戸へ走った三吉は、紅葉柄の会津塗りを抱えて戻ってきた。

重箱には上下の仕切りがついている。

上側には赤芋茎と花茗荷を添えたイワシの空煮鱠春望酢かけの器と、供する時にかける別添えの春望酢を大きめの猪口に入れて納めた。下側には小さな取り皿三枚各々に、粒山椒を載せたイワシの空煮鱠、鰻の八幡巻き、栗の蜜煮を盛りつけて重箱を埋めた。ちょうど二重ね分が出来上がったところで、

「使いを頼んで、南茅場町のお涼さんのところまで一重ね、届けてもらってくれ」

季蔵は三吉に頼んだ。

お涼の家では季蔵の元許嫁瑠璃が数奇にして哀しい過去を経て、深く心を患う病身をかこっている。

「ちょっと待って、あの、実はさ」

三吉が切り出した。

――納豆売りの副業のことだろうか？――

季蔵はいよいよだと覚悟した。

「重箱の栗の蜜煮はこのままにして、瑠璃さんとかお涼さん、お奉行様にとっておきのお菓子を作っちゃいけない？　この時季だけの特別なお菓子」

「とっておき？」

思わず聞き返すと、

「ん、それ、肴にもなっちゃうから、作るのに要るものが手に入ったら、お菓子の師匠嘉助旦那、こっそり自分の分だけ作って、一杯やるんだって。余った材料、貰っちゃった。ほらね」

三吉は両袖から蕎麦粉と一房の葡萄を取り出した。

「葡萄とはな――」

甲州（山梨県）で収穫される葡萄の実は傷みやすいこともあって、江戸では富裕層が料亭で楽しむ程度で庶民が食するのは難しかった。

「それじゃ、おいら作ってみるからね。大丈夫、嘉助旦那は葡萄入り栗きんとんの蕎麦衣巻きって呼んでて、おいら、作り方、よーく見てたから」

三吉は蕎麦粉を季蔵がいわしの空煮鍋で残した豆乳と混ぜて、

「このまま、しばらく置くんだ。その間に――」

栗の蜜煮を軽く潰して煮汁を切ると、漉し器で漉してきんとんを拵えはじめた。

「旦那が言うには栗の蜜煮って、固い鬼皮と渋皮を剝いて、砂糖と水の入った鍋に入れてゆっくり含め煮にするだけだから、栗の良し悪しが勝負だって。ってことは年によっては美味しい栗きんとんにはありつけないってことだよね」

などと楽しそうに笑いながら仕事を続けた。

「そろそろ、良さそうだ」

三吉は豆乳と混ぜた蕎麦粉を玉杓子に取り、薄く油をひいた平鍋に広げて、薄焼き卵のように焼いた。

これを紙を敷いた巻簾の上にとってしばらく冷ます。冷めたところで栗の蜜煮のきんとんを平らに広げ、中央に皮を剝いて種をとった葡萄を並べる。葡萄を芯にして巻き、一寸

（約三センチ）ほどに切り分ける。

「食べてみて」

季蔵は三吉に勧められた。

箸を手にした季蔵は、

「海苔巻きに似ていて遊び心もあり、蕎麦、栗、極めつけは葡萄で秋を満喫できる」

——滅多に口に入らない葡萄は瑠璃の秘した好物だった。好きだと表立って言わないのは、値が高すぎたからだ。瑠璃は絵を得手としていた。それでこの時季、元気だった頃の瑠璃は始終、美味なだけではなく、形まで美しいと言い、葡萄が描かれた絵を模していたものだった。だからこれを是非とも瑠璃に食べさせたい、あの時のことを想い出してほしい——

しばし複雑な想いに陥ると、

「これも重箱に納めるとしよう」

栗の蜜煮を飾り程度に二つばかりに減らして、葡萄入り蕎麦衣巻きと差し替えた。

三吉は使いを呼びに行き、蓋が紅葉柄の重箱の一重ねはお涼の家へと運ばれて行った。

「こういう御馳走、しばらくぶりだよね」

三吉はまだ蓋をしていない残った重箱をじっと見つめている。

「綺麗だし、なつかしいし、ぞっこん美味しいだろうし、おいら、何だか——」

三吉の指が目をこすった。

——たしかに今、多くの人たちにとってこうして愛でる料理など高ねの花だ——

「今日はもういい。これを土産に家に帰れ」

季蔵は蓋をして風呂敷で包んだ。

「えっ？」

三吉は目を丸くした。

「いつもご苦労さん、たまには言葉のほかにも労わせてくれ」

「でもお客さん、今日も来るよ、おいら、いないと——」

「今日はわたしが何とかする。とにかく休め」

「ほんとにいいの？」

三吉は上目遣いに季蔵を見た。

「もちろん」

「こんな御馳走を土産にしたら、おっとうもおっかあも驚いて腰を抜かすよ」

「それは楽しみだ。喜んで貰えるのはこちらもうれしい。さあ、早く——」

微笑んだ季蔵は、風呂敷で包まれた重箱を抱き締めて戸口を出る三吉を見送った。

——三吉にどうして納豆売りまでしているのかとうとう聞けなかった。給金を払っていることの恩着せや非難になりかねなかったからだ。まだ気にはなるが、あの明るい笑顔が見られるうちは安心だと思いたい——

暮れ六ツ（午後六時頃）にはまだ間がある。季蔵は幾品か、手近な材料を使って、思いついた保ち肴や保ち菜を拵えてみることにした。

四

初めに思いついたのは半熟卵の醬油漬けであった。卵を二十個ほど買い置いてあったからである。半熟卵は指を入れて飛び上がるほどの熱さではなく、一瞬なら我慢できる程の熱さの湯に卵を入れて、千五百数えて引き上げる。冬場は湯の熱さが保てないので消えかけている火鉢に鍋をかける。

その後、水に落とし殻をむく。

出汁、味醂、醬油を合わせてたっぷりの漬け汁を用意する。これを鍋にとり、殻をむいた卵を入れて全体に漬け汁がかかるようにして蓋をする。ふと甘党の松次の顔が浮かんできたので、鍋の半分を鉢に移し、大事にとってあった蜂蜜（はちみつ）を垂らした。

——だが、これに味が染（し）みるのは二日後だ——

季蔵は今作って何日かしても食べられるものも拵えたくなった。

——そうだ、イワシ煮を工夫して白飯や茶漬けに合う、イワシの佃煮（つくだに）を拵えよう。おおぶりな真イワシで拵えるのとはまた別のあっさりしていて繊細な味が楽しめる——

閃（ひらめ）いた季蔵は平たい鍋に保存したイワシ煮二十尾ほどを組板（まないた）に取ると、尾を落として、一寸（約三センチ）の筒切りにした。これをたっぷりの水に半量の酢を加えた鍋に入れて煮汁がなくなり、骨が柔らかくなるまで煮る。

さらにこれを別の鍋にとって、酒、醤油、砂糖、千切りの生姜をひたひたに入れて煮詰める。

イワシを取り出して冷ます。乾いてくると皮の部分が黄色に光ってくる。この脂の照りとしっとりした食味が何とも食欲をそそる。

季蔵は拵え方を書く際に、

——品書きは〝イワシの佃煮〟ではなく、〝お茶漬け小羽イワシ〟としておこう——

他に何かないかと探していると蕪が何個か見つかった。

——これは甘酢漬けに限る——

蕪の甘酢漬けの肝は剝き方にある。くるくると蕪を廻して帯のように切り取っていく桂剝きでなければならない。蕪を厚めの桂剝きにして塩水に漬け、しんなりしてきたら甘酢に漬ける。甘酢は水と酢、砂糖を合わせたもので、さらに赤唐辛子を一、二本入れる。

——しまった。食べ頃は早くて明日だ——

季蔵は田端を思い出して、昆布スルメを拵えることにした。肴を頼まず酒だけを飲み続ける田端ではあったが、なぜかスルメだけは肴にする。

昆布スルメはそのスルメを焼くのではなく、酒と水を合わせた中で胴の部分を戻し、同様に戻した昆布と共に千切りにする。スルメと昆布の戻し汁を合わせて煎り酒、味醂、少量の砂糖で味付けし、千切りのスルメと昆布を入れてゆっくりと炊き上げる。

これは亡き塩梅屋先代長次郎が書き残した日記にあった品書きの一つで、拵え方の他に以下のように書き添えられていた。

スルメも昆布も水と酒で戻してしまうと出汁が出てしまい、不味いと思いがちだがそうではない。戻し汁を調味してスルメと昆布を煮ると、じわじわと一度出ていった旨味が戻って極上の味わいとなる。スルメと昆布の千切り、ようは切り方にも極意が隠されているように思う。献立に窮した時の箸休め、肴、飯の菜に最適である。

――そういえば豪助はこれが好物でやたらと食べていたな――

厳密に言えば田端と豪助の嗜好は異なる。田端はスルメ好きだが豪助は昆布スルメに目がなかった。

――浅蜊売りをしている豪助の方が、三吉の納豆売りよりもさらに意外だ。豪助は〝若い頃のあんたじゃなきゃ嫌。どてっとしたおじさんにならないで。いつまでもいい男でいてね〟と伴侶のおしんさんに睦言のように囁かれて今でも船頭を続けているはず。そのおしんさんは漬物茶屋を切り盛りしているしっかり者で、独り身の時、茶屋娘に入れあげて稼ぎをすってしまい、店賃のため浅蜊売りをしていたような豪助にはまたとない相手だ。二人の間の男の子はそろそろ手習いを始める年齢ではないか？――

どう考えても豪助が早朝から浅蜊売りをしている理由がわからなかった。

もっとも、おしんには豪助との子ができてから夫婦になったことへの拘りがあり、一時、夫婦の間がぎくしゃくしたことはあった。

――だが、あれはお互いの理解が進んで、かえって夫婦の絆を強めたはずだったのだが――

季蔵が知らずと首を傾げつつ、昆布スルメについて、拵え方を書き終えたところで客たちが訪れる暮れ六ツになった。


いつものように料理と酒を供された客たちが帰って行った後、

――片付けを終えたら、何か食べて今夜は長屋に帰ることにしよう――

洗った器や鍋を拭きあげ終わった頃、

「兄貴、居る？」

豪助の声がした。

「入れよ」

季蔵が応えると法被に股引、草履、蓑、菅笠をつけている船頭姿の豪助が立っていた。

疲れた顔をしている。

「遅くにご免。晴れずに雪が降ったり止んだりなんで、酔狂な金持ち連中が夜桜ならぬ、夜雪見舟と洒落込むんだよ。それでこんな時分になっちまった」

「飯はまだだろう？」

「腹と背中の皮がくっつきそうだ。何か食わせてくれ」

「あまり大したものは残ってはいないぞ」

「何でもいい」

「俺もこれからなのでつき合う」

季蔵は湯を沸かして煎茶を淹れ、椀にお櫃の飯を二人分よそって茶をかけ、作り置いてあるお茶漬け鰯と昆布スルメ各々を小鉢に入れて添えた。

豪助は勢い込んで茶漬けを二椀食べ終えた。

「順序が逆さだが酒にするか？」

季蔵の言葉に、

「いや、いい、俺、たいして強くねえし。兄貴に会いに来たのは聞いて貰いたい話があるからだ。たぶん松次親分から聞いて知ってると思うけど――」

豪助は話を切り出した。

「聞いている、船頭の他に浅蜊売りを始めたとか――。どうしたのだろうとは思っていた」

季蔵は心にある疑問を口に出した。

「ったく、浅蜊売りを始めたとたん、あんな骸に遭っちまって因果だよ。こんな世の中だから仕様がないいんだろうけど、つくづく不運続きだと思ったよ」

「不運とは？」

順風満帆に見えていた豪助一家と不運は如何にも不似合いだった。

「おしんの漬物の売れ行きがぐっと落ちた。漬物だけで飯を食ってた人たちがこの不景気風にやられて、自分で野菜なぞを植えて工夫して漬物を作るようになったのさ。自家製の梅干しだけで凌いでる人たちもいる。もっとも危なげないお大尽たちは夜も雪見で鯛尽くしを当たり前みたいに食ってるけどな。そんなわけで、庶民の食べ物の漬物が売れないんだ。お上のご指示で一時止めてた漬物茶屋の方も客が戻って来ない」

「まさか――」

季蔵は〝潰れたりはしないだろう〟という言葉を呑み込んだ。

――おしんさんほどのしっかり者なら何とか乗り切れるはず――

「とうとう信濃ならではの野沢菜も買い手が少なくなって、仕入れを止めた頃からおしんの奴がすっかり気落ちしちまって。そのうちにこれは祟りだなんて言い出したんだ。ったく」

「何の祟りだというのだ？」

「おしんのおとっつぁんと姉さんのことだ。おとっつぁんは美人の姉さん贔屓で、とかくおしんは疎んじられてた。でも、二人はあんな風に殺されちまったのに、自分は所帯を持って子も出来てる。仕事だって順調だった。だからあの世のおとっつぁんと姉さんがおしんの幸せをぶち壊そうと悪霊になって、悪さを働いてるって言うんだよ。馬鹿げた話さ」

「おしんさんは悪い夢でも見たのかな。とかく人はなかなか乗り越えにくい難事に見舞われると、ありもしない出来事をでっちあげて、真っ正面から向き合おうとしないこともある」

――漬物屋の奉公人だったおしんさんが、おとっつぁんの遺した甘味屋を漬物茶屋に改めて以降、大繁盛だった。だからここへ来ての商いの傾きを受け止めかねているのだろう。そしておしんさんの弱いところ、亡き家族と疎遠だったがゆえの複雑な想いに搦め捕られかけているのだ。しかしこうなるには商いの不調の他に、何か決定的なきっかけがあるはず――

「仕入れが減っただけでおまえが船頭だけではなく、浅蜊売りをするまで窮迫するとは思えない」

　季蔵はきっぱりと言った。

「信心だよ。浅草の福井町に飛鳥女と名乗る霊媒師がいて、死んだ身内や知り合いとの話の仲介を生業としている。この世で商いや男女の想い、夫婦仲、仕官が、ちょっとしたすれ違いや病気等で上手くいかないのは、あの世で呪っている霊がいるっていうのが、飛鳥女様の有難いお考えだそうだ。その霊や霊たちの言い分に耳を傾け、言われた通り、ねんごろに供養すれば、必ず明るい道は開けるんだとか――。しなければ不運は続き、ついには地獄へ真っ逆さまだという」

　豪助は吐き捨てるような物言いになった。

五

「飛鳥女という霊媒師の言いなりに供養の金を出して？」

　季蔵の言葉に豪助は頷いた。

「何でも、おしんのおとっつぁんと姉さんは今、地獄にいて、何とかして蓮池のある極楽に上るには、仏様の思し召しで天上から下がってくる蜘蛛の糸を摑まなければならないんだと。もっとも、ただの蜘蛛の糸では摑んでもすぐ切れてしまう。極楽へとつながる特別な蜘蛛の糸は金で出来ていて、摑むことができる者は予め決まっていて、その者の上にしか金の蜘蛛の糸は垂れてこない。そして、摑んだが最後、絶対に極楽に着くまで切れないんだとか——。おしんのおとっつぁんと姉さんが共に極楽浄土へ引き上げられるには二人分の金の蜘蛛の糸が要る。供養の金子も倍かかる」

「それは大変だ」

　——おしんさんは見事に騙りの罠に嵌まってしまっている——

「今度は店を売って、織田信長の持ち物だった『敦盛』の笛を、近く飛鳥女のところで催される競りで落とすと言ってきかない。何でも、『敦盛』っていうその笛にはどんな霊でも呼び寄せられる力があるんだと。俺は少しは身をかまって、寒くなってきたから正月用に晴れ着でも買ったらどうかって、気持ちを逸らそうとしたんだが聞く耳持たずだった」

「『敦盛』か——」

源平の死闘で敗れ、永遠の謀反人になった平家一門の若武者敦盛は笛の名手だったと言われている。

「このままではおしんは駄目になる。すっからかんになって騙されてたとわかったら、首でも縊りかねない。ああ見えて弱いところがある奴なんだ」

思い詰めている豪助はつっと土間に下りると両手を突き、季蔵に向かって頭を垂れた。

「何とか、助けてやっちゃあくれないか」

「助けると言っても――」

「競りは明日の夜なんだ。俺が強引におしんについていって、他人のふりして、『敦盛』だけじゃなく、飛鳥女のまやかしも暴くつもりだったが、ここへ来て自信がなくなった。そんな芝居できる柄じゃないし、骨董屋の元女房だったたっていう飛鳥女はもっともらしいこと言うそうだから、到底、俺じゃ敵わない相手だ。頼むよ、兄貴、俺は兄貴だけが頼りなんだ」

豪助は泣くような声を出した。

――豪助には、わたしを嵌めた鷲尾家の嫡男とその父親である元主の相討ちを見届けた時、舟を漕いでもらって世話になった。まだこれといった恩返しはしていない――

「よし、わかった。おまえの代わりにわたしが行っておしんさんを守ることにしよう。任せてくれ」

季蔵が自分の胸を叩くと、

「あ、兄貴ぃ」

豪助の目に滂沱と涙が湧いた。

こうして翌夕方、夜になって降り始めた雪の中を季蔵は飛鳥女のところへ向かった。

すでに季蔵の競りへの参加は豪助を通じておしんに伝えてある。途中、落ち合うと決めていた場所で、季蔵は先に来ていたおしんの後ろ姿を見た。その背中は変わらず堂々としていたが、

「季蔵さんも『敦盛』を欲しいんだって?」

振り返ったその顔は何かに取り憑かれでもしているかのように目が据わっていて、季蔵の顔を見ているようで見ていなかった。不気味にもにっこりと微笑みかけたのは雪が積っていて、人気のない往来だった。

「亡くなったおとっつぁんと姉さんがいるの、飛鳥女様を仲立ちにして話ができるの。おとっつぁんは立派で姉さんは綺麗でしょ。そんな二人がどうしても『敦盛』が欲しいっていうのよ。自分たちにふさわしいんだって。あれさえ手に入れて、あたしが敦盛を吹けばいつでも自分たちはあの世から、飛鳥女様の仲立ちなしに会いに来られるからって」

もちろんおしんがじっと見つめている往来には誰の姿もなかった。

「季蔵さんは誰に会いたいのかしら?」

おしんに聞かれたが躊躇はしなかった。あらかじめ『敦盛』の競りを訪れる理由は決めてあったからである。

「許婚の瑠璃の父親がわたしの身代わりで自害して果てているのです。わたしのため、娘のために身を捨ててくださったのですが、未だ、わたしは瑠璃の病を治してやれません。瑠璃の父が霊となって出てきてくれるならば、その詫びをしたい。また、『敦盛』なら、父親だけではなく、母親までも呼び寄せられるはずです。瑠璃も日々両親に会えれば病が良くなるような気がするので、是非とも『敦盛』を買いたいと思ったのです」

——こういう場合、全くの作り話は悟られ疑われる。それでこの事を競りに加わる理由にした。おしんさんに告げたことはほぼわたしの心の真実だ。ただし今夜はこれを方便と心得て、くれぐれものめりこまないようにしなければ——

飛鳥女の家は間口が狭い仕舞屋であった。奥へと鰻の寝床のように廊下が続いている。

「よくおいでなさいました、どうぞお入りください」

太り肉でやや化粧が濃く、注文品ではあろうが、極彩色の花が全身を埋めている派手な振り袖を着ている。足袋まで花柄であった。ただし、髪は結わずに霊媒師らしく後ろで束ね、足袋と同じ柄の端布で大きな蝶の形に結んであった。

客間の前に厚い眼鏡の若い童顔の男が控えている。

「飛鳥女は母です。母の手伝いをしている泰助です。今宵皆様のお世話をさせていただきます」

頭を垂れつつそっと襖を開けた。

——これは——

床の間には甲冑(かっちゅう)を着た美麗な若者が描かれた、掛け軸が掛けられている。

――巷間(こうかん)伝えられている、十七歳で討ち取られた平敦盛の絵だな――

そこには一人先客が居た。年配の男は黒い羽織が同心風で、

「わしは南原郁右衛門(なんばらいくえもん)、長年南町の同心をしておったが、年齢(とし)が来て今は臨時廻りのお役目に就いておる。『敦盛』の笛には前から興味があって手に入れられる機会と聞き、沸き立つ思いでここへ来た」

にこりともせずに挨拶(あいさつ)をした。

おしんと季蔵が南原より遥(はる)か下座に座ると、飛鳥女が大小の桐(きり)箱を抱えて入ってきた。

「何をしておる。もう開始の刻限だぞ」

南原は文句を言った。

「南原様に『敦盛』についてのお話をうかがうことになっています。そろそろもうお一人もお見えでしょうから、皆様、今しばらくお待ちください。お待たせしてすみません」

飛鳥女はしきりに愛想を振りまき、大きな桐箱から何やら取り出して床の間に置いた。頭が鬼で胴体が馬の何とも奇怪な代物であった。漆黒の鈍い光は鉄製と思われる。

そこへ、

「遅れましてすみません」

障子が開かれた。泰助の案内で若い女が入ってきた。落ち着いた物腰からは中年増(どしま)と見受けられるが、唇の赤い紅が不自然なほど、少女のように初々しい印象である。

「文乃と申します。本ばかり読んで骨董好きだから縁遠いのだなどと、父から叱られてばかりです。縁遠くてもかまわないから、『敦盛』を手に入れたいと思い、父に内緒で母の形見を売り払いました。『敦盛』さえあれば、きっと独り身でもいつも母があの世から出てきて傍にいてくれて寂しくないはずです。形見など要りません」

文乃は可愛い顔とは対照的な魔物のように見える、床の間の置物の方を見て微笑んだ。

〝あの女の気持ち、あたし、とってもよくわかる〟

おしんが季蔵の耳元で囁いた。

全員が揃ったところで、

「それでは南原様、お話をお願いします」

飛鳥女は南原を促し、まずは床の間の絵を裏返した。

――これは驚いた――

細工がされていたその掛け軸は裏の絵が織田信長であった。

「笛の名手だったと言われている平敦盛と織田信長公がなにゆえ関わりがあるのかを説明するといたそう。信長公は幸若舞『敦盛』の一節にのせて、『人間五十年、下天のうちをくらぶれば、夢幻の如くなり。一度生を享け滅せぬもののあるべきか』と舞うのを好まれた。このことはよく知られている。信長公はこの舞いだけではなく、一ノ谷の戦いで強敵に怯まず、命乞いもしなかった敦盛の勇敢にして潔い最期こそ、何にも増して尊いと感じ入り、これにあやかった笛を作らせることを思いついたのだそうだ」

そこで飛鳥女は小さな桐箱から二寸（約六センチ）ほどの象牙のようにも見える、弓なりのものを取り出して見せた。確かにその笛の形は奇妙ではありつつも美しかった。

「これが『敦盛』です」

飛鳥女が告げて、

「信長公は妹お市の方様の夫でありながら、完膚なきまでに追い込んで自害させた浅井長政の髑髏で家臣と酒を飲み交わします。その後その髑髏で立ち姿も何もかも美しかったであろう敦盛にふさわしい、『敦盛』を作らせたのです。これに浅井長政と滅亡した平家一門の恨みを合わせれば、これほど強い恨みは他にはありますまい。そんな恨みこそ最大の力、武器になる、それゆえ、現世だけではなく、あの世さえも支配できるというのが信長公のお考えでした」

そこで一度話を切ると、

「自分に恨みが向かうことなど決してないと信長公は過信していました。それを思い知ったのは信長公が明智光秀に叛かれて本能寺で命を落とした時のことでしょう。この折、光秀はこの『敦盛』をそっと盗み出して、存分に吹いたのだそうです。けれどもこの後、光秀に追っ手がかかり、逃げているうちに失くしてしまったと伝えられてきましたが、実は光秀の逃亡を助けた庄屋の蔵に長らく眠っていたのです」

後はよどみなく続けた。

六

「そのような逸品が回り回ってわたくしのところへもたらされたのは、何かの縁だと思います。以来、わたくしはこの笛を吹くとさまざまな霊の訪れに逢い、ほどなくその霊たちの近親の方々や想い人等の親しいご友人、現世で好いた好かれたの仲の方々がわたくしを訪ねてくるようになりました。わたくしはこの『敦盛』の威力に恐れ戦くと共に、自分の生き方を変えました。夫と別れてこうした生業を選んだのも『敦盛』を広く役立てなければならないという強い使命感を抱いたからです」

飛鳥女の言葉に、

「それではなぜ競りで手放そうとされるのですか？」

季蔵は訊かずにはいられなかった。

「それはもう心身ともに疲れてしまったからです。『敦盛』で供養できる霊の数は、近親者や想い人等の親しい友人たちの訪れを待つことになりますので、そう多くないことにも気がつきました。その上、『敦盛』は永遠にあり続けますが、わたくしは命を削ってこの仕事を続けてきました。年齢も取りましたし、思い切って髪を下ろして小さな庵を結び、余生は『敦盛』を使わず、広くあの世の方々の霊の平穏平安を願うことにしたのです。一方、息子はわたくしとは異なる道を踏み出したいと思っています。蘭方医術を習いに長崎へ行きたいと申しておりますのでお金が要ります。競りはそのためのものです。『敦盛』

を手にされる方は、今までのわたくしのように霊を呼び出して話すことで、あの世とこの世を結び続け、ご供養の助けとなっていただけると信じております」

飛鳥女は神妙に応えた。

すると、

「それじゃ、この競りは金を多く張った者が競り落とせるというものではないのか？」

南原が憮然（ぶぜん）とした面持ちになった。

「わたくしはここにお集まりいただいた皆様には、一人残らず、その資格がおありになると思っておりますので、やはり、高く落としていただくお方にお譲りいたします」

「そうか、それならよかろう」

南原は大仰に顎を突き出して頷いた。

「それではこれからわたくしが『敦盛』を吹いて、皆様が逢いたいと望まれているあの世の方々と逢っていただきましょう。皆様はお一人ずつ、廊下をさらに奥へと歩かれてお好きな部屋へお入りください。鏡はあの世とこの世の出入口ですので、この家には多くの姿見を兼ねた鏡台がございます。どうか、しばしの再会をお楽しみくださいますよう。ただし霊は薄暗がりを好みますので、動かれる時は慎重に足をお運びください」

飛鳥女に促されてすぐ近くの部屋へと歩いたのは文乃だった。文乃は飛鳥女の前に立ち止まると、

「母がお香好きだったのを覚えていますか？　飛鳥女様には妹が神隠しに遭った時、ここ

のよい香りに包まれて、あの世の妹と話をさせてくださり、日々泣き暮れる母の心を支えていただきました。あの時はお世話になりました。母はあれからずっと元気でしたが昨年、流行風邪に罹って亡くなりました。今日はその御礼も言いたくてまいりました」

丁寧に頭を垂れた。

「ええ、ええ、覚えていますとも。お母様は始終、妹様と逢っていたいとおっしゃっていました。それでたとえ短い間でも妹様に逢えるのはうれしくてならないご様子でした」

飛鳥女が応えると、

「本当に感謝に堪えません」

やっと頭を上げた文乃は障子を開けてその部屋に入った。

二番目は南原だったが横柄な態度でどしどしと音を立てて歩き、一番奥の部屋に入った。残っているのは並びの中ほどに空いている二部屋である。

そこにおしんと季蔵は各々入った。

部屋の中はしんと静まりかえっている。雪のせいで音という音が消えていた。姿見を兼ねた鏡があった。前に立つと季蔵以外誰も映っていない。突然、灯りが消えた。暗がりの中、見当をつけて手探りで行灯に火を入れた時、鏡台には甲冑を身に着けた血みどろの若者が映っていた。

――敦盛――

思わず背筋が寒くなりかけた時、

「きゃああ」

「助けて」

隣りのおしんと文乃の部屋から同時に悲鳴が上がった。

季蔵はまずは助けてと叫んだおしんの方へと駆けつけた。おしんが腰を抜かしている。

「この香り」

「白檀（びゃくだん）ですね」

ちなみに白檀は常温で芳香を放つ。

「おとっつぁんと姉さんが好きでおとっつぁんは白檀の線香を焚（た）き、姉さんは扇子に香りをつけていました。そんなこと誰（だれ）にも言ったことないのに——」

おしんは震える声で鏡台の引き出しの方を見た。

「部屋に入ったとたん、気になる匂いがしてここを開けたらこれらがあって——」

おしんは蒼白（そうはく）のまま絶句した。

「文乃さんの部屋を見てきます」

「あたしも一緒に。もうここに居るのは嫌」

立ち上がったおしんは季蔵の片袖にしがみついた。

文乃の部屋へと入ると、

「これは——」

伽羅（きゃら）の香りが漂っている。伽羅も白檀同様常温で香る。

「たぶん、あそこから――」

文乃は衣桁に掛かっている白装束を指差した。

「もしや、あなたの亡くなったお母さんも伽羅がお好きだったのでは？」

「沈香や伽羅が好きでした」

文乃は顔を強ばらせつつ、

「おっかさん、ごめんなさい。会いに来てくれたっていうのに、怖がったりして」

衣桁の白装束に話しかけた。

季蔵は衣桁に歩み寄ると両袖を探った。

「これはたいしたお母様からの贈り物です」

季蔵の両手には芳香を発している伽羅の大きな木切れが握られていた。沈香の最高級品とされる伽羅の値は高く、これほどの大きさともなれば相当なものであった。

「お母様はいつも伽羅をお使いでしたか？」

「いいえ、伽羅は手が届かないので、伽羅の普通品である沈香を香炉で温めて楽しんでいました。妹がいなくなってからは止めてしまいましたが――」

そう応えた後、文乃は、

「おっかさん、よかった。あの世で綾乃と逢えた上にこうして伽羅の香りまで楽しんでいられるのね。きっとそこは極楽なのだわ」

季蔵が白装束の両袖に戻した伽羅の木片に話しかけ、

「あらっ、今、あたしの両頬にそーっと風が触れたわ。強い伽羅の香りもした。おっかさんと綾乃ちゃんなのね。うれしいわ。こうして触れ合えて――」

ぽろぽろと涙を流した。

「やはり、あたしのところへも来ているんだ、おとっつぁんと姉さんの霊が。あたしも話を聞いてあげなければ――、ごめんね、商いにばかり気を取られてて、おざなりな供養しかしてなくて――、あたしのこと恨んでるんだ、きっと。もう少しの辛抱。『敦盛』で地獄の針山や血の池から助け出してあげられる。ごめんなさい、ほんとにごめん――」

興奮気味に呟き続けて自分の部屋へと戻ろうとするおしんに、

「南原様のところも気になります」

季蔵は止めて一番奥の部屋へと急いだ。

驚いたことに南原は畳の上にどっかりと胡座をかいて、財布の中身を畳にぶちまけて数えつつ独り言を言っていた。

「持ち合わせ全部でなら競り落とせるか否か。足りぬなら、しばし待って貰って、家から足りぬ分を持って来させよう。これほどの銘品、なかなかあるものではない。無理をして買っておいて損はない。霊を呼ぶ信長公ゆかりの『敦盛』ともなれば、右から左に恐ろしいほどの高値で売れるぞ、よしっ、買った、買った、何としても手に入れるぞ」

――この男には何も起きなかったのか？　それとも――

季蔵は不可解に思いながらも、

「大事はありませんでしたか？　何か失くなったものはありませんか？　畳の上のものは大丈夫ですか？」

　話しかけてみると、

「それは霊が出てきたかどうかということかな？」

　南原は悪びれもせずに畳の上の金を財布にしまうと、

「出てきた、出てきおった。信長公の幸若舞『敦盛』の一節が天井から聞こえおったわ。『人間五十年、下天のうちをくらぶれば、夢幻の如くなり。一度生を享け滅せぬもののあるべきか』とな。これで『敦盛』はこのわしに買われたがっているのだとわかった。何としても我が物にしようと思っている」

　上機嫌で告げて、並み居る買い手たち、おしんや文乃、季蔵までをもねめつけるように見た。

「信長公の『敦盛』が怖くはなかったのですか？」

　思わず季蔵が聞くと、

「なんの、なんの、そもそもここへわしが来たのは、吹けば必ず、この世に想いや恨みを遺す死者を呼び出すという魔笛、『敦盛』の真偽のほどを確かめるためだったのだからな。信長公の声が聞けて何よりであった。こうして確かめられれば安心して競り落とせるというものだ」

　南原は会心の笑みを浮かべた。

「わたしも同じ気持ちです。『敦盛』のおかげで、おっかさんや妹と会えるなら幾らでも金子は用意するつもりです」

文乃は先ほどの自分の身に起きたことを南原に話した。

「くだらん、くだらん」

南原は一笑に付すと、

「わしに信長公の『敦盛』が聞こえたのは、信長公がわしを選んだ証なのだ。そこらのありきたりな家族の人情話に使われるためではないぞ」

険のある目で文乃を見据えた。

七

「飛鳥女様、おっかさん」

悲鳴のような大声が上がった。

「泰助さんのものです」

季蔵はすぐに南原の部屋を出て走った。

おしん、文乃と続き、

「いったい、何があったというんだ」

南原は不承不承廊下を歩き始めた。

泰助は客間に居た。そばには飛鳥女がうつ伏せに倒れていた。

急いで季蔵は飛鳥女の首筋に人差し指を当てた。

「亡くなっています」

床の間に飾られていた頭が鬼で身体が馬の鉄製の置物が畳の上に転がっている。飛鳥女の頭部は凹んで血糊がついている。季蔵は畳にしゃがみ込んで置物を見ると、

「これにも血がついています。飛鳥女さんはおそらくこれで頭を殴られたのでしょう」

「『敦盛』はどこだ？」

南原が泰助を睨み付けて、

「わしは昔も今も奉行所同心だ。おかげでおまえたちのことなどとっくに調べがついている。おまえと飛鳥女は親子ではない。そのうえ飛鳥女は骨董屋の元内儀と触れ込んでいるが実は数珠屋だ。そして、おまえは飛鳥女が数珠屋の内儀お縫だった頃からの不義の相手だった。しかもその店の手代だったのだから破廉恥極まる話だ。おまえの本当の名は平三だ。老舗の数珠屋だった主は世間体を気にして、平三に暇を出し、お縫の方は自分から離縁を願ったことにして丸く収めたのだ。それでも平三よ、かなり年上の女とやっていくのは、そろそろ嫌気がさしてきていたのではないか？　とかく女は年齢を取るに従い、容色が衰えるだけではなく、あれこれと差し出がましくなるゆえな。それでいて夜の求めばかりしつこい。たまらなくなったとしても不思議はない。あるいは死んでほしいと願って、その機を狙っていたとしても――」

二人の仲を暴露した。

「そんなことありません。わたしがおっかさんと呼んでいたのは仕事の時だけで、二人だけの時は昔と少しも変わっておりませんでした。お内儀さん、お縫さんはずっときらきら輝いておいででした。お縫さんもわたしの一途な献身を受け止めてくださっていたはずです。わたしたちは真から想い合っていたんです」

「馬鹿馬鹿しいっ」

そう言い捨てた南原はやにわに飛鳥女の傍に座った。

「『敦盛』はどこだ？」

飛鳥女の骸の両袖、懐に手を差し入れて、ないとわかると、とうとう帯にまで手をかけた。

「や、止めてくださいっ」

屈み込んでいる南原の背中に泰助が飛びかかった。必死に飛鳥女から引き剝がそうとする。

「なにをするっ」

しかし、立ち上がった南原は難なく泰助を跳ね飛ばすと、

「俺を何だと思っている？　長きに亘り、この屈強な身体で若い連中に柔術の手ほどきをしてきたのだぞ。おまえごときが敵う相手ではない。正直に殺しを白状しろ」

怒声を発した。

「そうだ、おまえはお宝の『敦盛』欲しさに情女を手に掛けたに相違ない。『敦盛』はお

まえが飛鳥女の骸から取り上げて持っているはず、さあ、出せ」

猛然と泰助に飛びかかった。

泰助は激しく抗う(あらがう)が南原にはとても敵わず、瞬時に首を絞められて気を失った。

「死んではおらぬから案じるな」

南原が泰助の両袖を探ろうとした時、件(くだん)の弓なりの『敦盛』が袖口から滑り落ちた。

「やはりな」

南原は勝ち誇ったように言ってそれを取り上げた。

「こやつが下手人、即刻打ち首だろう。そして『敦盛』はわしの物になる。覚悟はできておる。そこらへんの女たちとの競りには絶対負けぬぞ」

文乃とおしんをぐいと睨んだ。

「こ、こんな恐ろしい因縁つきのものなんて、あたしはご免です」

おしんは震えながらも精一杯声を張った。

季蔵が活を入れて泰助に気を取り戻させると、

「はて、これからどうなりますことかねえ」

誰かが死んでいる飛鳥女の声を真似(まね)た。

「なんだ、まだ生きているのか？」

南原の目が恐怖に見開かれた。

この時、点(とも)っていた灯りが消えた。漆黒の闇(やみ)である。灯りに使う魚油が強く臭う。

「うううっ、ぎゃあああ」

南原の断末魔の声がした。

ようやく行灯に火を入れると、畳の上には南原が倒れている。目にはさらなる恐怖が宿っていた。

「文乃さん」

おしんの声も震え続けていた。

「悔しいっ」

これが文乃の開口一番だった。

文乃が血の付いた匕首（あいくち）を手にしてその場に立っている。

「ど、どういうことです？」

気を取り戻した泰助は歯の根も合わない。

「それは後で何もかもわかります」

微笑んだ文乃は匕首を落とすとさらに、用意してあったらしい火縄を投げた。すでに畳にはたっぷりと魚油がまかれている。

「このままでは焼け死にますよ、どうか逃げてください、逃げて」

季蔵たちは悲痛な文乃の声に促された。

こうして飛鳥女の霊媒家は炎上した。両隣りが空き地だったこともあって広がらずに火は消えた。

文乃はすでに骸になっていた飛鳥女と南原と共に焼け死んだ。

烏谷は飛鳥女の家に居合わせた季蔵とおしん、泰助を番屋に呼んだ。

「なにゆえ、文乃とやらは飛鳥女と南原を手に掛けたのか？　二人に対してどのような恨みがあったのだろうか？　それを知りたい」

首を傾げる烏谷に、

「あの家については田端様よりお聞きになってください」

季蔵は田端の方を見た。

「あそこは今では数少ない仕掛屋です。世も徳川(とくがわ)家も今ほど泰平にして盤石(ばんじゃく)でない頃、反徳川の外様たちが密(ひそ)かに集っていた場所とされています。部屋の押し入れには内側にもう一組襖の準備があります。昔は一部屋を二部屋に、ようはお上の詮議(せんぎ)を欺(あざむ)くため、異なる部屋に見せるためだったと思われます。今ではこの部屋で霊を見せて信じさせる工夫に使われていました。甲冑姿の血みどろの若武者や頭が鬼の馬が隠してある襖に描かれていて、ちょうど鏡台の鏡に映る場所にある、鶴(つる)の絵柄の襖と取り換えると、おどろおどろしく鏡台に映し出される仕組みです」

——仕掛けだとは思ってはいても薄暗いこともあって一瞬総毛だった。なるほど。さすが田端様だ——

季蔵は得心した。

「また、南原が入った部屋には押し入れから外へ抜ける仕掛けがありました。ですから、飛鳥女と深い仲になっていた南原は飛鳥女、泰助の逃亡に先駆けて、押し入れから抜けて、飛鳥女の元へと急ぎ、殺して『敦盛』を奪おうとしたのです。南原は百戦錬磨の同心でもあり、飛鳥女や泰助より一枚上手だったわけです。しかし、その時、すでに『敦盛』は飛鳥女から泰助に渡ってしまっていた。これは南原の誤算でした」

「白檀や伽羅の匂いはどうして？」

おしんは不審そうに訊いた。

「お父様やお姉さんのことで飛鳥女のところへ通っているうちに、二人が好きだった香りについて話しませんでしたか？」

季蔵の念押しに、

「いいえ。でも、飛鳥女様はあたしが思い出を語り続ければ、きっとその気持ちは霊に通じると。何度も会って話せば、おとっつぁんや姉さんの霊から、あたしの今の幸せを妬む気持ちも、月並みの供養だけで忘れられている恨みもなくなって、いずれはあたしたちを守ってくれるって繰り返してましたから。そうなれば、おとっつぁんも姉さんも悪霊からいい霊になってやがて、地獄から極楽へ行けるんだって。だから、もしかしたら、話したかもしれません」

申し訳なさそうに応えたおしんは、

「だとしたら――白檀の線香や扇子、あれは――」

空しそうに吐息をついた。

「お父さんやお姉さんならぬ、飛鳥女の仕業です。もとより『敦盛』を競りにかけることで南原を釣って殺し、逃げ切ろうと決めていた飛鳥女や泰助には、南原の他に何としても『敦盛』を欲しがる人が要りました。そうしなければ一時とはいえ、南原は自分の金を渡しませんからね、おしんさん、あなたはダシに使われたのです」

「そうだったんですね。あたし、ちょっとぐらい商いが行き詰まったぐらいで、こんなことに血道を上げて、亭主に浅蜊売らせて――、ほんと馬鹿みたい、ああ、恥ずかしい、穴があったら入りたい」

飛鳥女のからくりから目が醒めたおしんが泣きながら、番屋の土間に蹲ってしまうと、

「男前の亭主が迎えに来たぜ」

伝えた松次の後ろに豪助が立っていた。

「心配したぜ」

豪助はおしんの手を取って立ち上がらせると、

「皆様、本当にお世話になりました」

まだ泣いている女房に、

「もう泣くなよ、おまえに泣かれると俺も辛い。それに商いの失敗は幾らでも取り戻せるが、命を失くしたらもう帰っちゃこねえんだから、おまえの命は俺や坊主の命なんだし、大事にしてくれねえとな――、おまえのためなら、俺はいつでもまた浅蜊を売るぜ」

優しい言葉をかけた。

「あんたあ」

おしんは豪助に飛びつくと涙まみれの顔をその胸に埋めた。

「おまえの涙、温（あ）ったかいよ」

知らずと豪助の目にも涙が浮かんでいた。

豪助はおしんと共に深く頭を垂れて番屋を出て行った。


何日かが過ぎて、昼近くに松次が塩梅屋を訪れた。

「ちょうどいいところにお越しでした。今日の賄いは少々豪華です」

迎えた季蔵は小羽イワシの空揚げに想を得て、昨日鯖（さば）の空揚げを拵え、今日の昼餉に鯖の南蛮飯を炊き上げたところであった。

「そりゃあ、運がよかった」

松次はまずは甘酒を啜った。

鯖の空揚げは三枚に下ろして薄塩をして三刻（とき）（約六時間）ほど置いて身を締める。これで生臭さが抜ける。水気を拭き取って一口大に切り、小麦粉をまぶして油で揚げる。油を切って冷暗所で保存する。四、五日は保つ。

これを使って鯖の南蛮飯を作る。

牛蒡、人参、蒟蒻（こんにゃく）、戻した干し椎茸とキクラゲを千切りにする。洗った米に出汁、塩、煎り酒、酒を加えて炊く。炊き上がってきたところで青物と鯖の空揚げを入れる。柚子の皮の千切りと三つ葉を散らして供する。

　これを堪能した松次は、

「柚子と三つ葉が癖のある鯖に合ってる。どれが欠けてもこいつは駄目だよな」

　満足そうに洩（も）らした後、

「実は焼け死んだ下手人文乃について調べてみたんだ。こりゃあ、もう、気の毒ってもんじゃねえよ、あんな可哀想（かわいそう）な身の上、そうそうあるもんじゃねえんだが、ついてはあんたに相談があってね」

　再び甘酒の入った湯呑みを手にした。

「どうかお話しください」

「その前に南原郁右衛門がどんだけ悪い奴かわかったよ。噂（うわさ）はあったんだけど、酷（ひで）えもんだ。南町の定町廻りの頃からごろつきと組んで上は大店から下は露店までさんざん金を搾（しぼ）り取ってたんだと。上の方もめんどうなことは南原にってね。これには大きい声じゃあ、言えねえが——」

　松次は季蔵の耳元で囁いた。

「殺しなんかも入るんだとさ」

　——江戸の闇社会を牛耳っていた虎翁（とらおう）が息子に殺された後は、もっと闇が深くなるとお奉行はおっしゃっていたが、なるほど、こうして小粒の悪人がそこかしこではびこるということなのだな――

季蔵はいっぱしの黒幕気取りで悪事を重ねていた呉服屋の息子を苦く思い出していた。

「文乃の父親は阿部新左衛門、勘定方の役人で、文乃がまだ小せえ頃、横領の罪で腹を切ってるんだが、どう見ても南原と親しい勘定方役人に嵌められたようなんだよ、だって、証というのが、いつのまにか弁当箱に入っていた小判五枚なんだから。そんな弁当箱は自分のものではないと文乃の父親は言い通したそうだが、聞き入れてもらえず切腹の沙汰が出たんだとか」

「妻子はどうなったのです？」

「罪を着せるだけじゃなしに、こっちも狙ってたんだろうね、文乃の母親ときたらそりゃあ、美人だったそうで、すぐに好き者の両替屋の妾にされた。文乃はずっと妹と一緒に縮こまるようにして肩を寄せ合い、妾宅で暮らしてたそうだが、ある日、その妹が神隠しに遭った」

「その話は文乃さんから聞きました」

「文乃の母親の初恵は神隠しと信じて、探しに探してとうとう飛鳥女のところで『死んでいる』と知らされた。それからは毎日のように飛鳥女のところへ通い詰めてあの世の我が子と話した。少なくとも当人はそう思っていた。当然、これには金がかかる。そろそろ初恵に飽きてきた両替屋はあの世の我が子と話せる金を出す代わりに、大事な客の相手をしろと切り出し、初恵は泣く泣く従った。それほど飛鳥女の口寄せにのめりこんでたんだな。

けれど、三日にあげず見知らぬ男がやってくる暮らしに、年頃の文乃が耐えられるわけもねえ。『いずれ自分にもあんな忌まわしいことが降ってくる』と思いもしたろうな。文乃が家を出ると言うと、母親の初恵はやってきた身分のある侍に抗い、家来に斬り殺された。もちろん、それを見ていた文乃は復讐を誓ったんだ」

「両替屋を殺そうとは思わなかったのですか？」

「その両替屋は流行風邪であっけなく死んじまった。文乃は無念だったかもしれねえ。それともっと無念だったのは妹が生きていたことだった」

「それはよかった」

「ところがそうでもねえんだ。預けられたというか、売られたのが吉原で、悪い病を得て苦しみながら死ぬのを待っている。そんな妹を文乃は見舞ってる」

――たしかに何の救いもない話だ――

「文乃は妹のことを知るまでは飛鳥女をそう悪くは思ってはいなかったろうさ。けれど、そうだとわかりゃ、『死んでる』なんて話は最初っから嘘っぱちで両替屋とつるんでたことは明々白々。その両替屋から南原に行き着くのはそう大変なことじゃねえ。蛙の子は蛙、げすな悪党の子はげすす悪党、その両替屋では倅が死んだおやじの後を継いで、似たようなことをやってた。文乃はあの通りの清々しい別嬪で茶屋に勤めてたから、なびいたふりをして、馬鹿悪党のそいつからいろいろ聞き出せてたはずだぜ。南原と飛鳥女との切っても切れない縁とか、競りの話もね」

「文乃は南原だけではなく、飛鳥女も殺すつもりだったのですね。だから灯りをつけた後『悔しいっ』と」

　――たしかにあの時の文乃の目はぞっとするほど冷たく燃えていた――

「ところで飛鳥女は文乃の母親を覚えてたんだろうかね？」

「さあ――」

　季蔵はわざと首を傾げたが、

　――文乃が飛鳥女に挨拶した時、香りの話をしていた。母はここの香りに包まれていたと。それで飛鳥女は文乃の部屋を伽羅で香らせたのだろうが、伽羅を使い続ける富裕な人たちなどそうはいない。文乃はわたしに母親の好みは沈香や伽羅と応えていたから、普段使いは香炉でしか香らない沈香だったのでしょう。そのこともきっと文乃の母親は飛鳥女に話していたはず。しかし、『敦盛』の競りにやってきたのだから、文乃を富裕の一人としか見做していなかったのだろう。白装束の両袖の仕掛けは、最高級の伽羅にしておけば無難だと思ってのこと、ただそれだけだったのだ。騙された方は決して忘れないが騙した方はたやすく忘れてしまうものだから――


　それから一月ほど過ぎて泰助こと平三の沙汰が決まった。

　焼け死なずに済んだ平三は飛鳥女との関係を認めて、

「わたしとのことで店を追い出されたお内儀さんは、慈しみ深く人の心の襞に通じていたので、知らずとこれが人助けの商いになりました。とかく言われているように、金儲けのいかさまなどではなく、お内儀さんは相手の心の痛みを自分のもののように感じる力がおありだったんです。そんなお内儀さんがこの稼業で成功すると、南原様が現れてわたしたちが理ない仲であることを突き止めて脅すようになりました。お金の無心が主でしたが、そのうちにわたしたちの仕事を牛耳ろうとしたり、お内儀さんに言い寄ったりしてきました。それでわたしは馬の骨で作らせた笛を南原様に『敦盛』と偽って競りを行い、買わせる算段をしたんです。欲深な南原様なら他の方々を押しのけて、一番の高値をつけるだろうと確信していました。その後、南原様は金を戻せと迫るに決まっています。わたしたちは『敦盛』で得た金で江戸を離れる決意を固めていました。南原様はわたしが手に掛けるつもりでした。それなのにお内儀さんがあんなことに――。わたしにはもう生きている甲斐がありません。どうかわたしを打ち首に――」

　死罪を願ったが今後一切この話は他所に洩らさぬようにとの条件付きで、江戸処払いとなった。お上は平三が死罪になって、瓦版や風の便りでこの一件が市中であれこれ取沙汰されることを良しとしなかったのである。

　そんな平三を見送った松次は、

「早く年相応の相手が見つかって所帯を持てるといいがな。男女は特に相応ってのが大事だよ」

　感慨深く洩らしたものの、翌々日、平三の骸が大川から上がって、橋から飛び込むのを

見た者がいると聞き及ぶと、

「泰助が飛鳥女の後を追ったとは考えたくないね。どんな理由があっても罪は罪、死んだふりをして、人を惑わす罪に手を貸したのは結構重え罪だし、惚れた女とどっかでしっぽりやるために南原を殺すつもりだったんだしな。平三は死んで罪償いをしたんだと思いたい」

沈んだ表情で声を張った。

第三話　團十郎菓子

一

　この夜、季蔵は後片付けをしながら、仕込んだカワハギの風干しを炙って、出来具合を確かめていた。

　カワハギは美味な海水魚で全身が丈夫な皮に覆われている。料理の時、この皮が剝がしやすいので、この名が付けられている。

「あれっ、カワハギの旬って夏じゃなかった？」

　三吉が首を傾げた。

「夏のカワハギは身が美味い。白身で脂が少ないので刺身、煮付け、寿司、天婦羅と何でもござれだ。ただ、独特の歯応えがあるので、刺身では薄造りにする」

「じゃあ、冬のカワハギは？」

「冬場のカワハギの身は瘦せて、旨味が減ってしまっている、身を食べるなら夏に限る。だがな、カワハギは秋から冬に備えて餌を多く摂り、肝が大きくなる。桃色の肝は肪が多く、こってりした旨味と甘みがある。身と一緒に刺身や煮付けで食べてもいいが、肝を裏ごしして醤油に溶いたものを薄造りにつけるのも悪くない。カワハギならではの食べ方だ。だから、冬はカワハギの二番目の旬なのだ」

「わかった、それで肝入りの白味噌に三枚おろしのカワハギを漬けて保ち料理にするんだね」

納得がいった三吉は、

「夏も冬も旬だっていうカワハギって最高‼　けど、いくら、頑丈な歯で貝類やウニ、カニなんかをばりばり食べちゃって、海の殺し屋みたいだからって、カワハギなんて名、付けられてるの気の毒すぎない？　海を越えた遠くじゃ、ほんとに人の皮を剝ぐお仕置き、あるんだって聞いたことあるし。別名ハゲっていうのは笑えるけど、身ぐるみ剝がされるってことからバクチっていうのはどうかな――」

真顔でカワハギへの同情を口にしながら帰って行った。

そぎ切りの一片を試食した季蔵は、

――肝が立役者で何とも深みのある味に仕上がっている。これなら明日三吉に持たせてやれる――

このところ、肴や菜を三吉に持たせて帰すようにしていた。

そこへ、

「邪魔する」

久々に南町奉行所定町廻り同心伊沢蔵之進が戸口から入ってきた。蔵之進は季蔵が二代目を継いでいる、この一膳飯屋塩梅屋の先代の一人娘おき玖の夫でもあった。

「寒いねえ、寒い。さむ、さむ、さむ」

実際いつ雪が降ってくるかわからないほどの寒さではあったが、蔵之進はわざとぶるぶると震えて見せている。この男には戯けて人を面白がらせることがあり、季蔵はそれが巧みな感情隠しの技だと見做してきていた。

――何かある――

季蔵は知らずと身構えた。

「よろしいのですか？　こんな夜分だというのに、お役宅にお帰りにならなくても？」

「これでも女房は恐いからねえ」

蔵之進はふわふわとやはりまた戯け笑いを洩らした後、

「今日は遅くなるし、ちょいと気にかかることがあったので、ここへ寄るとおき玖には言い置いてある。それにしても、夕餉を食べ損ねたので腹が空いた。何か食わしてくれないか？」

改めてにっこりと無邪気そうに笑った。

「カワハギの風干しを使った料理なら」

季蔵は盛りつけたばかりの炙りカワハギと熱燗を蔵之進の前に置いた。

早速摘まんだ蔵之進は、

「これ、これ、これ、この味、おき玖もなつかしがるよ」

満面の笑みになった。

「先代から習った保ち料理ですから、さぞかしお嬢さんも思いがおありでしょう。後でお包みいたします」

応えた季蔵は、カワハギと鶏ささみの混ぜ盛りとカワハギと数の子の重ね盛りを拵えている。

カワハギと鶏ささみの混ぜ盛りは鶏のささみに薄く塩を振り、しばらく置いてから、水分を拭き、包丁を入れて観音開きにする。これを煮切り酒、味醂、煎り酒を混ぜた地に一晩浸しておく。汁気を拭き、一刻半（三時間）ほど風干しにした後、軽く炙り、そぎ切りにする。

器にカワハギの風干しとこの鶏ささみを混ぜ盛りにする。あられに切った柚子を散らして飾る。

もう一つのカワハギと数の子の重ね盛りには、すでに作ってある数の子の醤油漬けを用いる。この数の子を薄いそぎ切りにし、カワハギと重ね盛りにする。茹でて結んだ三つ葉を添える。

この二品を味わった蔵之進は、

「これらの料理の醍醐味は切り方だな。カワハギのそぎ切りは常套だが、鶏のささみや数の子までそぎ切りにしている。合わせた切り方がどちらも味が引き立つ、またとない調和をもたらしている。あと鶏のささみもカワハギの風干し同様、一度干しているはず。これも味の調和につながる。それにしても、カワハギと鶏、カワハギと数の子とは贅沢なものだ。こんなご時世によく振る舞えるものだな」

　おおいに讃えた後、目を細めた。

――これも蔵之進様ならではのやり方だ――

「うちは半分屋に世話になっていますから」

　悪びれずに季蔵は応えた。

「やはりな」

　蔵之進は細めた目尻に鋭い光を湛えた。

「実はその半分屋のことで遅くまで南町奉行所で話し合い、その後でお奉行と話をしていた」

　蔵之進の言うお奉行とは北町奉行烏谷椋十郎であり、今は亡き名与力だった蔵之進の養父が烏谷の盟友であったことから、蔵之進と烏谷は少なからず強い絆で結ばれている。

「半分屋に何か？」

　季蔵は不審そうに訊いた。

　半分屋とは流行風邪禍の後、食物の値上げで四苦八苦する人々の救い手であった。青物、豆腐、魚、甲殻類、鳥肉、獣肉等の生ものに限って、それぞれを天秤棒に担いで市中を廻り、半分とも言わず、ほんのささみ一本、塩数の子一羽から売ってくれる。多種の材料が買えて見栄えのする菜や肴を拵えることができる。

――おかげでささみや柚子、数の子、三つ葉まで揃えられた――

客に供する料理を拵えることができると喜んだのは季蔵ばかりではなく、飲食を生業とする者たち全てであったろう。

その代わり、つけ払いではなく、現金払いに限られていたが、お陰で買い過ぎることがなくなったと、厨を預かる女房たちにもおおむね好評であった。

「なぜ今、半分屋が難事になっているのか、少し遠回りして話すぞ」

そう蔵之進は前置いて切り出した。

「老舗の幕染屋である錦屋が『ここあきや』の暖簾で当てた小錦屋を妬んで惨殺した事件を覚えておろう？　また、霊媒師を名乗る飛鳥女が偽の名笛『敦盛』をでっちあげて一儲けして逃げようとし、南町奉行所臨時廻りの南原郁右衛門に先手を打たれて殺され、その南原までも殺され、下手人もろとも焼け死んだ。このうち飛鳥女の一件はただの火事と見做されている。飛鳥女の元亭主に加担して隠蔽に手を貸したのは何とお奉行なのだ」

「それは、奉行所の都合もあったでしょうけど、平三さんを助けるためではなかったのですか？」

「お奉行が常に見据えているのは政だ。錦屋のしでかしたことは市中の者たちに大きな衝撃を与えた。不動だと信じていたものがこうも簡単に斃れてしまう上に、妬み、嫉みの恥まで晒したとあってどっと不安が広がったのだ。こういった傾向はいずれ、お上への不信につながるとお奉行はお考えになられたのだ。それゆえ、飛鳥女の所業は断じて公にしてはならないとお決めになられたのだろう。時節柄、信心に頼る者の数は増えている。飛鳥女のことが洗いざらい世間に知れてしまえば、霊などどこにもおらず、あの世とやらもなく、実は信心など無駄だったのだということになり、ご先祖様への供養はもとより、寺で行われているさまざまな行事までおざなりになってしまいかねない。まさに人々の心の支えの失墜だ。こうして世は乱れていくものだとお奉行はおっしゃっていた。それればかりではなく、小錦屋のように人心をがっちりと摑んだ新手の商いもその一因になるのだと――」

ここで蔵之進は言葉を切って、事態は深刻なのだとばかりにじっと季蔵の顔を見つめた。

二

「半分屋も『ここあきや』暖簾で一儲けした小錦屋と同じだと言うのですか？」

――流行風邪除けの『ここあきや』暖簾は一時のものだが、食は日々の糧、一緒にするのは行きすぎではないか？――

そんな季蔵の心の呟きを見透かしたかのように、

「便利な半分屋はたしかに有難い反面、同業者、特に老舗泣かせだ。新興の同業者はなりふりかまわず新たな半分屋になるか、身売りして半分屋の看板を掲げている。だが老舗ともなるとあの錦屋のようにそうもいかない。とはいえ老舗と言ってもぴんきりで、大きく売り上げていれば大店だが、そうではない中小の商いを矜持で続けてきた店も数多い。半分屋の勢いのせいで中小老舗の青物屋や魚屋、鳥屋、ももんじ屋といった生もの扱いの店が潰れている。半分屋は生ものだけではなく、米や雑穀、酒にまで手を出してきているので、いずれこの手の中小老舗も商いに窮してくるだろう」

蔵之進は半分屋の功罪を説明してさらに続けた。

「そこでお奉行は半分屋に規制をかけようとしている。今、『ここあきや』暖簾を売り出した小錦屋は跡継ぎが赤子のこともあり、店ごと売りに出ている。まだ表には出ていないが、飛ぶ鳥を落とす勢いの半分屋が密かに狙っているという噂があるのだ」

「半分屋が食べ物だけではなく、さまざまな職種に打って出ようとしているというわけですね」

「そうだ。そうなるとさらにさまざまな職種の中小老舗が倒れる。挙句の果ては太った半分屋と大店だけが残って、市中から上がる富を独占する。両者は手を握り合うこともあり得る。問題は結果、上様のお膝元でありながら、今以上に、極端に富める者たちとそうでない食うや食わずの貧しい者たちとに市中が分かれてしまうことだ。同じ町人でありながら、貧富の差が開きすぎるのはよろしくない、不満は常に政に向くゆえ、阻止には半分屋への規制しかないというのがお奉行のお考えだ」

「そこまでお話しいただいたので、よくわかりました。半分屋への規制は正しいご判断だと思います」

——とかく富は欲しか生まないものだ——

季蔵は得心した。

「それとこれのことで意見を聞きたいとお奉行がおっしゃっていた」

蔵之進は片袖から魔笛『敦盛』と偽られたものを取り出した。

——わざわざ蔵之進様の口を通さなくても、直にわたしに訊いてくだされればいいものを——。千里眼を自負されているお奉行のことだ。あの後、番屋で田端様や松次親分に、焼けてしまった家で起きたこと全てを話したつもりだったが、まだ何かあると疑っておられるのだろうか？——

正直季蔵は愉快ではなかった。

「くわしく調べさせたところ、これは馬の骨ではなく人の骨で出来ているとわかった。飛鳥女と平三が魔笛は浅井長政の頭の骨で出来ているとついた嘘は、皮肉にも一部、真実だったことになる」

「ええっ？」

季蔵は仰天して、

「なにゆえ、そのようなものを？」

思わず問いを発していた。

するとと蔵之進はけらけらと笑って、

「俺さ、おまえさんが知ってるわけないって言ったんだよ。けど、お奉行が言うにはあの場に居て飛鳥女の口寄せに取り憑かれていたおしんは、季蔵が可愛がってる弟分の女房だから、関わってりゃ、都合が悪いことは言わないだろうから、確かめてこいって」

くだけた口調で真実を語らせようとした。

「たしかにおしんさんが偽の『敦盛』作りに関わっていたら伏せたでしょう。ですが、真実は番屋で申し上げた通りです」

季蔵は言い切り、

「ただし、戦乱の信長公の時ならともかく、今の世に髑髏での笛造りは何やら普通ではないものを感じます。ぞっとしました」

自身の感想を添えた。

「お奉行もそうおっしゃっている。これには裏の裏と深い闇がつながってるんじゃないかと。今のおまえさんの話を聞いて、隠し事がないとわかってお奉行もまずはほっとなさるだろう。ああ、俺もこれで肩の荷が下りたよ」

蔵之進は本日初めて屈託なく笑った。

「お奉行様に『千里眼だけではなく、地獄耳のあなた様のこと、裏の裏と深い闇の在処を早くお探しください』とお伝えください」

烏谷への伝言に皮肉を込めつつも、季蔵も釣られて笑い顔になり、

――蔵之進様も気乗りのしないお役目を押し付けられたのだろう――

「どうか、これをお嬢さんに」

カワハギの風干しを包み始めた。

この日は意外な訪れが多かった。

「正直、これで早くおき玖と一杯やりたい」

本音を洩らして蔵之進が帰って行くと、

「嘉月屋の嘉助です」

季蔵や三吉が懇意にしている菓子屋の主が戸口に立った。

「このところ、お訪ねしようとしてはいたんですが、なかなか時が作れなくて。前を通りかかったら、灯りが見えたんで、番頭を先に帰して、ついお訪ねしてしまいました。こんな深夜にすみません」

「どうぞお入りください」

季蔵は丁重に招き入れた。

――たしかに礼儀正しい嘉助さんらしくない突然の訪れだし、夜遅くというのもらしくない。何かよほど気にかかることがあるのだろう――

仕事熱心で温和な人柄の嘉助は小柄な身体で床几に収まった。

「何か召し上がりますか?」

まずは煎茶を供した。

「いえ、結構です。今まで夕餉を挟んで仲間内での話が続いていましたから」

音を殺して煎茶を啜った嘉助は、

「よい味ですね、相変わらず季蔵さんは淹れ方がお上手です」

褒めつつため息をついた。

「常は煎茶や抹茶をいただきながら合う菓子を考えるのが楽しみなのですが、このところそうもいかなくて」

嘉助は冷や汗が噴き出ているやや広めの額に片手を当てた。

「お悩みでも？」

季蔵の方から切り出した。

「実はお話というのは他ならない三吉ちゃんのことなのです」

嘉助は知らずと眉を寄せていた。

「三吉が何か――」

――あつかましすぎるというお叱りだろうか？　いや、違うな。独り身でこれといった親戚もいない嘉助さんは、三吉を我が子のように可愛がってくれているのだから――

「三吉さんは深川の仲町にある團十郎菓子の店を任されています」

「朝、納豆を売り歩いているのではなく？」

思わず季蔵は聞き返してしまった。

「納豆売りもしていたのですね」

嘉助はふうと重い息を吐いた。

「ところで團十郎菓子とはどんなものなのです？」

聞き慣れない名の菓子であった。

「一言で言ってしまえば唐芋（サツマイモ）菓子です」

嘉助はあっさりと告げた。

「甘藷百珍にでも記されているものですか？」

季蔵は訊いた。

甘藷とも言われる唐芋はそもそもが救荒食であり、庶民の暮らしに根ざしていて、多種多様な食し方が工夫されてきていた。こうした菜や菓子、主食の米代わりになる料理法を集めたものが、寛政元年（一七八九年）に珍古楼主人によって著された『甘藷百珍』であった。

「いいえ、あれには載っていません。似たものとしては煠出し芋でしょうか。これは短冊に切った唐芋を油で揚げ、からっとした食感を味わうものです。そのままですと、女たちの茶請けや子どもらのおやつになり、塩を一振りすれば悪くない酒のつまみになります」

「からっとした唐芋とは変わっていますね。唐芋の食味は焼きいもや蒸しいも、芋ようかん、金団等、とかくしっとりとばかり思っていました」

「とはいえ、團十郎菓子は煠出し芋より、よほど手が込んでいて、甘くずっしり感のある菓子らしい菓子ですよ。そろそろ似たものがあちこちで売られ始めるでしょう」

「是非ともどんな代物か、知りたいです。食べたことはあるのでしょう？」

「菓子屋の性で面白いものが出てくると、つい味わって競いたい気持ちが頭をもたげ、食べずにはいられません」

「それならもう、どんなものかおわかりだ」

「人真似はしないことにしていますので、嘉月屋では売り物にする気はありませんが、團十郎菓子の作り方はかなりくわしくわかります」

「それでは御指南ください」

「わかりました。ですがこれは肴にも菜にも不向きです。その分、悔しいことに菓子としては上生菓子に匹敵する美味さです」

嘉助は苦笑しつつ頷いた。

三

「使うのは小指の先ほどの太さで一寸（約三センチ）ほどの長さに切り揃えた唐芋です。唐芋は熱を加えるとほくほくになるものが適しています。これを水に放ってアク抜きします。その後、布巾で水気を軽く拭き取り、大きな盆に晒しを敷いて唐芋を広げ、上からさらに布巾を被せて半刻（約一時間）ほどおきます。そうやって、唐芋を干したところで、深鍋に油を入れてじっくり揚げていきます。菜箸で持っても折れないくらいパリッとしてきたら、揚がっていますし、焦げる前のこんがり狐色がよろしい。別の鍋に砂糖と水を入れて、揚げたての唐芋に絡める飴を作っておきます。砂糖と水は飴色になるまで煮詰めます。ドロドロにすると固まってしまうので、少し水気が残っているくらいで止めておきます。そのくらいが絡めやすいんです。飴と絡めた唐芋をまた、晒しの上に広げて乾かして、はいっ出来上がりっ‼」

説明にはなかなかの臨場感があり、

——菓子作りに命がけの嘉助さんのことだ、売り物にしていないとはいえ、何度も試してみたのだろうな——

季蔵は感心しつつ、

「さくさくの面白い食感で飴で絡めるのも一工夫あって、なかなか美味しそうですね」

團十郎菓子を評した。

——それに嘉助さんだって、美味しいとわかっているはず。これなら三吉が飛びつくに決まっているが、どうして、仲町の店を任されているのか？　きっとこれには深い理由がありそうだ。それと、こんなに美味しそうでおそらく売れていて、真似たものが出そうだというのに、わたしの耳に届いていないのはなぜだろう？　もしや、命名と関わっているのでは？——

「ただ、どうして團十郎菓子なのかがわかりません」

季蔵は命名の謂れを聞きたくなった。

「團十郎菓子は團十郎菓子ですよ」

嘉助は憮然とした面持ちで突き放した物言いになった。

團十郎とは市川團十郎のことで、元禄期（一六八八～一七〇四年）に初代團十郎が荒事と呼ばれる芸域を確立した。荒事は筋肉の発達した体つきや力を込めた腕の感じ等に加えて、大胆な絵柄の衣装を着こなして、眼力を強調するべく顔に隈どりをすることも多く、その迫力が観る客たちを圧倒した。極めて絵画的でもあり、その雄々しくも華麗な舞台姿が残されている。

二代目以降の團十郎はこうした荒事を基礎に上方芸である和事の芸を工夫して組み入れ、独自の芸風が隈どりのさまざまな様式と共に継承されていった。ちなみに和事とは繊細優美な色男の恋愛描写に尽きる。荒事が男の客向きであるのに対して、和事師と称された和事が得意な歌舞伎役者は女客たちを熱狂させた。

「あの当世市川團十郎の好物だとでもいうわけですか？」

季蔵はありきたりな思いつきを口にした。

「まあ、そんなところでしょう。人気というのは恐ろしいものですね」

嘉助は吐き出すように言った。

実のところ、当世市川團十郎は歴代の團十郎には似ていない。つるりとした面長中高の美貌の二枚目ぶりであった。何とも上品な独特の色気があり、嫌味のない適度な愛嬌に華があった。粋ではあったが肩で風は切らず、すましていても柔らかな印象で、孝行息子でもあり、二枚目を演じる時の高音ながらすっきりとさわやかな科白回しに定評があった。

——とはいえ、流行風邪禍の後、やっと禁令が解けた江戸の歌舞伎に客が戻ったのは、当世團十郎人気に負うところが大きいと言われている——

季蔵は反論せずに嘉助の言葉を待った。嘉助は、いわゆる男前とはかけ離れている。それでいて、生涯かけて一心に菓子を極めようとしている嘉助は、菓子は味と同じか、それ以上に見た目の良さ、花のような無条件な美しさが肝腎だと考えていた。季蔵が嘉助と出会ったのは集いの場になっている湯屋の二階であったが、

「わたしには菓子が女のようなものです」

ふと洩らした一言があった。

「ただし菓子は生身の女たちとは比較にならないほど、寄り添いやすいですけれどね」

とも言った。

「團十郎が舞台で水浴びした桶の水が、美顔水として結構高値で飛ぶように売れたのはともかく、大奥女中が團十郎の吐いた唾を古裂に浸して守り袋にしたという話には、こちらの方がえっとなりますよ。いったい、世の女たちは何を思い、考えて振る舞っているのか？　そんな女たちが團十郎菓子にも飛びついているのでしょう？　菓子屋のお得意様は半数以上が女の方なので、お気に入っていただけるものをと苦心惨憺しているつもりなのですが、このような名付けの菓子が売れまくっていると、切ないやら腹が立つやらで正直、菓子作りの意欲が減じてしまいます。何だか、唾と菓子を一緒にされているような気がして――。唐芋かりんとうとでも呼ぶべきこの菓子が結構美味しいだけに残念です」

とうとう顔を真っ赤に怒りで染めた嘉助の本音が出た。

――たしかに團十郎という名がついているから評判にも人気にもなるのだろうな――

「お気持ち、よくわかります」

季蔵が大きく頷くと、

「ありがとうございます」

嘉助の表情が和らいだ。

――さて、嘉助さんの積み重なる鬱憤が晴れたところで――

「ところで三吉が深川仲町で團十郎菓子を売る店の主だというのは、あまりに唐突すぎて、どうしても解せませんが――」

肝腎な三吉の話へと誘導した。

「店番をしていただけかもしれません。向こうは気づいていませんでしたが、さっきも見かけました」

「こんなに夜更けて？」

「あそこからは色町が近いですから。遊女たちは團十郎菓子を買うと言って、客にねだった金のうち大半をくすねるんです。團十郎菓子は安価なのでたいしたくすね得だとか。客の方は團十郎菓子と聞いただけで、千両役者を思い浮かべて高いはずだと早合点し、菓子皿で何本か出される唐芋かりんとうは美味でもあるので文句は出ないようです」

「なるほど」

相づちは打ったものの、

――店番であれ、三吉がそんな仕事に関わっているとは――

少なからず心に打撃を受けた。

「早朝、ここへ来る前に納豆売りをしているということですし、家族に何かあって、言うに言われず無理をしているのではないかと――、わたしがもう少し気を配ってやるべきでした」

季蔵の言葉に、

「本当にそう思われますか？」

嘉助は悲しそうな表情を見せた。

「思いたいです」

季蔵の物言いは重かった。

――家族に何かあって気がかりなのだろうけど、朝早いのはともかく、夜更けてまでの仕事はいかがなものか。三吉の身体が心配だ――

「ご存じのようにわたしにはこれといった身内がおりません。それで行く行くは御両親のお世話も含めて三吉さんを養子に迎え、必死に頑張って築いてきた嘉月屋を継いで貰ってもいいと、今までは思っておりました」

「今までは思ってくださっていたわけですね」

――ということは今はもう、その考えはないという意味だろうか？――

「実は今夜の仲間内での寄り合いは半分屋への策でした。團十郎菓子は半分屋が作って名付けて売っているんです。菓子屋仲間たちの心配はこのまま、半分屋が團十郎菓子の他にも、例えば、士分の方々に追っかけさえいる、女浄瑠璃の名を冠した饅頭などを売り出すかもしれない噂があることなのです」

――半分屋は菓子にまで商いを広げていたのか。これは蔵之進様やお奉行の危惧と結びつく――

「半分屋は当世團十郎に許しを得ているはずでしょうから、そちらは人気の娘浄瑠璃を先に押さえてはいかがです？」

理を話した季蔵に、

「当世團十郎ほどになると、名の使用は許すでしょうが金は取りません。何せ、優雅と優美が売りの和事師ですから。娘浄瑠璃も團十郎に倣うでしょう。ですから、こちらも團十郎や次に流行ると目されている娘浄瑠璃の名を使って、半分屋と勝負しなければ、どんどん客が取られてしまうという焦りはあります。團十郎菓子で女客を娘浄瑠璃で男客を減らされるとかなり手痛いです。ただでさえ、流行風邪禍でどこも、かなり売り上げが落ち込んでいますからね。最も皆の心を揺さぶったのは、大奥女中が團十郎菓子を注文して以来、市中での茶席にまで上生菓子の代わりに使われ始めていることです。菓子屋にとって茶席の上生菓子は今まで浮き沈みの少ない商いでしたから。同業者たちの気持ちはよくわかるのですが、わたしはそんなやり方は勝負とは名ばかり、二番煎じの便乗商いにすぎず、味で勝負するなら名は外すべきだと思うのです」

嘉助は直面している切実さと抑えがたい自身の心情を返してきた。

四

さらに、

「それでも、わたしが上に立つ立場にいなければいいのですが、今、わたしは景気が落ち着くまでということで、仮の肝煎の座に無理やり座らされてしまいました。理由は流行風邪でわたしたち菓子屋を束ねていた肝煎を含む三人もの長老が亡くなってしまったからです。菓子に関わることなら、思ったことを忖度せず、歯に衣着せず口にしていたのが禍したようです。ただでさえ、自分の店の立て直しに忙しいというのに、このような役目を担うのは、まさに火中の栗を拾わされたようなものです」

嘉助は言った。

――そういう事情だと仮の肝煎である嘉助さんが半分屋の團十郎菓子の二番煎じを認めるか認めないかの意味は大きい。認めないという心情を通すのであれば、團十郎菓子の急先鋒である三吉を跡継ぎにと考えることはできまい。跡継ぎどころか、誰が見ているかわからないのだから、ちょいちょい店に顔を出すのも慎んでほしいところだろう――

嘉助の真意を解した季蔵はこの間味わった栗の蜜煮を思い出し、得も言われぬ甘味が苦みに変わるのを感じた。

「ご迷惑をおかけしております」

季蔵は知らずと頭を垂れていた。

「事情が事情とはいえ、こちらこそ申しわけございません」

嘉助も同様に頭を下げて、

「一度、仲町の團十郎菓子屋にいる三吉さんの様子をご覧になれば——」

言いかけて止め、戸口の気配に気がつくと、

「迎えが来ましたのでこれで失礼いたします」

帰って行った。

この後、季蔵は身支度して塩梅屋を出た。

——如何に花街とはいえ、朝まで團十郎菓子を売ることはないだろう。店が終わる前に三吉がいるという深川仲町の店まで行かなければ——

幸い雪は降り止んでいる。季蔵は進みにくい雪道のもどかしさにやや苛立ちながら先を急いだ。

灯りの眩さで仲町に近づいているとわかった。雪の日ならではの夜は暗さが白さで被われて普段よりもずっと明るい。白さの中にぽつぽつと見える花街の灯りが何とも清々しい活気に見えた。

——あれが團十郎菓子だな——

二人連れで遊びに訪れた若い男たちが團十郎菓子の入った袋を手にしている。袋には与三郎に扮した当世團十郎とお富役の当世尾上菊五郎の姿が刷られている。歌舞伎の『与話情浮名横櫛』の与三郎は当世團十郎の当たり役で、不義相手のお富との運命的な出逢いか

ら始まり、手酷く引き裂かれてもなお、燃え上がり続ける恋の炎が二人の縁をつなげる話であった。團十郎と菊五郎が演じる濃厚な色模様に定評があり、この舞台には男の客たちまでもが押しかけていた。

すれちがい際に若者たちの話す声が聞こえた。

「この菓子、たいした人気だ」

「昼間は噂をきいたおちゃっぴいとか役者好きの女たちが押しかけるらしい。こんなもんじゃないそうだよ、売れ行きは」

――たしかにこうした場所から團十郎菓子を売り出すとは何とも商い上手だ――

季蔵は役者絵付きの袋から唐芋かりんとうを摘まんでは口に入れている若者たちの満足そうな顔に感心した。

嘉助が教えてくれた團十郎菓子の店は花街の入口にあった。造りは屋台と葦簀張りに毛の生えたような簡素な床店である。客は長蛇の列であった。遊女の代わりに並ぶ下働きたちがほとんどだが、小腹を充たすために買って帰る、先ほどの若者たちのような輩もちらほらと並んでいる。

すげ笠を被ってきた季蔵は最前列近くまで近づいた。團十郎菓子屋が一望できる。

――あれが三吉？――

季蔵は息を呑んだ。

三吉と想われる背丈のある体軀の者が白地に龍をあしらった褞袍を身につけ、もう一方の小柄な痩せ型の者は紺地に金が施された豪華な着流し姿で團十郎菓子を売っている。二人の赤と黒、白の凝った隈どりが地の顔を隠している。

——舞台の團十郎がこのような衣装を着るのかどうかは知らないが、荒事や和事の雰囲気は出ている——

「はいっ、おまけえ」

その声は確かに三吉のものだった。

「糸引く飴ぇ、糸引く飴ぇ、思い出してね、与三とお富のあの濡れ場、この飴糸ときたら、あの二人の唾と唾なんだから。しっぽり濃く濃く濡れちゃってんのよお。守り袋なぞ、目じゃない、團十郎たっぷりの團十郎菓子、お客さん方が菊五郎。うんと團十郎様に可愛がってもらってねえ。さああ、買った、買ったぁ」

痩せ型の者は三吉らしい者の声よりさらに高い。張り上げる声と共に手足と腰が艶めかしく揺れている。

——女だ——

季蔵は驚きと、

——三吉が一緒にいていい女なのだろうか？——

時折、三吉に触れる、隣の女の手足の動きを見逃さなかった。

——嘉助さんがご覧になれば、と言ったのはこのことだったのだな——

合点した季蔵は踵を返した。

——今の三吉に何をどう言ったらいいのか、まるで思いつかない——

季蔵は長屋に帰ると井戸端で柄杓（ひしゃく）の水を何杯か飲んだ。

まずは少し眠ろうとして畳に身体を横たえた。目が覚めた時にはまた雪が降っていた。油障子（あぶらしょうじ）を開けると、かみさんたちが雪掻（ゆきか）きをはじめている。もう昼近いのだ。

——いかん、寝過ごしてしまった——

塩梅屋へと急いだ。

すでに三吉は店にいて、

「昨日、季蔵さんが保ち料理はタコの柔らか煮もいいって言ってたでしょ。煮たタコは冬場も美味しいってさ。今日漁師さんが届けてきたのを、今、柔らか煮にしてるとこ」

ちょうど足を切り離したタコを鍋の湯で霜降りにしたところであった。

「あ、大根おろし使うの、忘れてないからね」

保ち料理用のタコの柔らか煮はまず切り離した足を大根おろしをまぶして揉（も）み、水で汚れとぬめりを洗い流す。

「大根叩（たた）きだってちゃんとやったよ」

清めたタコは大根で叩いて繊維をほぐしてから、鍋の湯でさっと霜降りに茹でる。

三吉はこのタコの足のための蒸し缶と蒸し汁も用意してあった。蒸し缶に酒、煎り酒、味醂、砂糖の合わせ地を注ぎ、これにタコの足を浸して一刻（二時間）ほど蒸籠（せいろ）で蒸し煮込みにする。蒸し汁に漬けたまま冷ます。冷暗所で五日は保つ。

――三吉はわたしが遅れて出てきた理由を訊かない。ついこの間までは体調のことを気にしてくれて訊いてきたものだが――。三吉も特に夜の仕事については誰にも訊かれたくないのだろう――

「蒸しあがったら賄いにタコ飯作っていい？　このところ、おっとうやおっかあにここの肴とか菜食べさせて貰ってて、すごーく喜んでる。タコって二人の大好物なんだよね」

三吉の言葉に、

「いいぞ、拵えてみろ」

季蔵が承知すると、三吉は出汁に生姜の千切りを入れて飯を炊き、蒸し上がったタコを小指の先ほどに切って加えてさっくりと混ぜた。

「タコ飯って柔らか煮にしてないタコで同じように拵えること多いんだろうけど、手間ひまかけて蒸し煮にした柔らか煮だと格別だよね。でもこれ当然っていえば当然」

三吉がもっともらしく洟らし、

「存分に食べろ」

季蔵は勧めた。だが三吉は二膳しかお代わりをしなかった。

――おかしい――

ぴんと来た季蔵は、

「今日はお重を早めの夕餉に届けたらどうかな」

「わあっ」

三吉は歓声を上げ、

「おっとうもおっかあも、こりゃあ盆と正月が一緒に来たって、きっと大喜びだよ」

きらきらと目を輝かせた。

「たいした親孝行だな」

季蔵はちらと探るような目を向けたが、

「ん、おいら、一人っ子だし頼られるのっていい気分だし——」

三吉は無邪気に言葉を返してきた。

季蔵は別にタコの柔らか蒸し煮を使った菜を二品拵えた。一品目は水気を切った大根おろしと、一口大のタコの柔らか蒸し煮を和(あ)えたタコのみぞれ和え。もう二品目は冬ならではの炊き合わせで、タコの柔らか蒸し煮は一口大より少し大きめに切ってそのまま使う。里芋は米のとぎ汁で茹で、水で晒して糠(ぬか)を洗い流した後、出汁と煎り酒、味醂で煮含める。南瓜(かぼちゃ)は皮をむいて、里芋に大きさを揃えて切り、砂糖を加えて里芋よりやや甘目に煮る。これらをタコの柔らか蒸し煮と合わせて盛りつける。

「半分っ、半分っ、半、半、一本っ、二本っ、一葉ぁ、二葉ぁ」

売り声が聞こえてきたが、季蔵は半分屋を呼び止めなかった。

一瞬だったが三吉は「呼び止めなくていいの？」という表情になった。

——嘉月屋さんに菓子好きな三吉を養子にという気持ちを取り戻して貰いたい。それなりの覚悟は要るだろうが、三吉にとってこれほどいい話はないのだから——

季蔵は三吉の表情に構わず、重箱にタコの柔らか蒸し煮を使った、タコ飯とみぞれ和え、炊き合わせを詰めて、いつものように風呂敷に包んだ。

「行ってきまあす」

お重を大事そうに抱えた三吉は弾むような声をあげて店から出て行った。

五

——ほとんど眠っていないだろうに元気なものだな、仕事のしくじりもないし気まで利かす——

季蔵はこの何日かの三吉の変化に首を傾げつつ、

——だが、よほどのことでもない限り、あれほど用心深くしている元気は続かないものだ——

『本日、暮れ六ツまで留守にします』と、書いた貼り紙をして三吉の後を尾行た。

——何だ——

三吉の足は住んでいる長屋へと向かっている。

——お重の届け先は両親だったのか——

ほっとしたのも束の間、三吉は住み慣れている長屋を通り越すと、積もった雪で白犬のように見える石の狐の前を入って、中のお堂へと歩を進めた。季蔵は素早く稲荷神社の裏手へ廻ってお堂の後ろ側に立った。

「待った？　お葉菜ちゃん」

　三吉の声である。

「そうでもないけど、お腹空いてる。あたし、煮炊きできないから、朝からなーんにも食べてないんだもん」

　團十郎菓子の口上に勢いづいていた方の声音に似ている。

　――やはり、三吉と團十郎菓子を売っていた痩せ型の者は女だった――

「それだったら、何か煮売り屋で買って食べればいいのに。きちんと食べないと身体に障るってうちの旦那も言ってるよ」

　三吉は案じていて、

「煮売り屋買いなんて、慣れてないし、食べないの慣れてるから」

　お葉菜はひっそりと言った。

「さあ、沢山食べなよ。お葉菜ちゃん、タコは好物だって言ってたろ」

　三吉がやや声を張って勧めると、

「わあ、タコがいっぱい」

　しばらくお堂の中は声が止まった。

「ああ、美味しかった。こんな綺麗で美味しいものを毎日食べられるなんて、もう、夢みたい」

「おいら、喜んで貰えてとってもうれしい」

「三吉さんが作ってるんでしょ、凄いっ」

「ん、まあね」

——おやおや——

季蔵は少々呆れた。

——相手にいいところを見せたい、なるほどこれはなかなかの本気だな——

「お葉菜ちゃんこそ、よくあんないろいろ面白いことが思いつくなって、おいら、いつも感心してる」

「だから娘義太夫になり損ねたのよ」

「苦労したんだよね」

「あたしの生まれたとこ、夏にお天道様が照ってくれないことがあるとみーんな飢え死にしちゃいそうになるんだよね。そこへ江戸から人買いが来て、あたしの話、面白いって言ってくれて、今江戸で大流行の娘義太夫になれるかもって。お女郎さんになるよりいいなって思えて、それでこっちへ出て来たんだけど、駄目、駄目。三味線はそこそこ出来るようになったんだけど、言われた通りの語り、覚えられなくて。このままじゃ、身代わり娘義太夫になるっきゃなくて」

「それって、あれだよね」

「ん、あれ」

娘義太夫の人気は三味線や語りよりも、年端も行かない少女たちに魅せられる男たちによって支えられていて、身代わり娘義太夫とは少女売春の隠語であった。

「そこをね、半分屋さんが助けてくれたのよ。大川の底に真水で生きられる鯨がいるっていう話とか、上野のお山に実は太閤様が朝鮮から持ち帰らせた虎が隠れ住んでいるっていうとかの思いつき、商いに出来ないかって。半分屋さん、干物だって半身を売ってくれる魚とか、鶏や鴨、青物売りの商いが上手くいってて、次はどーんと流行るお菓子売りをやりたいんで、何か、これといったぴかぴか光る思いつきはないかって」

「それでお葉菜ちゃん、團十郎菓子の生みの母になったんだよね。冴えてるよ、その閃き」

「江戸に出てきて初めて歌舞伎を観て、みーんな舞台に釘付けで、特に團十郎ときたら、観てる女の人たち『團様ぁ』って叫んで目が潤んでて、どんなお菓子を売るつもりか、全然知らなかったけど、流行らせたいお菓子なら絶対團十郎って思ったの」

「おいら、あの團十郎の名前がついてたんで、絶対茶席の上生菓子か京風の干菓子なんかだろうって思い込んでたけど、唐芋かりんとうだってわかってびっくり。一人前がたっぷりの袋入りで、安くて甘くて小腹の空いた時に丁度いい。もう最高。何かわくわくしてきちゃって、お葉菜ちゃんに声掛けられて、もう、一も二もなくこいつに関わりたくなったんだ」

「お菓子作りが好きな料理人見習いさんって、噂が聞こえてきてたもんだから。正直、あたし一人で売るの、不安だったのよ」

「そんなことあるわけないよ。ちょっと凄すぎるけど、お葉菜ちゃんの飴と唾がいっしょくたになる口上、大うけしてるもん。あれに聞き惚れてるお客さんたち、男も女も沢山いる。おいらだって、あれにはどきどきしちゃうよ」

　――三吉は商いに目覚めたというよりも、娘義太夫になろうとしたお葉菜に、ぞっこんなのだ――

　季蔵は半ば呆れ苦い思いだった。

　――むずかしい年頃だからな――

「そーんなこと――」

　お葉菜はわざと三吉に倣った物言いになって、

「なーいって教えーてあーげる」

　しばらく二人の声が途切れた。

　この時、季蔵は大八車が近づいてくる気配に気づいて、榎の後ろに隠れた。

　得も言われぬ甘くいい匂いが迫ってきて、手拭いを被った男がぴーっと指笛を吹いた。

　慌てて三吉とお葉菜がお堂から飛び出てきた。

「今日はちょいと遅くなったが、後はよろしくな」

　男はにやっと笑って、懐から取り出した袋入りの團十郎菓子をぱりぱりと噛みながら走って去った。

　大八車にはいくつも岡持ちが載っていた。岡持ちの一つは唐芋かりんとうが隙間から見え隠れしていた。与三郎とお富姿の團十郎と菊五郎が描かれた袋の束が積み重ねられている。

「陽が沈むまでは割引があるから、沢山、お客さんたち並んで待ってるわ。急いで仲町まで運ばなきゃ」

　お葉菜は大八車の梶棒を握った。

　大胆な隈取の化粧をせず、派手で贅沢な形をしていない時のお葉菜は、目はぱっちりとした黒目がちながら鼻筋は通りすぎず、美人というよりも何とも愛らしい。ただ、髪を結わずに垂らして束ね、一見つんつるてんの茶色縞木綿の着物の裾が左右前後非対称で、帯の代わりに萌黄色の組紐を使い、赤い鼻緒の黒下駄を履き、細くて形のいい足を見せている様子は、素人でも玄人でもない、一風変わった不思議な印象だった。

「おいらも手伝う」

　三吉も前枠に入り、二人は並んで大八車を曳き出した。

「いいの？」

　お葉菜は一応確かめた。

「いいってば。おいらも一度この大八曳いてみたかったんだ」

「あたしほんとは三吉さんと一緒に夜のあの姿で昼間、こうして大八、曳きたいって思ってた」

　お葉菜の言葉に、

「おいらだってそうさ」

頷いた三吉は頬を染めた。

見送った季蔵は、

——はて、どうしたものか——

このまま三吉がのぼせあがっていていいはずはないのだろうが、

——三吉も大人に近づいている。『人の恋路を邪魔する奴は馬に蹴られて死んじまえ』とも言われる。ここはもう少し様子を見ることにしよう。そして、三吉の身が危うくなったら手を貸そう——

そう決めた季蔵は塩梅屋へと戻る途中、草地を通ると、芹が雪の冷たさと風の寒さに耐えるように寄り添って生えているのが見えた。芹は寒さの中でも力強く葉を伸ばし、清々しい独特の強い芳香を放つ。三吉とお葉菜、二人の姿がこの芹に重なって、季蔵は摘んで帰ろうとして伸ばした手を引っ込めた。

——ずっとあのまま、大八を共に曳くようであってほしい——

だがすぐに、あの團十郎菓子の甘くて濃厚な匂いと、役者を真似たようなどぎつい隈どりをした二人の顔が浮かんだ。

——一つ、團十郎菓子とは逆の菓子を拵えてみるか——

店へと戻った季蔵は大和芋で、雪芹きんとんを拵えることにした。

大和芋は皮をむいて適当な大きさに切り、酢少々を入れた水に晒し、よく水洗いして鍋に入れ、たっぷりの水で柔らかくなるまで茹でる。これを漉して砂糖を加えると、真っ白なきんとんができる。

半分のうちの半量は抹茶で緑に、後の半量は藍で水色に染めて、残りは白いままの大和芋の色を使う。

緑に染めたきんとんのうちの半量を一寸ほどに丸めておく。

大二つ、小一つの絞り出し袋を作る。白と水色のきんとん各々を大の布袋に入れ、丸めた緑色のきんとんを覆うよう、白と水色のきんとんがまだらになるように絞り出す。

小の袋に緑色のきんとんを入れ、白と水色のまだらが雪景色のように見える上に、緑色のきんとんを芹に見立てて、ほんの少しふわりと絞る。

細長に絞り出した形は麵の切れ端といったようなものだが、白と水色が折り重なっている様はちらちらと降り続く雪片を想わせ、芹の緑と相俟って、何とも美しい冬の趣きであった。

季蔵はこれを三吉の行く末を案じる嘉月屋と、南茅場町のお涼の元で療養している瑠璃へと届けた。

六

何日かして嘉月屋の主嘉助とお涼より以下の文が届いた。

雪芹きんとん、いただきました。季蔵さんの三吉ちゃんを思いやる深いお心に恥じ入りました。ご心配だけをおかけする、勝手なことを申し上げたような気もいたします。流行風邪禍で沢山の人が亡くなり、景気も考えられないほど悪くなり、誰もが日々の糧に追われる中で忘れていたものがこの雪芹きんとんにはあります。

美しいが冷たい雪に包まれている緑のきんとんも、雪の上に顔を出している緑同様、わたしたちが諦(あきら)めてはいけない希望なのだと切に思いました。そして、人が人らしく生きる自然の道しるべではないかと——。

わたしも季蔵さん同様、三吉ちゃんをどんな時でも見守り続けて行こうと思っています。

嘉月屋嘉助

追伸

それと実はわたしも半分屋を使っております。やはり便利で利があるので。ですので半分屋遣いはどうか遠慮なさらず——。

塩梅屋季蔵様

美しくも優しいお菓子をありがとうございました。早速、瑠璃さんがお得意の紙花細工で似せて作るのかと思いきや、半分屋からもとめた、煮炊きには不向きな古小豆を中に入れて、世にも美しい冬お手玉を作られました。本来は捨てる古小豆をお手玉用に売るとはさすが半分屋ですね。

瑠璃さんのお手玉は白い端切れ四枚を縫い合わせた座布団型で、これに切り揃えた緑と白、水色の組紐を縫い付けて雪と芹にしています。猫の虎吉ときたら何度も何度も試みて、人のようにお手玉をしようと悪戦苦闘した挙句、縫い目がほどけて小豆がこぼれ出したのでしゅんとなりました。

瑠璃さんのお手玉をお届けします。

涼

季蔵様

瑠璃が作った雪芹お手玉を見ているうちに、

──小さい頃、瑠璃にどうしてもと言われてお手玉遊びにつき合ったことがあったな。結構、楽しかったが、手が瑠璃より大きいわたしが勝つと泣きべそを掻いていたっけ──

知らずと夢中でお手玉を放り投げてはそれを受けていて、気がつくと目頭が熱かった。

この夜、季蔵は瑠璃のお手玉を枕元に置いて寝た。明け方、

「季蔵さん、季蔵さん」

油障子を叩く声は三吉のものだった。

「まあ、入れ」

家の中に入れると、

「どうしたんだ？」

季蔵は派手な化粧と縕袍姿の三吉を見据えた。

「お葉菜ちゃんが――」

声は震えているものの隈どりのせいで顔の表情は力強い。

「喧嘩でもしたか？」

「ううん」

三吉は大きく首を振って、

「し、死んじゃってた」

何とか言葉にした。

「お葉菜って誰だ？」

「黙っててごめん。おいら、店が終わった後、お葉菜ちゃんと團十郎菓子を売ってたんだ」

「知ってた」

「えっ？　どうして？」

「そんなことは後だ。それより、まさか、おまえが――」

「そんなことない、ありっこない。おいら、お葉菜ちゃんを大事に思ってたもん」

「だったら、どうしてそうなったんだ？」

「わ、わからない」

土間にへたり込みかけた。

「腰など抜かすなっ」

季蔵は一喝して、

「こういう時、腰を抜かすとしばらく立ち上がれなくなるぞ。いいか、しっかりしろっ」

「ん」

か細い声で頷いた三吉を季蔵は板敷に上げて座らせると、

「おまえがお葉菜の骸(むくろ)を見つけた時のことを話せ」

「おいらたち、いつものように團十郎菓子を売ってた。お葉菜ちゃんの口上はいつも通り冴えてたし、何もかも何の変わりもなかったんだ。そのうちにお葉菜ちゃんが、『ほんの半刻だけ、あたし、大八曳いてここ空ける。今日は團十郎菓子、いつもより売れ行きがよくて、夜の分が足りなくなりそうだから。大丈夫だよ、三吉さんならもう任せられる』って言って店から出ていったんだ。おいら、ちょっとは不安だったけど売るのを続けた。お葉菜ちゃんがいてくれなくても、何とか仕事をやれるのはうれしかったけど、いないのはやっぱり寂しかった。それで團十郎菓子が売り切れるとお葉菜ちゃんを探した」

「どこで見つかった？」

「そ、それが大八の上で――」

「それをどうした？」

「番屋の裏に置いてきた。骸になっててもお葉菜ちゃんはお葉菜ちゃん。愛しい。お葉菜ちゃんを大八ごとそのままにしておくなんて、おいら、できないもん。どうしても、お葉菜ちゃんを殺した相手をお縄にして貰いたかったから」

「殺されたと何でわかった？」

「言わなきゃ、いけない？」

「駄目だ」

「お葉菜ちゃん、首に紐で絞めたみたいな赤い痕があって息してなかった」

「その骸に触ったか？」

「うん。だって、死んでるなんて信じたくなかったから、夢中で揺すった。骸だなんて思えなかったからぞーっとなんてしないで、かーっとしてた。汗びっしょりになって汗と隈どり用の染粉が混じって目に痛かった。そのうちに死んでるってわかって涙が出てきた」

——汗と涙と隈どりの染料か——骸の着物に三吉の染まった汗や涙が付いてしまっているかも。そうとわかれば疑われる——

「とにかく今はその顔と着ているものを何とかしろ」

季蔵は水瓶から小盥に水を分けて、手拭いと一緒に三吉に渡した。

するとそこへ、

「俺だよ、いるかい」

松次の声が聞こえた。

「ちょっと待ってください」

季蔵は三吉に向かって枕屏風を指差した。這うようにして枕屏風の向こうに三吉が入ったのと三吉の草鞋を季蔵が懐に隠したのと、季蔵が油障子を開けたのとはほとんど同時であった。

「これは親分、おはようございます」

「まあ、いつものことなんだが——」

気のせいか、松次の目は家の中を見渡そうとしているように思えた。

「わかりました」

わざと欠伸を嚙み殺す仕草をしながら、季蔵は身支度をして松次に従った。

「珍しいね、あんたが欠伸とは——」

「ここのところ寝付きが悪くて」

「ふーん、初耳だ」

松次の足は番屋へと向かっている。

——やはりな——

「何がありました?」

季蔵は気にかかった。

「あんた、何か心当たりがあるのかい?」

逆を突かれた。

「こいつは俺がこの間、あんたんとこへ話しに行ったこととも関わってる」

「三吉ですね」

松次は頷いて、

「ったく、驚いちまったよ、あいつが納豆だけじゃなしに、團十郎菓子まで売っていたとはな」

「わたしもつい最近知りました」

「おまけに女まで出来てたとはな」

「そのようですね」

「その女を知ってるのかい？」

「三吉のことを可愛がって親身に案じてくれている方が教えてくれました」

「そりゃあ、あんたも気が揉めただろうよ」

「はい」

「あんたにゃ、気の毒だがこれから三吉はてえへんなことになる。覚悟してくれ」

松次は季蔵から顔をそむけるようにして告げた。

番屋の裏手では烏谷と田端が待ち受けていた。見覚えのある大八車の上にはお葉菜の骸が仰向け(あおむ)けで寝かせられている。

顔は隈どりの化粧が落とされているものの、身につけているのは金箔(きんぱく)が施された藍(あい)の着物であった。お葉菜の無邪気な童顔と豪華すぎる舞台衣装じみた着物が不似合いで、絞められた首の赤い痕と相俟って何とも痛々しかった。

「頼む」

烏谷は言葉少なく田端に顎をしゃくった。

「番太郎が見つけた。本日朝七ツ（午前四時頃）のことだ。くわしく話してやれ」

烏谷は田端を促した。

「それでは又一（またいち）に話させましょう」

田端は控えていた小柄な白髪頭を促した。又一は頭と眉こそ白かったが、目には強い輝きが宿っていて実はそう年寄りではなさそうだった。

「すぐに今日は夜と雪が味方についたって思いやした。普段の日の特に昼間の土の上じゃ、そうそう轍（わだち）の跡は残るもんじゃありやせん。けど、こいつはこの雪の上さえ丁寧に辿（たど）れば、どっから大八が来たのかわかるってぴんときやしたよ。そんで大八の轍の跡を辿ってったんでさ。そしたら、深川仲町の方へ続いてて、花街の入口の團十郎菓子屋に行き着いたんですよ。そこからはとんとん拍子でね、流行（はやり）の團十郎菓子を仕掛けたのは今太閤の半分屋だとわかりました。その半分屋じゃ、團十郎菓子屋はお葉菜ってえのと、料理の修業をしてる三吉ってぇのに任せてるって教えてくれやした。旦那、これでいいでしょうか？」

田端が頷くと、話し終えた又一は勝手口から番屋へ戻っていった。

七

「そういうわけだ」

ぽつりと烏谷が洩らし、田端と松次は黙っている。

「三吉に話を訊きたい」

烏谷は告げた。

――三吉はお葉菜殺しの罪で疑われている。思った通りの運びだ――

「もうしばらくしたら三吉が店に出てきます。ここへ出向いて当人に事情を話させるようにいたします」

季蔵は固い表情で承知した。

「ほう、三吉は明け方近くまで唐芋かりんとうを売る團十郎菓子だけではなく、塩梅屋でも働き続けていたのだな」

烏谷はぐるりと大きな目を瞠った。その目に一切情味は感じられない。

「今頃は納豆売りもしてるはずですぜ」

松次の畳みかけが意地悪く感じられる。

「過ぎたるは及ばざるが如し」

田端は呟いた。

「それを言うなら、三吉だけではなく、市中の皆が普段から心得ているはずの『李下の冠瓜田(かでん)の履(くつ)』の有難いことわざも、『過ぎたるは及ばざるが如し』には勝てないということだ――」

　烏谷の声が響いた。

『李下の冠瓜田の履』とは、すもも（李）の木の下で冠を被り直せば、すもも泥棒、瓜(うり)の畑の中で靴を履き直すと、瓜盗人(ぬすっと)と疑われかねないのだから、普段から人に疑われるような事はするなという戒めであった。

　一方、孔子(こうし)の弟子への言葉である『過ぎたるは及ばざるが如し』とは、度が過ぎたものは、足りないものと同様によくないという意味である。

――皆さん、三吉の過剰な働きぶりを怪しんでいる――

「納豆売りのことは俺から話したし、この娘っ子とやってた商いの方は季蔵さんも知ってた」

「そうだったのか？」

　烏谷は念を押した。

「ええ」

「そちのことだ。たとえ問い糺(ただ)さなくとも気になっていたはずだ」

「寝る間を削っていたのでしょうが、店の仕事に差し障りはありませんでした。頭ごなしに叱ると却(かえ)って反発しかねない、むずかしい年頃ですし、気をつけて見守ってやりたいと思っていました。でも、こんなことになるとは――」

「夜更けまで團十郎菓子を売って、その後は納豆売り、そして従来の塩梅屋の下働きとはな。一体、三吉はどうしてそんなに金が要り用だったのか？」

烏谷は季蔵を見据えた。

「当初は家族のことではないかと思いました。三吉の家では全員が流行風邪に罹(かか)り、幸いにも治癒していますが、とかく流行風邪の後は体調が悪くて、医者通いや投薬を続ける人たちが多いと聞いていています。三吉のところも両親(ふたおや)が快癒しておらず、父親が働きに出られないので、その分を三吉が負っていると思っていました」

季蔵はそう続けながら、

——これは詭弁(きべん)だ——

見破られていることを察しつつ、烏谷の次の言葉を待った。

「しかし、三吉贔屓(びいき)のそちといえど、お葉菜とのことを知った後は家族が理由の荒稼ぎとはよもや思わなかったはずだ」

烏谷は厳しい口調になった。

「それもあるとは思いました」

自分でも口から出した言葉が意外で、虚(むな)しい気持ちになりかけた時、岡っ引きの手助けをしている下っ引きの若者が息を切らして走ってきて、

「親分、ちょっと」

松次に耳打ちした。

「わかった、ご苦労さん」

相手を労った松次は、

「今のは三吉の家から急ぎ戻った者でさ。三吉の親ときたら、父親は日傭取り、母親の方は家で内職をしてて、ようはどっちもぴんぴんしてまさあ」

やや気の毒そうに季蔵の方を見た。

「それはよかった」

この気持ちに偽りはなかった。

「帰って三吉を待ちます」

辞そうとした季蔵に、

「一つ、そちに言っておくことがある。この一件にはくれぐれも踏み込まぬように。そちをここへ呼んだのはこれを伝えるためでもあった。三吉が出てきたら速やかにここへ伴うこと、よいな」

烏谷は声を張った。

「もとより承知いたしております」

季蔵は深々と頭を垂れた。

番屋から塩梅屋までの帰路、季蔵の頭の中をさまざまな危惧が飛び交った。

——下手人が三吉だと決めているお奉行たちは、おめおめ店に出て来るなどと思ってはいない——

誰かに尾行られているような気もして、立ち止まり、振り返って確かめたがその気配はなかった。

――お役人は三吉の長屋を見張り続けていて、戻ってきた三吉をお縄にする気なのだろう。捕まれば三吉は厳しい責め詮議に負けて、お葉菜殺しの罪を認めてしまう。これはもう、三吉を捕えさせず、真の下手人を見つけるしか、三吉が助かる道はない――

とはいえ、これと決めた相手へのお上の動きは周到で、真の下手人探しはもとより、三吉を捕えさせないでいるのも難儀この上なかった。

――三吉はわたしのところにいる。当然、今後わたしの動きも見張られているだろうから、このまま置いて、匿っておけるとは思えないが、今頃は腹を空かせているはず。まずは何か食べさせないと――

天秤棒を担いだ鯛鴨半分屋の姿が季蔵の目に入った。

「鯛いぃぃ、鯛いぃぃ、アラぁ、アラぁ、鴨おぉぉ、鴨おぉぉ、鯛いぃ、鴨おぉ、特上ぉだよ、特上ぉ、安いぃぃ、安いぃぃよお、うちだけだよ、うちだけ、半分屋、半分屋だぁ」

なかなかよく通る美声であった。

――仕事熱心な半分屋とはいえ、豪華に夕餉を彩る鯛や鴨を売るにしては少し時が早すぎはしないか？　それともこれが半分屋一流の新手の商いなのだろうか？――

一瞬、季蔵が疑念に囚われた時、

「半分と言わず只にしといてやるから、こいつらで俺にも美味いもんを食わしてくれよ」

扁平な四角い顔の小さな目がきらりと光った。

——これは——

その輝きに季蔵はあっと思わず声を上げた。

「あなたでしたか」

「俺を忘れちまっちゃ困るぜ」

振り売りは義賊の疾風小僧であった。流行風邪の真っただ中に会って以来である。

「顔や声では思い出せませんからね」

疾風小僧の素顔は身の丈や身体つきを含めて季蔵にそっくりだったが、神出鬼没、変幻自在に姿を変える特技の持ち主であった。

「まあ、そうでございましょうね」

疾風小僧はふふふと女の声で笑った。扁平な顔が面長に窄まって、ぽつんと点のようだった両目の端がきゅっと艶っぽく吊り上がった。振り売りの形をしていなければ色気たっぷりの大年増に見えることだろう。

「何用ですか？」

——疾風小僧は義賊とはいえ、お奉行と持ちつ持たれつの間柄でもある。油断は禁物だ——

「やけに尖ってるじゃないか」

「そんなことは――」

季蔵が「ない」と続けようとするのを遮って、

「たしかに烏谷椋十郎は千里眼の地獄耳だが、俺だって負けてはいねえぜ。あんたと下働きの三吉が今、崖っぷちだってことは、よーくわかってる。安心しな、俺は奉行所の廻し者にだけはなんねえからさ」

疾風小僧は扁平な顔に戻って不機嫌そうに言った。

「お奉行様と何かありましたか？」

「あんたもなかなかいい勘してる。それについちゃ、そのうち話すよ。今は三吉の鳴いてる腹の虫を何とかしてやらねえと。どうだい？　鯛のアラと造りに使った残りや切れ端、鴨の胸肉、崖っぷちから帰ってくるには滋養があって美味いもんが何よりよ。後で店の方に行く。孤立無援のあんたらが聞いて損のない話も俺は摑んでる」

振り売り姿の疾風小僧は慣れた手つきで鯛のアラ等と鴨の胸肉を各々、竹皮に包んで季蔵に渡してくれた。

――おそらく、傍目には半分屋の振り売りと客にしか見えないだろう――

季蔵はほっと安堵しつつも、

「いい買い物をした」

疾風小僧に銭を渡すのを忘れなかった。

「誰が見ているかわかりません」

季蔵が小声で呟くと、

「ありがとうございます」

振り売りは深く腰を折ってぺこぺこと何度も頭を下げた。そして、

「半分屋は椎茸一個の客に対しても、振り売りが礼儀正しいのがウケにウケて、ここまでのし上がったんだとさ」

素早く季蔵の耳元で囁くと、

「ありがとうございます」

さらにまた礼を言って頭を垂れた。

別れて店まで戻る途中、季蔵は、

――あそこまでだと機嫌が悪いというよりも、怒り心頭のように見えた。いったい何に疾風小僧は腹を立てているのだろう――

とても気になった。

八

店に戻った季蔵はもとめた鯛のアラと鴨の胸肉で鯛みそと鴨そぼろを拵えることにした。

――極上の保ち菜になる。追い詰められている時こそ、美味いものを食べさせてやらなければ――

三吉のためであった。

鯛みそも鴨そぼろも素材が美味いとわかっているので季蔵は味見しなかった。そしてこれらの拵え方を教えてくれた、亡き先代長次郎の言葉を思い出した。

「素材がよけりゃ、よほどの下手を打たない限り、仕上がりもいい。だがそれじゃ、料理としては今一つ面白みがない。とはいえ、時にどうしても、こういう物じゃなきゃ間に合わねえことだってある。そういう時に拵えるもんだと覚えときな。間に合わねえったって、偉え人とか食通の旦那に頼まれたり、押しかけられたりした時のことじゃねえ。安易に拵えちゃならねえぞ」

鯛みそと鴨そぼろに取り掛かっている間に、仕掛けた釜の飯が炊きあがるいい匂いがこぼれてきている。

「来たぜ、俺だよ」

ぱっとしない振り売りの扁平な顔で疾風小僧が突然、季蔵の前に立った。戸口の方は気にかけていたので裏庭を通って勝手口から入ってきたのだろう。

「それにしても飯の炊ける匂いがいいっ。明日死ぬとわかったら、最後はこの炊きたての飯を食いたいっ」

疾風小僧は鼻をひくつかせたが、

「こんな時に縁起でもないことは言わないでください」

季蔵は返した。

「そうかりかりしなさんな。それに俺は自分のことを言ったまでさ。俺も捕まりゃあ、必ずそうなる。今は三吉もそうなりかねない。たしかにその通りなんだが、死ぬ前に食いたい一番が炊きたての飯だってえ話ぐらいいいじゃないか。そのくらい肝が据わってねえと、これからの長丁場を乗り切れねえぜ」

飯が蒸れたところで疾風小僧はしゃもじを使って、二つの飯茶碗に炊きたての白米をよそった。

「そこにある菜との相性もさぞかしだろうね」

疾風小僧に念を押された季蔵は、

――たしかに今、わたしまで余裕を失っている――

まだ鍋のまま冷ましていた鯛みそと鴨そぼろ各々を小皿にとって味をみた。

――いかん、鯛の身が多い鯛みそは全体に味が薄すぎるし、鴨そぼろは甘味が足りない――

急いで再び鍋を火にかけて味を調整した。

「どうぞ」

小鉢に盛りつけて箸を添えて供した。

「待ってましたっ」

扁平顔が満面の笑みに変わった。箸が忙しく、しかし上品この上なく優雅に動いて、疾風小僧は飯三膳と小鉢二鉢を平らげた後、

「三吉の分は？」

季蔵を促した。

季蔵は三吉のために大好物の甘い卵焼きを拵えると、重箱に飯と鯛みそ、鴨そぼろを詰め終えたところでふうとため息をついた。

そんな季蔵を疾風小僧が察した。

「あんたんとこは見張られている。そいつは俺がさっき確かめてきたよ。たまたま空いていた斜向(はすむ)かいの家を八丁堀(はっちょうぼり)が借りて、見張ってる。それにしても、今日の朝早く、三吉があんたを頼った時、見ていたのが俺だけでよかったよ。あの時はまだ見張りはついてなかったから」

——疾風小僧はあの時から近くにいたのか？——

今や、季蔵は頼みの綱が疾風小僧しかいないことを実感した。

「実は俺は何日も前から、三吉が半分屋の團十郎菓子を売り出していると知って、あんたの長屋を振り売りの形で回っていたのさ。もちろん、朝から夜まで店にいるあんたには会えなかったが、いずれ、何か起きてあんたが巻き込まれるだろうと思って備えてたのさ。備えあれば憂いなしとはよく言ったもんだ」

疾風小僧は快活に言い切ると、

「ここへ座ってくれ」

座敷へと季蔵を誘って、

「疾風小僧の特技は疾風のような盗み技だけではない。とくと手並みを見てほしい」

取り出した刷毛や化粧の品を季蔵の顔に使った。その仕草は何度か顔をこすったようにしか見えなかった。

「ほおれ」

季蔵は疾風小僧が差し出した鏡の中の自分を見た。その顔は今隣りにいる疾風小僧と瓜二つの扁平で四角い、市中のどこにでも見かける町人男であった。いつのまにか、両頰に綿が詰め込まれていることにも気がついた。

「同じ顔をした振り売りが二人もいてはおかしいな」

そう言ってふわふわと笑った疾風小僧が、つるりと自分の顔を撫でると、さっきまでの季蔵の顔になった。

「相長屋の連中は全部出職だ。今頃はかみさん連中しかいない。こいつは幸いだ。だから、さあさ、着替えて。こうすりゃあ、あんたは怪しまれずに三吉に食べ物を運べる。ついでに事情も聞けるだろう」

疾風小僧に言われるままに季蔵は着ているものを交換した。

「とりあえず、今からしばらくは俺が塩梅屋を仕切るから、あんたと三吉は羅生門河岸にある女郎屋蔦屋を塒にしろ。蔦屋は今んとこの俺の住処だから安心しろ。夜になったら、二人で行け」

「わかった」

もはや孤立無援の季蔵と三吉は疾風小僧の言うなりになるほかはなかった。

「名は何と言ったか忘れたし会ったこともないが、たぶん褞袍に違いない大工の女房の話は聞いているだけで面白くて楽しみだ。惹かれる褞袍よな。役者好きな我儘な褞袍のくせに、まだ亭主に恋女房扱いされているのが何ともいえない」

以前、店で季蔵の代わりを務めたことがある疾風小僧は、暢気で陽気な物言いになった。

――疾風小僧なら完璧にまたわたしを務めてくれるだろう――

季蔵はそんな相手を店に残すと、裏庭に置かれていた天秤棒を担いで自分の家のある長屋へと向かった。

――誰が見ているか、わからないし、こちらもこれだけはしくじれない――

途中季蔵は疾風小僧の売り声を真似た。

「鯛いぃぃ、鯛いぃぃ、アラぁ、アラぁ、鴨おぉぉ、鴨おぉぉ、鯛いぃ、鴨おぉ、特上ぉだよ、特上ぉ、安いぃぃ、安いぃぃぃよお、うちだけだよ、うちだけ、半分屋、半分屋だぁ」

――しまった、声はどうだったろう？　疾風小僧はもう少し高かったのでは？　いや、大丈夫だ。こうなるかもしれないとわかっていた疾風小僧の方が、わたしの声に合わせていたはず――

確信した季蔵は道すがら自信を持って売り声を張り続けた。客に呼び止められると、振り売りの疾風小僧のように気前よくおまけをして深々と頭を下げる。

「いいねっ、あんた、半分屋さんっ、江戸っ子の鑑だよ」

などと持ち上げられることもあった。

長屋の木戸門を潜ると、見知ったかみさんたちが待ち受けていた。

「ああ、やっと来た」

「今日、遅くない？」

「あら、今日は鯛に鴨、当たりだね」

「鯛や鴨が安売りで、一切れから売ってくれるなんて、さすが半分屋さん」

「いいや、この男だからだよ。あんた、いい男じゃないけど、そのうち、きっとお大尽になって、別嬪で気立てのいい女に惚れられるに違いないよ。男は顔じゃない、甲斐性なんだからさ」

「あら、でも、ここの季蔵さんはいい男だし、誰に対しても親切丁寧よ」

「その代わり、変わらずこんなとこにずっと住んでるじゃないか」

「あたしたちだってそうでしょ」

「そういやあ、そうだねえ」

そこで顔馴染のおかみさんたちはどっと笑い、

「でもさ、今日一日無事に過ぎて、夕餉は鯛か鴨が食べられる、それでいいじゃないか。充分だよ」

「たしかに」

「幸せなんて望みすぎるとろくなことはないんだよ」

こうしたかみさんたちの言葉を、鯛のアラや鴨肉一切れを渡しては銭を受け取りつつ、季蔵は黙って聞いていた。

――いつも長屋の人たちとは短い話しかしていないものの、売り声とありがとうございますのほかは気づかれる恐れがある――

「そういや、今朝、急に季蔵さんとこの斜向かいに越してきた男がいたわね」

目当てのものが手に入ると、かみさんたちの話は別に移った。もちろん季蔵の耳はそばだつ。

「あの男、煮売り屋をやってんですってさ」

「へーえ、どこで？」

「それはわかんないけど、ここで作って運ぶみたいよ」

「どうせなら、ここでやってくれるといいのに。作るより売れ残りを買った方が安い時あるもんね」

「ここじゃ、そんなのばっかり狙ってる連中が多いから、たとえ煮売り屋だって商いになんないだろうさ」

「それでどんな男？」

「どうってことのない、おっさんだよ」

「おっさんかあ、残念」

するとそこへ、

「おっさんで悪いね」

十手を腰にぶら下げていない、捩じり鉢巻きを頭に巻いて前垂れ姿の松次が、皿を手にして季蔵の前に立った。

九

「よりによって鯛と鴨とはとびっきり豪勢じゃねえか――」

松次は不審げに金壺まなこを瞠った。

「半分屋じゃ、仕入れに力を入れてますんで」

季蔵は声は作らず淀みなく応えた。

――いつだったか、松次親分は舞台の役者でもない限り、造り声は不自然だと言っていた。疾風小僧でもない限り、かえって怪しまれる――

「なーるほどねえ。そのせいで青物売りや魚売り等、あちこちで苦情が出てるぜ。早く生の品をさばきたい百姓や漁師の足元を見て、あこぎに値を叩いてるんじゃねえだろうな」

松次はじろりと季蔵をねめつけた。

「すいません」

咄嗟に季蔵は頭を下げた。

「ま、あんたが仕入れを仕切ってるはずもねえし、そもそも商いは競争なんだから仕方がねえんだけどね。とはいえ、そのうち半分屋の主がお上のお叱りを受けるだろうよ」

如何にも松次らしい言葉に、

「何よ、あんた、説教がましいっ」

「岡っ引きみたいっ」

「早くしてよ」

後ろに並んでいたかみさんたちが口々に怒りを口にしたのに慌てた松次は、

「鯛と鴨、一切れずつ、いやこいつを煮炊きすりゃあ、格別いい値でも売れそうだから三切ずつ」

三切ずつ分の銭を季蔵に押し付けるように渡すと、皿から食み出しかけている鯛と鴨の重なった切れ端を手にして、季蔵の斜向かいに入った。

それから瞬く間に鯛と鴨は売り切れ、まるで潮が引くかのようにかみさんたちの姿もなくなった。

——松次親分は今頃、鯛と鴨で他の見張りの人たちの分も料理を拵えていることだろう

季蔵は安堵しつつも左右に気を配り、誰もいないのを確認すると、天秤棒から二つの桶を離して重ね、自分の家の油障子を開け、中に入り枕屏風の向こうを覗いた。

「誰？」

膝を抱えて縮こまっていた三吉が怯えた目を向けてきた。

「わたしだ、外は見張られているので顔を変えている」

「季蔵さん？　たしかに声は季蔵さんだ、よかった」

三吉の表情が緩んだ。

「なるべく小さな声で話せ、いいな」

季蔵は両袖から握り飯と竹皮二包みを取り出した。

「まずは食え」

季蔵は囁いて勧めた。

三吉が両手に持たされた握り飯の一つ目を平らげたところで、季蔵は二つの竹皮の包みを開いた。

「あ、鯛、鴨」

三吉は大声を出しそうになってかろうじて堪えた。二つ目の握り飯は鯛味噌や鴨そぼろと代わる代わる口に運ぶ。

「あ、あの――」

三吉が喉をさすった。

察した季蔵は水瓶に汲みおいてあった水を湯呑みに注いで手渡した。三吉がごくごくと飲み干したところで、

「夜にはここを離れる。すでにおまえを捕えようとしている見張りの目は、ここにも及んでいるからな。それまではここに人がいる気配を悟られてはならない。だから多少窮屈でも屏風からこちら側には来るな。それと――」

お葉菜の骸を見つけた時のことで、何か新たに思い出したことがないかと季蔵は訊きかけて止めた。

三吉が懐から役者絵が描かれた袋に詰められた團十郎菓子を出してきて渡そうとしたからであった。三吉の目はまた涙に濡れている。

「お葉菜の骸が持っていたのか？」

三吉は頷いた。

――あんなに空腹だったというのにこれを食べずにいたのだな。いや、辛くて食べられなかったのだ――

季蔵は三吉の胸中を思いやった。

「それだけじゃなくて」

三吉は袋の中を掻き分けると、

「これっ」

巾着(きんちゃく)型で紫色の袋を探し出して季蔵に渡した。

「お葉菜ちゃん、お守りだって言ってて、とってもこれを大事にしてたんだよ」

袋を受け取った季蔵が小さな丸い手触りを感じて紐を解いて中を見ると、ころりとどんぐりが一つ出てきた。

「それを見せて貰ってから、おいらもどんぐり拾って、一等いいの選んで、揃いってことがうれしくて、お守り代わりに持ってるんだよぉ。これさえ持ってりゃ、いつまでも一緒にいられると思ったのにぃ――」

　三吉はしゃくりあげた。

　季蔵はお葉菜のどんぐりを凝視した。

「小さな穴が空けられている」

「それぱっかりは真似できなくて、それでお葉菜ちゃん、あんな目に――」

　三吉はこれ以上、泣き声をあげまいと必死に歯を食いしばった。


　その後、季蔵は天秤棒を担ぎ直して羅生門河岸ではなく、塩梅屋へと戻るとやはり裏手へと廻り勝手口から中へと入った。

　――吉原東河岸、通称羅生門河岸には以前、お奉行に連れて行かれたことがあった。その時も一見は女郎屋の実は密談等に使われる隠し家だった。同じ羅生門河岸ともなれば、お奉行と疾風小僧が手を握り合っているかもしれない。疾風小僧とてこのまま信じ切るには確証が要る――

「おや、こちらへお帰りとは」

　疾風小僧は季蔵の顔で笑顔を向けた。

「おかげで三吉に人心地つけさせてやれた。礼を言う」

「それでもまだ俺を信じ切れないようだな」

　相手は図星を突いてきた。

「それじゃ、ちょうど出来上がった鯛のきずしで茶でも啜ろうか」

疾風小僧は季蔵が店を空けている間に、鯛の上身できずしを拵えていた。

「茶は離れで。わたしが淹れる」

振り売りの顔のまま、季蔵は離れへと自分の顔の疾風小僧を誘った。

茶を淹れて向かい合うなり、

「あなたを信じ切るには証が要る」

季蔵は切り出した。

「俺があんたでもそうだろうね」

疾風小僧は小皿に取り分けた鯛のきずしを口に運んだ。思わず見惚れるような典雅な箸使いであった。

「鯛のきずしは味にコクと旨味が出て、ただの造りなどよりよほど美味しい。これを食べたらもう、鯛の造りは醬油でも煎り酒でもご免蒙りたいところだな。これで日持ちがするのだから、まさに腐っても鯛だ。鯛はきずしに限る」

悠揚たる様子の疾風小僧は目を細め、箸を取った季蔵は、

「いくら江戸っ子が醬油好きでも鯛の造りには煎り酒の方が優勢だ。その煎り酒にしても元は酒と鰹節に加えて酸っぱい梅干なのだから、ようは鯛には適度の酸っぱさが合うということになる」

束の間ではあったが鯛のきずしの美味さを讃えた。

「これに合うのは上方の新酒でなければ、極上の煎茶だ」

疾風小僧も季蔵の淹れた煎茶を褒めて、

「さて、あんたが望んでいる話をしよう。俺は今、江戸で以前ほど皆に慕われていない。それというのは俺に囲米泥棒の疑いがかけられているからだ」

憤懣やるかたない表情になった。

囲籾とも称される囲米は飢饉の時に備えての備蓄米のことであった。この制度は寛政年間に改革を行った老中、松平定信によって整えられたものである。松平定信は天明の飢饉の際、治めていた寒冷の領地で、一人も餓死者を出さなかった事実を高く評されて老中に抜擢されている。

「浜御殿にある籾蔵だけではなく、深川橋富町、神田筋違橋、霊岸島、小菅の籾蔵まで俺が狙って盗んだとされている」

「聞かない話ですね」

「俺だって瓦版屋の元締めに掛け合って真実を書けと迫ったこともある。だが全てが流行風邪禍の煽りで低迷している当節、瓦版屋も潰されかけているのさ。親しくしている元締めに聞いた話では、瓦版屋も人の子、お上の機嫌を窺わないとどんな禍が当人だけではなく、家族に降りかかるか、知れたものではないのだそうだ。それで一切、囲米や籾蔵の話には触れないのが、瓦版屋たちの俺への精一杯の義理立てだという話だった」

「瓦版屋たちが口を閉ざしているというのに、なにゆえ、囲米泥棒があなただとされていて、多くの人たちが信じているのでしょうか？」

　季蔵は疑問を口にした。

「町会所の連中の仕業ではないかと思っている。奴らは地主たちから七分積立金を取り立てているからな」

　籾蔵に囲米を購入する費用は市中の地主たちから集めた積立金によるものであった。これは各町の地主が得る家賃や地代の七割を税のように町会所へ納める規約である。その町会所は幕府の勘定方、南北の町奉行、与力、同心によって運営、監督され、事務は勘定方が選出した年番名主、勘定方配下の座人である、金座、銀座の年寄役、勘定役、平役人の三役が任されていた。

「年番名主や座人は上の言いなりだから、まずは地主たちの耳に俺の悪事を囁く。そして地主たちは家賃や地代の値上げは万事疾風小僧の盗みのせいで、足りなくなっている囲米の買い付け金捻出のためだと、店子たち等へもっともらしく説明する。その上、言葉巧みに、〝世の中は流行風邪禍どころではない、もっともっと酷い天災に遭っているところもあって、疾風小僧の囲米盗みもその支援に使われているのかもしれない。あの疾風小僧のことだから、そのうち米が金に変わって江戸の空から降ってくるかもしれない。だから今は決して騒ぐことなかれ、疾風小僧の名を口に出してもいかん〟などという戒めさえ説いているとわかった。この話は座人の一人に聞いたのだから間違いない。俺はいつのまにか、知らぬ間に、町人たちの血と汗と涙の賜物である、七分積立金で買いつけた囲米を盗んだ泥棒に仕立てられていたというわけさ。こいつばかりは許せないっ」

疾風小僧は吐き出すように言った。

「あなたとお奉行様は持ちつ持たれつの旧知の仲、その話、お奉行に真実を問うてみようとはしなかったのですか？」

季蔵の言葉に、

「あなたならそうしますか？　今のあなたでなくともなさらないはずです」

疾風小僧は畏まった冷たい物言いで応えた。

十

――たしかに政と関わるお奉行の真意には、毒をもって毒を制する、あるいは大義は正義に勝ることもあるというような、はかりしれないものがある――

「流行風邪禍によって負った不景気の収束のためなら、お奉行は目をつぶったままでいることだってあるだろうさ。そもそもがお上の宿敵で、お縄になりゃ、打ち首獄門の疾風小僧のことなんて、我関せずじゃないのかい？　町奉行の烏谷は囲米を仕切る町会所を勘定方と牛耳っている。ちょろまかす囲米を俺のせいにしようとしたのは烏谷かもしれないぜ」

疾風小僧は先ほどとは打って変わった伝法な言い方をした。その分、ずっと不思議な縁で結ばれてきた烏谷への深い想い、裏切られたかもしれない友情ゆえの無念が込められているのがわかった。

――おそらく、このような時、奉行と義賊という、どうしても埋められない溝が痛感されて悔しいのだろう――

「お奉行は普通につきあうのならいい奴なんだろうがな」

そうも疾風小僧は洩らした。

「わかった。あなたは三吉のお葉菜殺しの嫌疑を晴らせれば、ふわふわと市中に流れている、疾風小僧は囲米泥棒であるという、自身の汚名を返上できるという考えなのですね」

――そして、できればお奉行との友情を取り戻したいのだ――

「俺はお葉菜殺しには團十郎菓子を売り出した半分屋が関わり、その半分屋が俺の不名誉にもつながっていると見ている。町会所は一時、半分屋を景気を上げるために使おうとして、囲米を流用させた。米はすぐに金に換えられて何でも買えるからな。けれども、こいつは並みの悪ではなくて、安くて便利な商いは大繁盛、今や半分屋のやりたい放題に町会所が翻弄されているってわけだろうさ」

疾風小僧は大きく頷いて、

「この塩梅屋は俺が何とかあんたに成り代わって仕切るから、その間にお葉菜殺しの下手人を突き止めてほしい。三吉も救えるし、その下手人から半分屋の正体に近づければと思っている」

あろうことか頭を下げた。

「半分屋の正体がわかっていないのですか？　あんなに大きな商いになっているというのに？　しかも疾風小僧のあなたが知らないとは――」

季蔵には意外だった。

「俺だって何とか面を知ろうとしたさ、仲間にも手伝わせた。ところがわからない。こいつだと思っても違う。天秤棒を担いでる連中にも主はいる。だがそもそも半分屋は青物、魚、ももんじ、海産物等、それぞれ細かく分かれていて主も異なる。そうした主たちになんとかたどり着けても、聞いてみると、ただの雇われで、日々の歩合の金がいいから主を名乗って、振り売りを使っている奴らばかりだった。もちろんその上もいて、会ってはみたが皆、判で押したように、『歩合の金に釣られた』と同じ言葉を口にした。にょろにょろ、にょろにょろ、まるでいけすの鰻(うなぎ)のように摑めないんだよ。半分屋の本当の主を見つけ出してれば、とっくにケリをつけている。あんたには頼まないさ」

疾風小僧は苦く笑った。

――團十郎菓子の主とて半分屋の本物の主のことなど、何も知らぬかもしれない。これはたいした難題だがやり抜くしかない――

季蔵は固く決意した。

ちょうど陽が落ちてきていて、季蔵は疾風小僧が拵えた鯛のきずし寿司を携えて自分の長屋へと向かった。

――自分の長屋へ行くというのに常にないこの緊張感。そして、お奉行も田端様、松次親分も敵という事実は何とも重く受け止め難いが、それが今なのだ――

季蔵は、

「喧嘩だ、喧嘩だ。一人がよってたかってやられてる――」

大声をあげながら木戸門を潜(くぐ)った。

案の定、季蔵の斜向かいの油障子が開いた。

「どこだ？」

「あっち。楓川(もみじがわ)の方だよ」

「よしきた」

松次が飛び出していった後ろ姿を見送って、季蔵は自分の家に入り、枕屏風をどかした。三吉が眠っている。頬に涙の痕がある。

「お葉菜ちゃん」

三吉の寝言は結構大きかった。

「しっ」

咄嗟に季蔵は三吉の口を手で押さえた。

「わたしだ。行くぞ」

季蔵は三吉を促し、羅生門河岸まで急いだ。やっと疾風小僧の告げた蔦屋に辿り着いた時、迎えてくれたのは点(とも)されていた灯りだけであった。

おそるおそる中に入り、声をかけたが、しーんと静まり返った奥からは返事はなかった。

「大丈夫？　おいらちょっと怖い」

震えている三吉を、

「大丈夫だ。ここを教えてくれた人は信用できる」

励まして、二人は履物を脱いで、上に上がり一番近い部屋の襖を開けた。驚いたことに長火鉢に火が熾されている。続きの部屋には布団が二組延べられている。三吉をそこに残して季蔵は家中を見て回った。がらんとした部屋ばかりであったが、厨には過不足なく米、水、食器、青物、魚まであった。

――疾風小僧は自分の住処だと言っていたが、至れり尽くせりだな。こんなにまでしてわたしに敵の正体を明らかにさせようとしているのか？　それとも、疾風小僧が半分屋で、三吉とわたしを取り込んで商いを広げたい？――

そこで、季蔵は激しく頭を横に振った。

――違う、違う。疾風小僧は盗みはしても人は殺さない。三吉を誘うのにお葉菜を駒に使ったとしても、決して手にかけるようなことはしない。そう信じたい。とはいえ、このようなご時世、疾風小僧とて以前のようには生きられぬのかも――。百歩譲って手下の犯した罪を糊塗しようとしているのでは？　それでお奉行とも縁を持てなくなった？　とするとわたしや三吉はこのまま取り込まれ続けて、疾風小僧の手下になるほかないのか？今、わたしたちは囚われている？――

季蔵は三吉の元に戻ると、一人で心細いだろうが必ずお葉菜殺しの下手人を捕えるから、それまで辛抱するよう言いきかせた。

——ともあれ、元の暮らしに戻るためには、疾風小僧の思惑をあれこれ考えていてもはじまらない。一刻も早くお葉菜殺しの下手人を突き止めることだ——

季蔵は三吉とお葉菜が團十郎菓子を売っていた深川仲町へと急いだ。半分屋のやり方なら別の売り子たちが客たちをさばいているはずであった。

「團十郎だよ、あの團十郎」

「旨いよ、旨いっ」

「さあさ、買ったぁ、買ったぁ」

口上こそお葉菜や三吉と異なっていたが、歌舞伎役者もどきの派手な着物に顔形がわからなくなる、どぎつい隈どりをした二人組が大声を張り上げていた。

幸い客の数はそれほど多くはない。列に並んだ季蔵は役者絵が描かれた團十郎菓子を受け取って銭を払う際に、

「この五倍の銭を出す。訊きたいことがある。ほんの一時だ。裏の銀杏(いちょう)の前で待ってる」

素早く、右手にいた背の低い方の売り子の耳に囁くと、人目につかないように気をつけて店の裏手へと廻った。

ほどなく売り子の一人が落ち着かない様子で近づいてきた。

「ちょっと小便ってことになってんだからさ、早くしてくれよ、おっさん」

「團十郎菓子の店の主に会いたい」

季蔵は掌に小粒を載せた。

相手はごくりと生唾を呑んで、

「まあね」

季蔵の顔を上目遣いで見た。季蔵はもう一つ、小粒を握らせる。

「だったら小名木川沿いの海辺大工町の仕舞屋に住む卯助さんだよ。そこで團十郎菓子も作っている」

すぐに踵を返した。

季蔵は海辺大工町へと急いだ。

唐芋に絡める格別な蜜の匂いですぐに見つけられるはずだったが、目当ての仕舞屋にはなかなかたどり着けなかった。やっと揚げ油の香ばしい匂いが、そこはかとなくこぼれ出している仕舞屋の前に立った。

庭の手入れは良くも悪くない、ありふれた造りの仕舞屋であった。声は掛けずに中へと入り、揚げ油の匂いの元へと足を忍ばせた。

厨では油の入った鉄の大鍋が竈に掛けられている。その前で四十歳絡みの町人髷の男が小唄を口ずさみつつ、手際よく拍子木切りにした唐芋を揚げていた。

「卯助さん」

呼びかけたが唄うのに夢中で気がつかない。

「邪魔します」

声を張ったところで卯助は唄うのを止めて振り返った。

「来てくれても、ここじゃ、売らないよ」

そう告げた卯助の手は器用に揚げ箸を握っていて、油の中の唐芋を躍らせて狐色になると引き揚げている。

「俺はここで昨日の夜から雇われて、揚げてる卯助だ。雇われてからまだ一日も経ってねえのさ。卯助ってえのはここの主の名だよ。俺にもほんとの名はあるが卯助で通せと言われてる。卯助ってえ名を知ってるってえことは、あんた、まだ決まってねえが見つけてくれるってえ、助っ人かい？」

――すでに三吉やお葉菜を指示していた前の卯助さんは辞めてしまっていたのだ――

「ええ、まあ」

季蔵は卯助の誤解に便乗することにした。

「なら、よく来てくれた。ったく、同じもんを揚げっぱなしってえのは、楽は楽だが飽きちまってね。揚げろと言われてる量は半端じゃねえんで、休むわけにもいかねえ。ところであんたも屋台の天婦羅屋だったのかい？」

卯助はやや退屈していた。

見廻すとすでに同じ大きさに切られている大樽いっぱいの唐芋と、絡めるためのタレが大鍋になみなみと湛えられている。

――どちらも大量に仕込まれて運ばれてきているのだ――

「ええ、まあ」

季蔵は続けて曖昧に濁したが相手は気にも留めず先を続けた。

「流行風邪禍でさっぱりになるまで、俺もこし屋橋の袂で天婦羅の屋台を出してた。結構いい実入りだった時もあったが、今じゃ、糊口凌ぎのためにこんな有様だ。同じもんを、それも唐芋なんかを揚げるってえのは芸がないよ。いろんな魚や海老に衣をつけて揚げていた腕が泣く。それぞれに揚げ方の技の違いがあって、俺はそいつを極めてきたんだからな。ったく情けないったらないね」

愚痴を口にしながらも卯助は揚げ箸の動きを止めない。

「昨日までの卯助さんも嫌気がさして辞めたんですかね」

季蔵は訊かずにはいられなかった。

「若いこともあって毎日一人で揚げてたみたいだからね。でも、その分、手間賃や売り子たちへの目配り料は多かったはずだよ。俺はそこそこ年齢だからとてもそこまではできねえ、だから揚げの手伝いが要る、その代わり、その分、手間賃から引いてもらってもいいって、言ったんだ。それで早々にあんたが来てくれたわけだな。助かるよ」

今の卯助は季蔵を見る目を細めた。

――常の時なら手助けもするし、天婦羅の極意も聞けるのだが――

「團十郎菓子はますます人気が出て、ここには竈ももう一つあることですし、今以上に数多く揚げさせられる気がします。考えさせてください」

季蔵は俯いた。

「そうかあ――」

今の卯助はがっかりした様子ではあったが、そこを何とかとも言わず責めもしなかった。

「たしかになあ、見たとこ、俺よりあんたは年齢だし、手伝いと言っても量が増えれば、揚げ続けるのはきついだろう。その上、商い上手の半分屋じゃ、手伝いってことで、大した銭は出してくれねえだろうし――。まあ、よく考えた方がいいやね」

――今の卯助さんより、わたしの方が年長に見えるのだ――

季蔵は自分の振り売りの顔が老けた顔をしていることに気がついて、

「天婦羅を揚げていたのは一時だけだし、なかなか割のいい仕事にありつけない今日日、あなたほど高く売れるとは自信がありません。前の卯助さんともう少し深く話をすれば、踏ん切れるような気もしてますんで――」

前の卯助に選ばれたという方便を効果的に使った。

「なるほどね。教えてやりてえのは山々だが、前の卯助の居所なんて俺も知らねえんだよ。会ったことはあるよ。口入屋に團十郎菓子屋の主を探させてた張本人だからね。主ってことで皆飛びつくんだが、口入屋じゃ、揚げ物が出来るかってことをしつこく聞いてて、急いでたこともあって、俺しか選ばれなかった。そんでもって、ここに来てみると、今と同じ様子で前の卯助がいた。あんたも知っての通り、痘痕が目立つ若い男だが無愛想で、ここで仕事をしている間は俺に卯助と名乗れと言った。何とも押しの強い物言いだったが、

『仕事は揚げだけで主とは名ばかりだが金はいい』、そうも言って俺に結構な半金を渡してくれた。手伝いをつけてくれと俺が頼んだのもそいつで『いいだろう』と言ってくれた。あんたはここじゃないところで前の卯助に会って、ここへ来たんじゃあないのかい？」

「それはそうなんだが、口入屋でちょっと話をしただけなんで」

季蔵はさらりと躱した。

十一

すると、

「その時、前の卯助はどんな様子だったたい？」

今の卯助の揚げ箸がほんの一瞬止まった。

「どうって、若くて痘痕面の無愛想――」

季蔵は相手が口にした特徴を繰り返した。

「あんたもそうだが、世辞にもいい男じゃあねえよな」

相手は意味深な瞬きをして、

「ええ、まあ」

季蔵が曖昧に頷くと、

「そうそう、前の卯助がここに忘れていったものがあった」

揚がった唐芋を油の中から全部取り出したところで、竈から大鍋を外し、揚げ箸も手から離して台に置く。

「何なんです、そいつは？」

思わず季蔵は身を乗り出した。

「巾着型の紫色の袋さ。大きさはこれほど」

今の卯助は両手の親指と人差し指で小さな長丸を作って見せた。

——何とお葉菜が大事にしていたものとよく似ている——

「中を見たよ。女物の変わった守り袋みたいで、あのぱっとしない前の卯助に似つかわしくなかったからね」

——もしや、あれでは？——

季蔵は危うく、どんぐりではなかったかと念を押しそうになったが、

「綺麗な紫色の珠で貫き穴が空いてた。今日の朝、前の卯助に頼まれたと言って、そいつを取り戻しに艶っぽいが品はいい中年増が来た。紫色の珠も女も匂い立ってたよ」

相手はやや上の空で、

「いい女だったねえ。あんなにいい女、役者が舞台で演じでもしなけりゃ、この世にいないんじゃねえかって思うほどだった。前の卯助にこんないい女がつくなんて信じられねえ、妬ましくてね、火を熾す前だったから、その女を追いかけた。女房に逃げられて俺がこんな仕事しかできなくなったのは、ご時世のせいもあるが、いい女に滅法弱いからなのさ。とかくこれと決めた女に入れあげて銭を使っちまう」

と続けた。

「それで一目惚れの女とはどうなったんです？」

「途中、歩き方が舞台の團十郎に似ていることに気づいた。芝居は女とよく観てたんだ。とはいえ、團十郎は女形じゃない。それとも團十郎は実は陰間（男色）だったのか？　いったい全体どういうことなのかって、不思議でならず追いかけ続けた。そのうち女は古着屋に入ったんだが、なかなか出てこねえ」

「それで？」

思わず惹きこまれて季蔵は息を詰めた。

「出てきたのは若い坊主だった。その間、誰も店に入って行かなかったから、そいつに違えねえ。形は坊主だったが歩き方は團十郎だった。坊主の袈裟は結構上物だった。それで何もかもわかった。芝居好きの坊主が團十郎にかぶれて歩き方を熱心に真似ただけではなく、團十郎の女形を演ってみたのさ。そうとわかるといい女にではなく、この絡繰りに惹かれて今度は坊主を尾行た。坊主は何と一つ目橋近くにある寺に入って行った。たしか明月寺、あんな所には似合わねえ新しい建物で庭が立派だった。ふんっ、くそっ、贅沢坊主の酔狂だったのか――。これでこの話はもう仕舞い――」

今の卯助はふうと大きなため息をついて、竈に大鍋をかけ、油を足した。

「前の卯助さんとその坊さんはどういう関わりだったんですかね？」

季蔵が訊くと、

「そんなことどうでもいいやね。ようはいい女の正体は野郎で、いい女ってえのはこの世にいなかったんだから——」

不興げに呟くと、鍋の中にどさどさと切り揃えられている唐芋を落とし込んでいった。

——どんぐりの穴、紫色の珠にも似た穴。どちらも貫き穴で糸が通る——

「じゃ、もう一度口入屋に行って、前の卯助さんのこと、訊いてみるよ。居所を知っているかもしれないからね」

季蔵は挨拶を口にして、船頭をしている豪助の元へと走った。

——豪助ならばおしんさんを騙していた、あの口寄せの飛鳥女のこともあるから何か知っているかもしれない——

ちょうど船着場に戻っていた豪助に、

「少しばかり様子を変えているが俺だ」

季蔵が顔を撫でて挨拶をした。

「まあ、いいやね」

言葉とは裏腹に豪助の目が驚きで見開かれている。まずはどんぐりと紫色の珠の話をすると、

「その手の話ならおしんの方がよほど知ってるんだろうけど、今はちょい勘弁してやってくれ。あん時はほんとに兄貴に助けられてありがたかった。俺でわかることなら何なりと」

早速、舟を出した。

「ここなら誰にも聞かれない」

豪助が微笑んだ。

――とはいえ、豪助に案じさせすぎてはいけない――

季蔵はどんぐりを守りにしていた、團十郎菓子の売り子、お葉菜の死だけを伝えた。

「不運に遭うために生まれてきたんじゃないといいけど」

豪助はぽつりと呟いて、

「どんぐりと紫水晶だと思われるそいつは、糸通しの穴が空いてるんだとしたら、兄貴の思った通り、どっちも数珠玉だろうな。俺も熱に浮かされたかのようにのめり込んじまったおしんから、さんざん聞かされて飛鳥女にいろいろ法具ってやつを買わされて、多少はその手のことが苦く頭に入ってるんだ。まず間違いない」

言い切った。

「数珠は普通、百八の煩悩になぞって珠の数が百八なのではないのか？」

「百八の数珠が基本なのはお寺だけだよ。飛鳥女がやってた口寄せみたいなもんには決まりなんてない。一珠でも身につけてりゃ、悪霊から身が守れていいってことだった。飛鳥女の話じゃ、そうしないと身内の霊に悪霊が取り憑いて離れず、生きてる者まで地獄へ堕ちるんだそうだ。そのお守り、当初は拾ったどんぐりや梅の種でもいいってことだったのが、だんだん柘植だの檜だののそこそこの木になって、菩提樹に黒檀、紫檀に沈香、白檀と値が釣り上がってって、象牙なんかを経てとうとう、瑠璃（ラピスラズリ）やら珊瑚、真珠、水晶、紫水晶、一粒でも手が出ない琅玕（翡翠）まで買わせようとする。お菜菜って娘も飛鳥女か、そっくりのいかさまに嵌められてたんだと思う」

豪助は応えた。

「一粒でも穴が空けられているのは守りの印か？」

さらに季蔵は訊いた。

「そうだが、それでまた守りが固くなるってことで金を取ってた」

豪助は吐き出すように言った。

「丸い珠に穴を空けるのには技が要る。錐では割れやすい。どんぐりなら割れても代えは幾らでも拾えるが、高い珠となると割れてはまずい。何か特別な道具が使われるのでは？」

「それならおしんに聞いたことがある。珠に穴を空けるのは数珠師の仕事でろくろ錐とやらを使うのだそうだ。どんなものなのかは知らないが、指物師が頼まれて作ることもあるんだそうだよとおしんは言ってたな」

――指物師なら当てがある、勝二さんだ。よし、勝二さんに会いに行こう――

「ありがとう、助かった」

季蔵は川岸に舟を着けて貰って下りると、勝二の住まいへと急いだ。

あいにく勝二は不在だったが、

「お得意様の酒問屋浪速屋さんへ呼ばれて行きました」

親方の娘で婿取りの女房が教えてくれた。子が出来ても娘のように見えていたのが嘘のようで、今は少しの間も絶やしてはいないであろう笑顔の下に、夫と共に舐めた苦労の証の皺を増やしていた。

「急ぎのご用ならいっそ、あちらへ行かれてはどうですか？」

勝二の女房には、変わっている顔のことは断っていないので、もとより相手は季蔵と承知して告げたのではなかった。

「そうですね、一つやりながらお願い事をお話しするとしますよ。長いつきあいですから」

季蔵は盃を傾ける仕草をした。

酒問屋の浪速屋では灘、伊丹の新酒が上方から船で運ばれてくる年末に限って、俄か升酒屋を蔵の傍に設え、一日の量を限って下り酒を振る舞う習わしがあった。

「お友達ならそれが一番ですよ」

勝二の女房の笑みはさらに広がりつつも、ちらと不安げな色をよぎらせた。

――長いつきあいというのを友達と見做されてしまったのなら、中途半端な物言いをしてしまった。誤解させたかもしれない。当世、長いつきあいの友達の願い事といえばたいていが借金と相場が決まっているのだから――

この時、しまったと季蔵は後悔したが今更、塩梅屋の主だと名乗り勝二との間柄を告げるのも如何かと思って止めた。何より今は急いでいる。

浪速屋で勝二に会いに来たと俄か升酒屋の前で告げると、手代の一人が番頭に伝えて、

「勝二さんなら蔵の方です。舞錐の具合が悪いんで来てもらっています」

季蔵は新酒が荷揚げされている蔵へと案内された。

十二

「勝二さんに会いたいと、この方がみえましたが」

番頭の言葉に季蔵の方を見た勝二が首を傾(かし)げかけたところで、

「塩梅屋のご主人から言付かってきました。わたしは季蔵と言います。何でもろくろ錐について知っていたら教えてほしいと――」

季蔵は精一杯声を張って、

――わたしですよ、季蔵です――

勝二の目をじっと見据えた。

――その声はたしかに――

――わたしなのです――

――しかし、どうして――

――今は何も言えません――

季蔵はやや苦し気で必死な形相になった。

――わかりました――

目で頷いた勝二は、

「季蔵さんとやら、ご主人がわたしに訊きたいのはろくろ錐ですね」

念を押してから、

「それならこれもその一つですよ」

手にしていた舞錐をかざして見せた。

「舞錐は回し錐、ろくろ錐とも言われます。普通の錐の柄に横板を緩めに取り付け、その両端に柄の上部から通した紐を結びつけて仕上げます。横板を上下させると、紐が捩じれたり解けたりして、柄が回って穴が空けられるのです。穴を空けるにはこれを使わないと上手く空きません。わたしが浪速屋さんに呼ばれたのは、上方仕込みの新酒の酒樽に丸い飲み口を空けようとした際、以前こちらにお納めした舞錐の紐が切れてしまったからです。この錐は横板と紐との絶妙な案配で回るものなので、紐が切れただけでも、作り手による調整が必要になります。わたしはこちらだけではなく、市中で酒の小売をする升酒屋さんにも時々、この錐の直しで呼ばれています」

「ろくろ錐は酒屋だけではなく数珠師にも必須ですね」

「ええ、もちろん。数珠屋さんや数珠師にはより切実に欠かせないもののはず」

「ということは勝二さんのような直しを請け負う方も必要不可欠でしょう?」

「そうです」

「もしや明月寺出入りの数珠屋さんをご存じでは?」

季蔵が畳みかけるように訊くと、

「昇空堂さんはお得意様です」

勝二は心なしか俯き加減になって、

「このところ大変なご繁盛です。おかげで舞錐の調整のお仕事が月に二度はあります。有難いことです」

季蔵の顔から目を逸らした。

——昇空堂の主というのはおしんさんをはじめとする、沢山の人たちを惑わしていた飛鳥女ことお縫が手代と駆け落ちするまでの夫だったのでは？　おしんさんから聞いた豪助の話では、飛鳥女が心の闇につけ込んで仕掛けてくる生き地獄は、一粒買いから始まる高額な数珠商いだったというから——

「昇空堂のご主人に会ったことは？」

「わたしはありません。先代からのおつきあいですが、亡き義父も会ったことはないと聞いています。昇空堂のご主人はずいぶん前から病の床にあるそうです。仕事は全て古株の大番頭さん任せです。穴空けの技が数珠の命だとおっしゃって、いつも調整の場に立ち会う熱心な人です」

——昇空堂の主は妻と手代の駆け落ちを恥として世間に伏せてきたという。けれどもこれは会って話を聞いたわけではないようだった。外の者たちとは誰とも会わない理由は、顔まで冒される病で病床にあり続けているからなのか、それとも——

季蔵の心に疑念が頭をもたげた。

「跡を継ぐのはその大番頭さんですか？」

「ご主人はお内儀さんと離縁されてるそうですが、前のお内儀さんとの間に男のお子さんがいて明月寺にいるそうです。何でも立派な数珠屋になるには寺での修行が要るのだとか――」

――これで半分屋がやっている團十郎菓子屋の主だった痘痕面の若い男、前の卯助と数珠屋昇空堂がつながった。もう一息だ――

一方、酒樽のための舞錐の直しを終えた勝二は、

「そろそろ家に戻ります。今日中に済まさなければならない仕事もありますし」

周囲に挨拶をすると蔵を出て歩き出した。

――ここはとても一人では帰せない――

季蔵は勝二に追いすがった。

「お葉菜という名の若い娘が、昇空堂からの呼び出しを伝えに来たことはなかったですか？」

季蔵の頭の中を紫色の守り袋二つと穴の空いたどんぐり、一粒数珠の紫水晶が浮かんだ。

――これは必ずつながる――

「そうですねえ。娘は名乗りませんでしたが、一度だけ、早急に新しいろくろ錐を作ってほしいと頼まれました。何でも、ある大藩のお殿様が今すぐ紫水晶で百万遍数珠をご所望

になっているというんです。浄土宗で用いられる百万遍数珠は、一千八十個も珠をそろえて繋ぐことになるので穴を空けるのも大変です。それを早くしろと言われれば猶更です。その娘はわたしが新しいろくろ錐を仕上げるまで、ずっとそばにいて、実は自分は数珠師の見習いだという話をしていました」

勝二は早道をして人通りの少ない脇道を、早足で歩いていく。やがて後ろから歩いてくる人の気配は皆無となり、すれ違う人もない。すでにまた、雪が粉のように降り始めている。音はほとんど聞こえない。

「明月寺で修行中の昇空堂の跡継ぎの話は？」

「その話はなかったです」

「それでは半分屋の采配で團十郎菓子を売っている、卯助という名の若い主の話は？」

「それもありませんでした。そうですか、あの娘さん、お菜菜という名だったんですね。一心に打ち込んでいるいい目をしてましたっけ。ああ、でも――」

「何か――」

勝二は気がかりな様子で目を瞬いた。

「一つありました。海の向こうでは鳥獣の骨でも数珠を作ると言われているので、こちらで、人の骨で法具を拵えても悪くはないのだろうけど、やはり、自分は疚しいような気がするがどう思うかと訊かれました。そのうち罰が当たるのではないかと怯えてもいましたね」

　――鬼神織田信長の遺物として飛鳥女が高額で売ろうとしていた、冥界(めいかい)から霊を呼ぶ法具はたしか人骨で出来ていた‼――


「何と応えたのですか？」

「信心は自分の心に従うのが何よりだと応えました」

　そこで勝二は季蔵を見つめて、

「まさか、あの娘の身に何か――」

　顔を青ざめさせた。

「殺されました」

　季蔵の言葉に身震いした勝二は、

「季蔵さんが今、顔を変えているのもそれと関わりがあるんですね」

　掠(かす)れ声で念を押してきた。

「そうです」

「事情が知りたいです」

「それより今は――、おおっ、危ないっ」

　この時、ただならぬ気配を察した季蔵は、勝二を思い切り前方に突き飛ばすと自身も伏せた。季蔵たちのすぐ後方にあるブナの木に矢が深々と刺さっている。雪は降る勢いを増した。

「勝二さん」

「大丈夫です」

起き上がりかけた勝二にどこからともなく黒装束が襲いかかった。勝二を組み敷いて、今にも手にしている匕首を振り下ろそうとしている。

「そんなことはさせないっ」

季蔵は相手の背中に全身でむしゃぶりついた。季蔵の手を除けようと匕首が振るわれた。片手の感覚が失われようとした時、利き手が振り上げた相手の腕を強く握りしめて封じた。積もり始めた雪の中に匕首が音もなく落ちた。相手は殴りかかってきた。季蔵は巧みにそれを避けつつ、血まみれになった自分の手を拳に固めて、相手の顔面、そして胸と腹を力いっぱい殴り続けた。真っ白な雪がみるみる赤く染まった。

「勝二さんのおかみさんにこれ以上、案じさせるわけにはいかないっ」

なぜかその言葉が出た。

気がついた時、季蔵は雪の上に横たわっていた。頼りないと感じたのは帯が解かれていたからのようだった。

そばにはやはり帯なしの勝二が立っていて、角帯二本で固く手足を縛られている坊主頭の黒装束が転がっている。元は端整な顔立ちなだけに、悔しさの骨頂で歪んだその顔は悪の極みのように凄みがあった。季蔵と勝二を交互に睨み据えつつ、うぉーっうぉーっと狼のような唸り声を上げながら、何とか縛めを解こうとしきりにもがいている。

「簡単には解けませんよ。これでも指物師の仕事ですから。もうすぐ本職が来ます。それまでの辛抱です」

相手に向かって勝二は高らかに言い放ち、

「勝二さん、よかった、無事で。もう少しで勝二さんのおかみさんに申しわけが立たなくなったところでした」

ほっとした季蔵は再び気を失った。

十三

次に季蔵が目を覚ましたのは畳の上だった。振り売りの顔が見えたが、もう自分のものではなかった。

「半分屋の正体は明月寺の坊主俊庵（しゅんあん）だとわかった。三吉のお葉菜殺しの嫌疑も晴れた。いけねえ、人が来た。また、会おう」

疾風小僧の微笑みが見えた気がした。この後、眠くなってうとうととしていると、

「よく眠るな」

田端の声がした。

「よほど疲れてるんでしょうね。何しろ、季蔵さんときたら、三吉に罪がねえって証を立てたんだから、てえしたもんだ。それにしても身体は一つで店も開けてたし、どうやって時をやりくりしてたんだろうねえ。その上真の下手人は仏に仕える身とは形ばかり、あんな獣みてえな奴だったんだから」

松次が洟を啜ると、

「まあ、季蔵は三吉のために寝る間を惜しんだんだろう」

取り繕った烏谷の惚けが声になって、

——あのお奉行が疾風小僧の役割を察していないはずもない。お奉行も声だけだとすぐに嘘だとわかる。これから不審だと感じた時は目を瞑ろう——

季蔵はすっかり冷静さを取り戻していた。

「ともあれ、季蔵の手の傷が浅くてよかった。すぐに癒える。これでまた美味い飯が食える」

続けた烏谷に、

「そういやぁ、季蔵さん、三吉が気がかりだったせいか、見張りも兼ねて立ち寄った昨日、一昨日の塩梅屋の味は今一つでしたよ」

松次がまた蒸し返し、

「酒まで不味かったのはこちらの気のせいだ」

田端が生真面目すぎる戯けで締め括った。

——やっと元の暮らしに戻れるのだ——

季蔵は胸が熱くなった。烏谷をはじめとして田端も松次も共になつかしかった。

——けれども、今まで通りにはいかない——

なつかしさの中に距離感があった。といって疾風小僧に親しさを感じているわけでもなかった。

後日、三吉は番屋での調べに応じた後、

「いろいろ訊かれたけど、よく知らない家にいたことは言わなかったよ。熱が出てたからどこに居たかわかんないってごまかした。そもそもあの家で眠くなっちまって、気がついたらおっとうやおっかあのいる自分ん家だったんだもん。ほんとのこと言うの、何かいけない気がして。季蔵さんの知り合いに迷惑かけちまうんじゃないかと思って」

季蔵に念を押した。

「あれ、疾風小僧ならぬお助け小僧かも――」

ひやりとした季蔵はただ黙っていた。

「それと番屋の人たち、どうして早朝は納豆売り、それを終えると暖簾を仕舞うまで塩梅屋の下働き、その後は團十郎菓子売りと、一日中ろくに寝ないで働けたのかってしつこく訊いてきた。それにはちゃーんと正直に応えたよ。お葉菜ちゃんと所帯を持つためのお金を貯めようとしてたって。お葉菜ちゃん、好いた男がいるみたいだったけど、時々悩んで泣いてることがあったから、きっと良い人じゃあないんだろう、好きなのと夫婦になるのとは違うから、おいらにも芽があると思いたかった」

三吉に告げられた季蔵は、

――大人になったものだ――

「いい男になったな、三吉」

何とも感慨深かった。

勝二からは以下の礼状が届いた。


季蔵さんに助けられた命を大事にして、指物師としてより一層の精進をしたいと思っています。季蔵さんではない顔でわたしのところに来られたようですが、うちのには何も詳しいことは話しておりません。是非一度、ゆっくり、季蔵さんとしておいでください。

勝二

季蔵様

これには見舞いの品が付いていて、勝二の手による珠用のろくろ錐だった。季蔵は使い方を教えて、これを三吉に渡した。

お葉菜の骸は三吉の家に引き取られて葬られ、手厚く供養されていたからである。

「あれでおいらの持ってたどんぐりにも穴空けて、お葉菜ちゃんのと合わせて紐通してお位牌(いはい)に手向けてる」

三吉はしんみりと告げた。

明月寺はその昔、将軍世子を産んで権勢を誇った将軍の側室が建てさせた寺であった。

時を経て無人の荒れ寺となっていたところを、病臥していると伝えられていた昇空堂の主、当代昇左衛門が寺社奉行に願い出て、家屋や庭を調え跡継ぎ息子の俊兵衛を籠らせた。並みの放蕩三昧を超えた、かどわかしまがいの女漁りや質屋の蔵を狙っての押し込み等、手のつけられない俊兵衛の性癖を改めさせるためであった。

出家して俊庵となった俊兵衛はこのように回想している。

「おとっつぁんときたら、『悪いとわかっていても、どうしても自分の性根の悪さを制することができない。夢に死んだおっかさんが出てきて、——坊主にでもなれば立ち直れるかもしれない、このままではいずれ、きっと獄門台に可愛い息子の首が載るのを見ることになる——と泣いていた』と俺が言ったら、いちころだったよ。俺の本心はおとっつぁんにうるさいことを言われないためだったが、おとっつぁんの方はどうせなら、そこそこの寺の住職にしてやりたいと思ったのだろう、荒れ寺の明月寺を寺社奉行に大枚を払って自在に出来るようにした。だが頭を丸めただけで、ほんとに俺が立ち直るとおとっつぁんが信じていたっていうのは、ったく笑いが止まらなかったね」

昇空堂当代主昇左衛門が病を得たと伝えられ、以後、一切姿を見せなくなったのは俊兵衛が明月寺の正式な住職になった頃と一致している。

「どうせなら、息子が改心するという、いい夢をずっと見ていたいだろうと思って、おっかさんのところへ送ってやったのさ。継母が手助けしてくれた。傾きかけた旅籠の娘だった継母は、身の処し方に天賦の才があったから、嫁いできてほどなく、年齢の違いすぎるおやじを見切って、俺といい仲になってた。おとっつぁんに毒を飲ませるのも手伝ってくれた。その上、継母にはまやかし巫女の才まであった。人の破れかけた心につけ入って、すでに鬼籍に入っている、現れてもいない近親や好いた相手の霊を見た、話したと客たちに想わせる力だ。これは商いになると思い、好きものなのも取り柄の継母に、手代を誘ってその気にさせた挙句、駆け落ちさせ、飛鳥女と名乗らせて店を開かせた」

俊俺は明月寺の地下に隠し部屋があるのを知って、そこを便利に自在に使っていた。

「大番頭は継母の誘いに乗った手代にも増して、お人よしの忠義者だったが俺は油断しなかった。顔が潰れる奇病に罹ったおとっつぁんは二目と見られない様子になって、向島の別宅で療養していることになっていたので、俺は月に一度は向島へ女の形で出向いた。そこで大番頭を呼んで時々わざとその潰れた顔を見せて、『店を頼む、坊主になった倅をいずれ主に』と繰り返した。坊主の姿で店に出入りする時はもちろん聖人君子を装っていた。隠し部屋や古着屋の二階こそ、俺の居場所だと感じた。ここで顔や形を変えて働く悪事が楽しくて仕様がなかったのだ」

半分屋の商いについては以下のように語った。

「半分屋は飛鳥女の稼ぎを吸い上げて始めた。俺には昔からつるんでいた仲間たちがいてね。皆、金は手あたり次第かっぱらってもいいが、楽して儲かるならそれもいいと思っている、とにかく金が大好きな奴らだった。だから、阿芙蓉を医者を使ってばらまいて大儲けしてた。そのうち、俺は金に窮していたり、節約したいというのも人の弱みであることに気づいた。口に入れなければ生きていけない食べ物に目を付けた。自分の思いつくことが次々に馬鹿当たりした」

お葉菜とのことは次のようだった。

「そのうちに菓子でもやれるんじゃないかということになって、俺は團十郎菓子に目先を変えてみた。おとっつぁんの顔を演じているうちに、是非とも痘痕の團十郎菓子屋の主卯助も演ってみたくなった。卯助としたのは俺が卯年の生まれだからだ。生来の男前の顔ではなく、こんな醜い様子で女を惚れさせてみるのも一興だと思った。俺が『この醜い顔のせいで親に捨てられた』と嘘を言うと、『卯助さんのこと、あたし、醜いなんて思ってない』と俺の顔をじっとみつめる一途な女、お葉菜がこの網に引っかかった。だが、だんだん、お葉菜は俺の言うなりにならなくなった。飛鳥女と組んで大きく儲けられると目論んでいた、人骨での数珠や法具作りについて、〝そのための墓荒らしはよくない〟等、偉そうな説教をするのが面白くなかった。勝二という名の指物師にまで相談していると聞いて、これはそいつもろとも始末しようと決めた」

当代主昇左衛門の骸は昇空堂の裏庭に埋められていた。親殺しという重罪が見逃されていた悪の温床と見做され、昇空堂は取り潰しの憂き目に遭い、明月寺も同様に閉ざされた。

俊兵衛改め俊庵の仲間たちもことごとく捕縛された。たいていの者たちは半分屋に関わって甘い汁を吸っていたとされ、取り調べていくうちに、金のために人を手に掛けていた事実が明かされた。

この者たちは死をもって罪を償った。俊庵は夢に出て来た母親が案じていた通り、打ち首獄門を言い渡された。その際、俊庵は、

「嘘だろう？　俺は死んだおっかさんの夢など一度も見たことなんてないんだぞ。お葉菜はこの手で送れたが、勝二とやらを片付けられなかったのは返す返すも残念だ。しかし、どうして、いつか役に立つだろうと思い、お葉菜を餌に雇っていた、あの間抜けな三吉に罪を着せることが出来なかったんだ？　あの時、あいつ、勝二を庇って素手で俺の匕首に向かってきた奴がいたからか？」

雪の中で縛められていた時同様、うぉーっ、うおーっと大唸りしたという。

これを洩れ聞いた季蔵はぞくりと背中が寒くなって、

――大人になってきているとはいえ、三吉にだけは聞かせたくない――

切に願った。

第四話　冬いちご

一

今年も残り少なくなった頃、季蔵の元に、三角に近い形で、真っ赤な地に小さな黒いぶつぶつの点が幾つも丹念に小筆で描かれている、不思議な様子のお手玉が届いた。病んでしまった心と身体を烏谷の内妻の元で養生している瑠璃からのものであった。それにしても、可愛い緑のヘタがあってひょいと摘まみ上げることができなければ、新手の妖怪を想わせて、たいそう不気味に思うような物であった。内妻のお涼は以下のような文を添えていた。

長い文になります。

お届けしたお手玉はおそらく瑠璃さんが冬イチゴを模したものだと思います。野にあるイチゴがこんな時季にあるなんて、何とも不思議なお話なのですが、冬イチゴは幻ではありません。そう言っても俄かに信じられないでしょうから、それについては追って後ほど。まずはどうして、瑠璃さんやあたしが冬イチゴを知ったかを順を追って説明します。

元々はあの虎吉でした。身を挺して瑠璃さんを毒蛇から守った、元野良猫の虎吉は猫の鑑というよりも、もはや猫とも忠犬とも言えない一途な忠僕です。

その虎吉の元気が一時なくなりました。食べる量が減り続けてとうとう何も食べられなくなり、お小水の回数が減ってきていました。そんな虎吉を見た瑠璃さんもすっかりまいってしまい、虎吉同様、食べずに臥せってしまったのです。

瑠璃さんの方はかかりつけの先生に来ていただきました。脈など懇切丁寧に瑠璃さんを診た先生は、

「これと言って悪いところはありません。よほどのことがあって、心が折れかけているのではないかと思います。そちらの方を何とかしなければ、このまま食べずに弱るばかりです」

とおっしゃいました。あたしは思い当たるのはこれしかないと思い、虎吉の病のことをお話ししました。

すると先生は、

「家族同然にしている生きものに何かあると、ご自身までまいってしまう方は他にもいます。こういう場合、生きものが治癒すると自然に飼い主の方も癒えるものです」

ともおっしゃるので、あたしは、

「それでは是非、虎吉も診て治してください」

とすがりました。

先生は、

「わたしでは虎吉は治せません。真偽のほどはわかりませんが、東両国の駒留橋近くの料亭江戸屋の留守番をしている若い男が犬猫のどんな病もたちどころに治してくれるという噂を耳にしたことがあります」

と教えてくださいました。

あたしは虎吉を籠に入れて、駒留橋の料亭江戸屋へと急ぎました。老舗の料亭江戸屋は流行風邪禍から続く不景気に倒れて店を畳んだ後、これといった買手や引継ぎ手もつかずにいると聞いていましたが、庭は手入れが行き届いていました。留守番の若い男、冬吉さんというのですが、留守番のほかに庭も手入れを任されていると聞き、なるほどと思いました。

あたしは冬吉さんに虎吉と一緒に寝付いてしまった瑠璃さんのことも含めて話しました。すると、

「わたしは犬猫好きなだけで、人に教えを乞うて犬猫癒しの術を習得したわけではないんです。それでもよろしいのなら診させていただきます。犬猫医を名乗っているわけではないので薬礼（診察費）はいただきません」

冬吉さんは前置いてから、

「腎の臓から尿をためる袋の間をつなぐ管に小さな石が詰まっておしっこが出にくくなってますね。痛みは我慢しているのかもしれません。これは猫に多い腎の病です。今まで食べ続けてきたもののせいで石が出来るのです」

と診たて、

「猫にとって、鳥獣以外は大変、苦手な食べ物なのです。この猫は日々、鳥獣以外のものを食べているのでは？」

訊かれました。

虎吉が瑠璃さんと同じものを好んで食べているのは季蔵さんもご存じでしょう？　瑠璃さんは脂のあるものを好まないので、菜はお豆腐や青物を主としています。もちろん、お米のご飯をほぼ三度食べています。膳に魚料理がのることもあるんですが、あまり魚が好きではない瑠璃さんが食べない時は虎吉も口をつけません。瑠璃さんが好きなお菓子の類は虎吉も楽しんでいます。

こうした話を冬吉さんにすると、

「それは猫にとって最悪の食膳です」

大いに呆れられました。

「でも、今までは何ともなかったんですよ」

とつい言い返すと、

「それは今まで虎吉が若く壮健だったからです。それと石は何年もよくない食べ物を重ねて食べて、時を経て固まるのです」

逆に諭されてしまいました。

そして、

「虎吉は利口者ですね。今、ご飯を食べずにいるのはこの猫の生きる知恵です。このまましっこが全く出なくなると死んでしまうからです。虎吉は本能でこうした断食を続けることで病を癒そうとしています。衰えてきていて、今、まさにぴたりと止まろうとしている自身の腎の臓の恢復(かいふく)を待っているんです。断食をしていても水はたくさん飲まないと」

せめてもの薬代わりにと、冬吉さんは汲(く)みたての井戸水を虎吉に与えていました。

連れ帰る際、冬吉さんは、

「家では水だけは存分に与えて、おしっこの量が増えるのを願ってやってください。五日と待たずに恢復するでしょう。知らないうちに詰まった石が身体の外へ出ます。食も戻ります。けれども、以後、くれぐれも鳥獣以外のものは、特に青菜等の青物は与えないように。青物の類が一番、猫の石の因(もと)になるのですから」

有難い助言もしてくださいました。

別れ際、ふとこれほどくわしく犬猫の病に通じているというのに、なぜ、冬吉さんは犬や猫を飼っていないのかしらと気になりました。

理由(わけ)を訊くと、

「実はわたしには犬猫以外に好きなものがあります。それは野にある食べられる草や実です。仕事にしているのはこちらの方なのですが、犬猫のそばにあっては今、お話ししたように草や実は悪さをします。それでわたしは犬猫を飼うことを諦（あきら）めました。ですから犬猫とは、こうして病を通してだけつきあうことになってしまうんです。残念ですが仕方ありません」

そう言って、掌（てのひら）の上に冬イチゴを載せて、

「家で飼い猫の無事を願って枕（まくら）から頭が上がらない、優しすぎる心根の飼い主にさしあげてください。こちらの方はどうか、その方への心のお薬に。この冬イチゴが吉兆になるようお祈りしてます」

はじめて微笑（ほほえ）んだように見えました。

家に戻って、一部始終を瑠璃さんに話し、

「ですから、今後は瑠璃さんが一部、虎吉の食べ物に合わされてはいかがです？」

と言ったところ、そう好きではない鯖（さば）の味噌煮（みそに）も召し上がりました。あたしとしては常からもっと滋養のある魚や卵、鶏（とり）肉等を摂（と）って欲しいと思っていたので、これはいい機会でした。

ただし、いただいたイチゴは瑠璃さん、虎吉とも食べず仕舞いになりました。瑠璃さんと石が出てすっかり元気を取り戻した虎吉は、しばらくの間、冬吉さんの冬イチゴを見て過ごしていました。

そのうちに瑠璃さんが冬イチゴのお手玉を二組仕上げました。もちろん虎吉も手伝いました。一組は危なかった虎吉の命を助けてくれた冬吉さんへの御礼に、あと一組は言うまでもなく、そちらへの贈り物です。それでこうしてお届けすることにしました。

涼

塩梅屋季蔵様

お涼の文を読み終えた季蔵はもう一度瑠璃が作った冬イチゴのお手玉を眺めた。ころんとした丸に近い三角型が何とも愛らしい。詰められているのが小豆ではなく、生米なのはぱんぱんに張っているのを触っただけでわかった。季蔵は一つ、二つ、三つ――ぽんぽんと放り投げては受け止めてみた。

――それにしても、冬イチゴとはな、珍しい――

季蔵は離れへ移って亡き長次郎の日記から木イチゴについて書かれた箇所を探した。以下のようにあった。

長くイチゴは蛇イチゴだけだと思っていた。蛇のいそうな場所で実がなるので、蛇が食べるのだと聞いたこともある。真っ赤な実は毒がありそうだが実は無毒で匂いも味もない。不味いので料理には用いない。

ある時、京から江戸へ出て来た旅人から、イチゴは蛇イチゴばかりではない、美味しい木イチゴもあるのだと教えられた。

しぼり汁を飲んだり、鶏のささみ、胡瓜(きゅうり)、岩魚(いわな)、蕪(かぶ)、それぞれと合わせて酢のものに用いるという。

ほかに冬イチゴというのもあるそうだ。夏に小さな白い花をつけ、冬から春にかけて真っ赤な実をつける。花が小さいので実も小粒。小指の先ほどの大きさだそうで、有難いことに京に伝わるとっておきの菓子にも使われるのだそうだ。

旅人は教養が深く、典雅な様子がそこかしこに感じられていて、料理にも深く通じていることから、京で高貴な身分の方々に仕えていた料理人ではないかと思われた。

だが、当人が口にしないことはあれこれ詮索(せんさく)してはいけないと常々思っているので、名乗りもしない名は訊かずにいた。

ただ一つだけ訊かずにはいられなかったことがある。

「その冬イチゴとやら、こちらでも見つけられましょうか？　この江戸やその近郊では寒すぎますか？」

どうしても冬イチゴをこの目で確かめたかった。すると相手は、

「関東より南にあるといっても、京の山の中はかなりの寒さなのに育っています。そう悲観したものでもありません。是非、探してください」

うれしそうな笑顔になった。

二

その後、長次郎の日記には冬イチゴについて書かれた箇所はなかった。

――それがこうして思いがけぬ経緯で、出逢ったのだから、確かめずに鬼籍に入ったとっつぁんにとって、冬イチゴは心残りの一つだったのだろう。そうだ、今日はあれを仕込もう――

季蔵は思いついて仕入れた車海老でいちご汁を拵えることにした。

いちご汁は宝暦年間（一七五一～一七六四年）に刊行された『料理珍味集』という本に出てくる料理である。「生の車海老の皮を剥き、身だけ叩いてすり身にし、小さく丸めて汁に入れる。色が赤くなるものである」と書かれている。

これを長次郎は海老しんじょの一種と見做して卵白を加えてふわりと仕上げていたが、元祖いちご汁はつなぎに葛粉を少し入れる他には海老だけしか使わない。

葛粉だけをつなぎにして、親指の爪ほどに小さく丸めたすり身の車海老を次々に汁に放していく。汁は昆布と塩だけの透明な出汁に大根おろしを張ったもので、色のつく醬油の類は一切用いていない。その汁を大雪に見立てて、煮えると赤い冬イチゴになるすり身を次から次へと落としてみた。

これを椀に盛って、瑠璃の冬イチゴのお手玉と一緒に仏壇に供えると、

――とっつぁん、怒らないでください。お客さんにはとっつぁんの考えた車海老しんじ

よの方が喜ばれるかもしれませんが、これはあのお客人の話に心を動かされていたとっつあんのための一品です。雪とともに美しく逞しく実をつける冬イチゴに見立ててあります

――


しばし瞑目した。

それから何事もなく何日か過ぎたある早朝、油障子が叩かれた。

「季蔵さん」

すぐに目を覚ました季蔵は一瞬、

――まさか、また――

三吉を匿った時の緊迫感に囚われたが、

「俺だよ、季蔵さん」

戸を開けると立っていたのは松次だった。

「親分でしたか」

季蔵はほっとして肩のあたりが緩むのを感じた。

「寝てたところを悪いね」

松次は遠慮気味に呟いた。

三吉の一件があってからというもの、田端と松次は塩梅屋に立ち寄りはするものの、すぐに引き上げるようになっていた。

——あれほど立場の違いをはっきりと感じさせられたことはなかった——

季蔵の心にも喉に刺さった小骨のようにまだ拘りが消えていない。

「実は——」

先を続けるのをためらっている松次のために、

「何か起きましたか？」

季蔵の方から訊いた。

「神隠しに遭ってた小間物問屋山代屋の主、助右ヱ門が不忍池で骸で見つかったんだが——」

松次の声が緊張している。

「お奉行様のお呼びですね」

季蔵は素早く身支度した。

「まあ、そんなとこなんだがお奉行様はあんたを呼んでこいなんて、一言も言っちゃあいねえ。田端の旦那と俺でお奉行様の胸中を察したまでのことさ」

「わかりました。参りましょう」

季蔵は松次と一緒に不忍池へと急いだ。

「いろいろあったんでいつものようにはいかねえかもしんねえから、先に話しとく。こいつはちょいとむずかしい殺しになってきたんだよ」

途中松次は切り出した。

「どういうわけか、南町の町会所見廻り同心佐竹金四郎様が、いの一番に駆け付けてきて、俺たちが着く前に殺されちまったのさ」

「殺しに町会所見廻りが駆けつけるとは、これはまた、たしかにおかしな話ですね」

殺し等の市中で起きた犯罪を取り締まるのは定町廻り同心の職務であった。

「そもそも今月は北町の仕切りだしね」

定町廻りは南町奉行所と北町奉行所が月交替で務めている。

「二人分の殺しを検めるのはてえへんでしょうからって、いつものようにって俺がお奉行様に申し上げると『うん』と頷かれたんで、こうして俺があんたを呼びに来たんだよ」

このところ烏谷は塩梅屋を一度も訪れていなかった。

――松次親分や田端様はともかく、あの鉄面皮のお奉行までが三吉の一件を気にしているとは思い難いのだが――

「これは俺の勘なんだが、お奉行様には言うに言えない悩みがあるんじゃねえかと思う」

松次は真剣な口調で言い添えたが、

――お奉行とて人の子ゆえ悩みもあろうが、言うに言えない悩みなどと言われるとぴんとこない――

季蔵は烏谷の心に分け入る気は毛頭なかった。

――お奉行にとって大事なのは一も二もなく、ご自身の信念に基づく政なのだろうから。それさえ貫ければめでたしで、三吉の嫌疑を晴らすためには指の一本も動かそうとはなさらなかった――

恨みというほど深くはなかったが、今の季蔵は烏谷に対してかつてないほど冷ややかであった。

不忍池が近づいてきた。奉行所小者(こもの)たちがやじ馬たちを制している。中島にある弁天堂(べんてんどう)に続く石橋の中ほどに血溜(ちだ)まりが見える。その中で仰向(あおむ)けに死んでいる骸の前に烏谷と田端が立っていた。

「ご苦労」

烏谷は季蔵を労(ねぎら)った。何の変哲もない言葉であったが、

――何やらお疲れのようだ――

季蔵は烏谷の丸い顔がやや小さく縮んだように見えた。すると察したのか、

「近頃、とんと美味(うま)いものに縁がないゆえな」

つるりと自分の顔を撫(な)でて見せた。

季蔵は屈(かが)み込んで、手を合わせ、骸を検めた。傷口から溢(あふ)れ出た血でこれほどの血溜まりが出来るのは、何度も繰り返し刺し続けたせいであった。

「この骸は南町の町会所見廻り同心佐竹金四郎殿である。朝一番に参詣(さんけい)にきて、この橋を渡りかけた商家の主が見つけて番屋に報(しら)せてきた。もう一体はこの先に塒(ねぐら)がある物乞(ものご)いが見つけ、報せてきた。今日の早朝のことだった。神隠しに遭い、奉行所に届けられて我らが探していた小間物問屋山代屋の主、助右ヱ門とわかった」

田端はしごく淡々と説明した。

「使われたのは匕首のように思います」

季蔵は告げた。

「もう一方も頼む」

烏谷に促されて季蔵は池の岸へ進んだ。褌をつけただけの助右ヱ門の骸は岸に横たえられていた。後頭部に一ヶ所致命傷を負っているだけであった。何日も池の中を浮遊していたせいで、全体が褐色に膨れ上がった姿はまるで赤鬼のようだった。悪臭も強い。

「当人だとわかった決め手はこれですね」

季蔵は背中の半分ほどを占めている赤い痣を指差した。

「何でも生まれつきなんだって、神隠しを届けてきたお内儀さんが言ってやした」

松次が頷いた。

「あの者どもなのだが」

烏谷は物乞いたちに向かって顎をしゃくった。

「話を聞きたいのだがなかなか応じてくれぬのだ。ここの物乞い頭は元は商家の娘で、大勢の物乞いたちをまとめているだけに、女とはいえ切れ者でたいそう手強い」

ため息をついた烏谷は、

「そちなら何とかなるのではないか？」

意味深な瞬きをした。

「ええ、まあ、頼んではみます」

　頷いた季蔵は物乞いたちの方へと歩いて行った。訪ねた物乞いの女頭は色黒ではあったが、四十歳ほどの怖いほど目に力のある、大きく高い鼻の持ち主で、

「あたしたちはお上に言われてる通り、ここで起きたことを報せただけですよ。それなのに一部始終を話せなんて言ったって――。ここから見える橋で起きたことなんて、あたしたちは知らないよ。お上から銭をもらって、橋の見張り番してるってわけじゃなし、そんな義理、ないでしょうが――」

　ある意味理に叶った物言いをした。

「たしかにあのような骸を見つけて、さぞかし驚かれたことでしょう」

　すると相手は、

「そうだよ。寒空の下でこんな恐ろしいものを見た後は、どなた様からでもいいから、温ったかい心を形にしてお恵みいただきたいもんだね」

　この頃合いで季蔵は唐芋一箱に酒一樽、甘酒一鍋と引き換えに、見た一部始終をしてくれるよう話を取りまとめた。

三

「骸はあの山代屋助右ヱ門だってね。あたしたち物乞いは、あそこの店には寄り付かないんで、神隠しに遭ってたなんて知りませんでしたよ。寄り付かないのはあの旦那さんはた

いした強欲でねえ。とにかく、唐芋の尻尾一つ、何一つお恵みいただけないんですよ。仲間の話じゃ、煮炊きで出た屑は半分屋に掛け合って引き取らせてたっていう話ですもん。だから、神隠しに遭ったうえ、骸になってもまあ自業自得ってもんでしょ。誰一人助けてないんだから自分の時だって助けられっこないんです」

女頭は思い切り山代屋助右ヱ門を罵った。

「見つけたのは何刻頃のことです？」

季蔵は訊いた。

烏谷が、

「こいつはそちに任せる」

と命じたので季蔵が任に当たることになった。

「明けがらすが鳴いて朝六ツ（午前六時頃）の鐘がなる前だったかしらね」

「その時ここから見える橋の上は？」

「はっきりじゃないけど、人っ子一人通ってなかったね」

「番屋に報せたのはいつ？」

「すぐだよ」

「その間、橋の上を通った者は？」

「骸のそばにいて橋を見てた年嵩の話じゃ、朝六ツの鐘が鳴り終えてしばらくして、お侍らしき男が一人、橋を走って止まり、こっちをじいーっと見てたって。てっきり、お役人かと思って年嵩は頭を下げたそうだけど。ところがこっちに来る様子がない。何か考え込んでいるようにも見えたそうだ。するとそこへ人影が突進してきて、何が起きたかわかったのは、立っていたお侍さんが倒れたからだと年嵩は言ってたよ」

「人影？　明るくなっていたのだからどんな相手なのか見えたはずでは？」

季蔵は追及したが、

「あたしも聞いた時はそう言ったんですけど、まっしぐらに走ってる奴は見極めにくいし、見たのは年嵩ですからね、寄る年波で目がそうはよくないんですよ。いけませんかね、こんなんじゃゃ、唐芋やお酒、甘酒までなんていただきすぎですかね」

女頭は悪びれた様子もなく首を横に振った後、

「そうそう、思い出した、思い出した。年嵩でも若いのでもない別のが立ち去る人影を見てましたっけ」

にやりと笑った。

「どんな奴でしたか？」

思わず季蔵は身を乗り出した。

「腰が曲がって足を引きずってたとか――」

「そんなんで走れますか？　何度も刃物を振り上げて切り刻むことが出来ますか？」

季蔵が畳みかけると、

「火事場ならぬ老人の馬鹿力ですよ。食べ物さえ贅沢なら年齢をとっても走ったり、殺したりできないとは限らないですよ」

　相手は躱して今度はにっこりと笑い、

「お恵み、お有難うございます」

　深々と辞儀をした。

　この後、二体の骸は戸板で番屋へと運ばれた。

「物乞いの女頭から直に話を聞いたのはそちだ。二体について思うことを話してほしい」

　またしても、ここでも烏谷は季蔵を促した。田端や松次は目を伏せて黙り込んでいる。

　――いつもは田端様がなさるお役目だ――

　違和感を感じつつ、季蔵はまず松次に問うた。

「山代屋さんが神隠しに遭ったのはいつのことです？」

「霜月に入る前だったから、六十日は前のことだよ」

「当人のあのような変わり方は、神隠しに遭ってすぐ殺されたものと思います。この寒さなので水も冷たく、あそこまでになるには相当時がかかるものです」

「自死の可能性はあるのか？」

　烏谷に訊かれた。

「傷を受けているのは額ではなく、頭の後ろなので、誰かに殴り殺された後、裸にされて池に放り込まれたのではないかと思います」

「町会所見廻り同心、佐竹金四郎の方はどうかな？」

烏谷は問いを続けた。

「こちらは腹部の傷が致命傷なのでしょうが、執拗に何度も刺されています。下手人はよほどの恨みを晴らそうとしているように見えました。ところで佐竹金四郎様とはどのようなお方ですか？」

季蔵は問い返さずにはいられなかった。

「欲張りな古狸よ」

吐き出すように烏谷は言い放ち、

「陰じゃ、佐竹金四郎と書いて金塗金四郎と読むなんて言われてて、岡っ引き仲間でよく言う奴はいねえ」

松次が応えた。

「この二人にはともに強欲だったという、共通項があるようです」

季蔵のこの言葉に、

「とはいえ、とかく人は金への執着から離れられぬもの、強欲が共通項になるものかの？」

烏谷は首を傾げた。

「この二体の骸、殺された時も殺され方も異なっています。となると不忍池と弁天堂への橋の上という、ごく近くで見つかったのは、ただの偶然ということになるのではないかとわたしは思います。別々に調べを続けて、各々の下手人を探すべきです」

田端は主張した。

——まあ、そういう考え方も一理ある——

合点した季蔵は、

「それではわたしはこれで」

その場を辞した。

何日かして、客を送り出して三吉を帰した後、訪れたのは伊沢蔵之進であった。

——そろそろ、来る頃だと思っていた——

「寒いし朝から何も食べていないので腹も空いた。何か食わせてほしい」

入ってきた蔵之進は床几にひらりと腰を下ろした。

「残り物ならございます」

「もちろん、それでかまわない」

「ではまず、これを」

季蔵は半熟卵を醤油漬けにしてある横幅広の蓋付き鍋を取り出した。

これを使って一番簡単にできるのは、半熟卵醤油漬けの白髪ねぎのせであった。半分に切った醤油漬けの半熟卵を足つき小鉢に盛って、白髪ねぎをのせるだけの簡単さである。

この時の足つき小鉢は色味が華やかな九谷焼と決めている。

「なるほど、器も味のうちとはよく言ったものだ」

蔵之進はこの肴を箸で摘まみつつ、冷酒を飲んだ。

「こんな時季に冷酒ですか？」

「少しばかり気持ちが落ち着かない」

蔵之進はぽつりと呟いて、

「だから菜よりも酒、肴、どちらも冷えたものがいい」

ぐいと冷酒の入った湯呑み(ゆのみ)を傾けつつ、半熟卵醤油漬けの白髪ねぎのせを平らげてしまった。

「もう、一杯頼む」

――ならば、あれもよいかもしれない――

季蔵は食べ頃になっている豆腐の味噌漬けを俎板(まないた)の上に置いた。豆腐の味噌漬けの味噌床は白味噌、白粒味噌、酒、砂糖、味醂(みりん)を混ぜる。白粒味噌とは味噌を仕込む木桶(きおけ)の中心部に近い、大豆や米の粒の香りやコク、風味がしっかり残った味噌のことで味わい深く、この豆腐の味噌漬けには欠かせない。

木綿豆腐に重石(おもし)をして水気を切り、小指の爪ほどの厚さに切り揃(そろ)える。二日ほどで食べられるようになり、七日は持ち、そのままで味わうだけではなく、炙(あぶ)る、揚げるなどしても美味であった。

四

季蔵は空になった湯呑みにまた冷酒を注(つ)ぎ足した。

「そうだ、そうだ。こればかりは冷酒に限るっ。お奉行がこの味を知ったら絶対病みつきになるな、間違いないっ」

この日、初めて烏谷の名を口にした。

「お奉行はどうしておられます？」

季蔵は訊かずにはいられなかった。

「ここへも来ていないのか？」

蔵之進は意外そうに問い直した。

「ええ、不忍池で二体の骸が不思議にも鉢合わせた折、検分に呼ばれて以来、お目にかかっていません」

「実はあの時、俺にはお呼びがかからなかった。殺されたのは町会所見廻り同心の佐竹金四郎だというのにな。北町の当番月に起きたことだからと、北町の連中の口も固い。以前のお奉行なら真っ先に俺を呼んで、当番月でもなく定町廻りでもない佐竹金四郎がどうして、小間物問屋山代屋助右ヱ門の土左衛門(どざえもん)が出たとわかって駆け付けたのか、二人の間のことをくまなく調べさせるというのに――」

蔵之進は唇を尖(とが)らせた。

――落ち着きのなさはお奉行への不満だったのだな。常にないこの手の無視はたしかに応(こた)える――

季蔵は蔵之進の胸中がわかるような気がした。

「町会所見廻り同心といえば籾蔵の囲米に関わる事務方でしょう。この前、店に来た人が囲米は町の人たちの血と汗と涙の結晶だとおっしゃっていました。佐竹様と山代屋助右ヱ門さんとは共に同じ場所で殺されたことの他に、何かつながりでもあるのでしょうか？」

実は季蔵はあの番屋で烏谷がただの偶然として片付けたがっていた様子に、今の蔵之進と同じ理由でいささか不審を抱いていた。

「あるといえばある、ないといえばない。いや、あるな。少なくとも俺はそう睨んでいる」

蔵之進は言い切った。

「佐竹は元は南町の定町廻りだった頃、山代屋は裏店の小さな小間物屋だった。佐竹さんは見廻りと称して山代屋を訪れることもあったはずだ」

「この間、黒門町の山代屋さんの前を通ったところ、流行風邪の時、売れに売れた風邪退治の『ここあきや』の暖簾が、『このいへあきや』と風邪予防に直されて売られているのを見ました。字面だけが違うだけで染めや作りはそっくりでした。立ち止まってもとめている人たちもいました。あの暖簾は本家錦屋の主の恨みを買って殺された、元奉公人だった小錦屋夫婦が発案したものだったので、正直、これはいいのだろうか？　と思いました。小錦屋さんと血のつながったご親戚が遺された赤子の行く末を案じて、あの案を売られたのでしょうか？」

「いいや」

蔵之進は大きく首を横に振って、

「あれには佐竹が一役買っている。佐竹はあの惨事が起きた後、まずは南町の定町廻りだった我らに、あの暖簾の始末は任せてほしいと言ってきた。任せるも任せないも、あの惨事は北の当番月に起きている。そもそも仕切りもお役目も違う。俺たちは無視した。すると佐竹はいつのまにか、当番月だった北町の定町廻りに掛け合って暖簾の始末をつけてしまった。流行風邪を挟んで上り調子だった山代屋の自由にさせてしまったのだ。これは憶測だが誇り高い錦屋の主に、元奉公人だった小錦屋について、あることないことを讒言したのもおおかた佐竹だろう」

ぐいと湯呑みの冷酒を一気に飲み干した。

――小錦屋さんのせっかくの売れ筋が遺された坊やのためにならず、強欲を充たすためだけに使われていたとは――

季蔵は憤懣やる方ない気持ちに陥った。

「どうして、佐竹様にはそこまでなさる力がおありなのですか?」

「町会所には囲籾（備蓄用の米）を購入するだけではなく、貧しい者の暮らしを助けて、低い金利で貸し付けを行うという役目がある。ようは町人たちから集めた血と汗と涙の塊の金を、窮民救済、低利貸付等の大義名分さえ調えば自在に采配できるわけだ。ずる賢い佐竹はこうした従来のお役目に、よんどころない事情で宙に浮いてしまった、金を生む商品案の売買を加えた」

「金を生む商品案の売買が町会所のお役目ですって？　この手のものは従来、身内や何らかの縁のある人が引き継ぐものでしょう？」

季蔵はさらにいきり立った。

「とはいえ、佐竹の加えた役目は町会所の乏しい資金源を多少なりとも潤す。佐竹しかできない芸当でもあり、佐竹の町会所仲間での評判はすこぶるいい」

「それは表向きのことでしょう？」

「その通り。小錦屋夫婦があんなことになってしまった後、売れ筋のあの暖簾を取り上げ、山代屋に安く売ったと見せかけて、そこそこの金だけは町会所に納める。もちろん、言うまでもなく山代屋が佐竹に握らせた金は相当の額だろう」

「その金は山代屋さんが佐竹様におくった賄賂で、佐竹様の行いはお役目を利用したれっきとした悪事です」

言い切った季蔵は、

「そもそも、あの惨事に関わった北町の定町廻りは田端様で、上にはお奉行様がおられました。どうして、佐竹様の勝手で駒のように動かされてしまったのか、わたしには皆目わかりません」

知らずと首を横に振っていた。なぜか、三吉をお葉菜殺しの下手人と断じかけた烏谷や田端、松次の疑惑に彩られた顔が目の前にちらつく。

「お奉行は地獄耳にして千里眼、体軀からは想像できない俊敏さで動く。そのせいでお奉行は今も昔も弱みを持たれている」

蔵之進はやや声を落とした。

「弱みとはいったい――」

薄ぼんやりとではあったが季蔵は不安を感じた。

――お奉行は口でこそおっしゃらないが、その行いは常に信念が先で御定法は後廻しだ。それがもっともはっきり示されたのは今回の流行風邪禍だった。お奉行の並外れた人脈と決断力、そして投げ打つと決めて日頃から貯(たくわ)えている金がなければ、流行風邪禍は流行風邪地獄となり、死人はもっと増えていたであろう。たとえ弱い光ではあっても、市中に復興の兆しは見えている。これはお奉行が特異な活躍をなさったからなのだが――

「南北奉行所では北町奉行所にと受け持ちが決められている。呉服、木綿、薬種問屋の案件は南町奉行所に、書物、酒、廻船(かいせん)、材木問屋の案件は北町奉行所にと受け持ちが決められている。お奉行は以前からしばしばその範囲を超えて動かれていたが、今回の流行風邪禍ではいささか目立ちすぎてしまった」

蔵之進の声はいっそう低まった。

五

「問題は口と鼻を覆って流行風邪が伝染(うつ)るのを防いだ晒木綿(さらしもめん)だった。お奉行とて以前は自分の受け持ち範囲を超える時、南町に一声かけてから各々の問屋と交渉していた。木綿取引は問屋たちによる入札と取り決められている。ところが流行風邪禍の渦中とあって、急を要すると判断なさったお奉行は、南町に断ることなく、綿を育て綿布に仕上げる百姓たちから密かに買い上げていた」

蔵之進は先を続けた。

――たしか流行風邪禍に苦しむ江戸の人たちのために、お奉行は武蔵野の炭も同様に駆け回って入手なさっていた。それから滋養に富んでいて万病に効き目のある朝鮮人参や、塩梅屋で粥や丼物を作るための米も――。おそらくどれも問屋を通さずに直取引していたのだろう――

季蔵は従来の烏谷らしくないおかしさ、どこか生気のない理由がやっとわかった。

――しかし、あのような事態にあっては御定法を守れずとも、いたし方なかったのではないか？――

「お奉行が人をやって綿布を多量に買い付けたのは、白田藩の百姓たちからであった。このところずっと綿布の不正取引が続いていて、業を煮やした木綿問屋たちは綿布を売った百姓たちを訴え出た。このままでは百姓たちが打ち首になる。そこでお奉行は町会所で買い付けたのだという名目を突き付けて、木綿問屋たちの訴えを取り下げさせて、百姓たちもことなきを得た」

「収まってよかったです。でもお奉行様は町会所に借りを作られたことになりますね」

「佐竹金四郎にだ。佐竹は表のお役目こそ見廻りにすぎないが、今や町会所を牛耳るほどの力を得ているゆえな」

「あのお奉行様が卑劣な行いで私腹を肥やしている佐竹様に、まるで歯が立たなくなっていたのですか――」

季蔵は義憤を禁じえなかった。

「それまでも佐竹はお奉行の行状を調べ上げていた。それゆえ、あの暖簾の時のように私腹を肥やせるネタが見つかると、お奉行の痛いところを突きながら自分のお役目を広げていったものと思われる」

「お奉行様はあくまで江戸城下に住むわれら町人のためです。佐竹様とは違います」

季蔵は憤然と言い切ったが、

「しかし、御定法を曲げているのは同じだ。残念だが、お奉行の今までの行いが御定法に網の目を作らせてしまったとも言える」

蔵之進の物言いはしごく冷静であった。

「それであのようにお奉行様は元気をなくされているのですね」

「このままではこの先、従来の元気を発揮することがなかなか出来まいと思う。下手を打てばお役目を解かれるだろうとわかっておられたはずだ。だからわざと何事にも引き気味でいた。だが今、佐竹が殺されて見つかったとなると、引いていてもお奉行のお立場は非常にまずい」

蔵之進は眉間に皺を寄せた。

「まさか、お奉行様に佐竹様を手に掛けられたという嫌疑が？」

季蔵は思わず言葉に出してしまったものの、出さなければよかったとすぐに後悔した。

「たしかに、目の上のたん瘤となった佐竹さえいなければお奉行は常のやり方に戻れる。お奉行には佐竹を殺す理由があってもおかしくない」

「とはいえ、佐竹様が橋で殺された時、お奉行様は田端様たちとご一緒だったはずでは？」

自分の言葉ではあったが、信じ切れないものが季蔵にはあった。

――物乞いの女頭は骸を見つけた後、お上に報せたことや、橋の上での殺しの場面を見ていたことを話してくれた。けれども、不忍池にお奉行様や田端様たちがいつ着いたのかまでは話していない――

「番屋からの報せを聞いたお奉行は迷うことなくこれを佐竹に報せた。佐竹はすぐにあそこに駆けつけた。それをお奉行が待ち伏せれば殺せる」

「しかし、佐竹様を殺したのは足の悪い老爺だったようだと見ていた者は言っています」

「だったようだ？　お奉行とて遠目ならば足の悪い老爺ぐらい演じることはできるぞ」

「佐竹様は滅多刺しにされていました。お奉行様は時に冷然と命を下されますが、あのような深い恨みを抱くとはとても思われません」

「お奉行とて、お命より大事な信念が冒されたと思ったら恨みは嵩じるだろう。佐竹と組んで小錦屋の暖簾『ここあきや』を奪い、『このいへあきや』で一儲けした山代屋への怒りもあっておかしくない」

「山代屋さんをかどわかして殺したのもお奉行様の仕業だと？」

季蔵は蔵之進が吟味方の役人であるかのようにも思えて苛立った。

「神出鬼没のお奉行は山代屋を何度か訪ねている。悪いことに山代屋からの袖の下も受け取っている。もちろん、流行風邪禍対策に使われた。けれども、そうだとしてもそれも御定法からは外れる。それゆえ当然そこまで追及は及ぶだろう。山代屋が殺されたのはお奉行が願った額の金子を出さなかったからで、まずはかどわかして身代金をとるつもりでいたのが、間違って弾みで殺してしまったということにされる」

――そういう流れだと佐竹様が滅多刺し、山代屋さんは頭を殴られて殺されているという、殺しの手口の違いも同じ下手人の仕業として証が立つ、何ということだ――

季蔵は絶望しかけた。

「とまあ、お奉行の今後について、下手人が見つからない場合の最悪の筋立てを考えてみた。俺が考えたのだと言いたいが実はあの元二つ目松風亭玉輔だった長崎屋五平だ。そろそろ来る頃だ」

蔵之進が告げるとほどなく、

「お邪魔いたします」

長崎屋五平が油障子を開けて入ってきた。

「夜分にすみません。今日は折入って相談したいことがあるんでこんな時間にお邪魔させていただきます」

五平は蔵之進に隣り合って腰を下ろした。

「釈迦に説法とはわかっておりましたが、今夜はこんなものを持参しました」

五平はあん肝の蒸し煮とこんにゃくのうま煮を携えてきていた。

蔵之進の湯呑みに冷酒が注がれたのをちらと見て、

「わたしも今夜は冷酒の気分です。お願いします」

まずは倣って湯呑みの冷酒をぐいと呷った。

「言われた通り、季蔵にはだいたいの筋を話しておいた」

蔵之進の言葉を受けて、

「ありがとうございました」

五平は深々と頭を下げた。

一瞬、三者の緊張でその場の気がぴんと張り詰めた。

――蔵之進様との話は煮詰まりかけていた。お奉行の進退に関わる大事な話だからこそ、わたしたちは心身ともに臨機応変に応じられるようにしなければ――

「せっかくですから、五平さんからいただいたこんにゃくのうま煮はそのままで、あん肝の蒸し煮で何か拵えます」

季蔵はこんにゃくのうま煮はそのままを皿に広げた。

「ほう、近江こんにゃくですね」

季蔵は目を丸くした。唐辛子が入ってでもいるかのように見えるこんにゃくが、赤こんにゃくとも言われる近江こんにゃくである。

「これには、近江に城を築いた派手好きな織田信長公が、こんにゃくまで特殊な鉄で赤く染めさせたという謂れがあります。色が艶やかなのが何よりです。味は他のこんにゃくとあまり変わりませんが、食味が柔らかいのが特長でうちでは皆、大好きです。いつも作り置きしています」

五平は朗らかな口調で言った。

六

「それでは、長崎屋特製のあん肝の蒸し煮を使った菜にもなる肴を拵えます」

季蔵はあん肝のおろし銀餡とあん肝豆腐を拵えることにした。

「あん肝豆腐の方が時がかかるのでこちらの下拵えを先にします」

適当な大きさに切ったあん肝を裏漉しし、昆布出汁、酒、葛を加えて混ぜ合わせる。火にかけて煉り上げ、流し缶に流して冷やし固める。五平が持参してくれたあん肝の蒸し煮は流し缶二缶分のあん肝豆腐を拵えても、まだ、たっぷり余っている。

「あん肝かあ、今時分のこたえられない珍味。並みの魚屋じゃ売ってないからお初。楽しみ、楽しみ」

蔵之進はごくりと生唾を呑み込んだ。あん肝は蔵之進の大好物であった。

「あん肝のおろし銀餡の方はすぐに出来ます」

まずは出汁、煎り酒、塩を火にかけ、葛をひいてとろみをつける。大根おろしの汁気を切って加え、おろし銀餡を拵える。あん肝の蒸し煮は一口大の乱切りにし、器に盛る。ぬめりを洗い流して水分をよく切った小口切りの葱と、へたを切り落とし、種を取り除いた唐辛子を、大根に空けた穴にさし込み、すりおろした紅葉おろしを添えて供する。

「長崎屋ではあん肝の蒸し煮をそのまま食べていただけですが、やはり、こうして料理されると洗練された旨味が引き出されるんですね。長崎屋で作ったあん肝の蒸し煮も食べられ冥利につきるというものです」

　常に変わらない料理談義がひとしきり終わったところで、

「お奉行様が苦慮なさっていると伊沢様にお話しし、ご相談したのは実はわたしです」

　五平は本題に入った。

「さまざまな商品を運ぶ廻船問屋という仕事柄、多種多様な裏の話が耳に入ってくるんです。今回はお奉行様がなさってきた直取引があちこちで苦情として囁かれているんです。御定法には反しますがそこそこの直取引は、目をつぶっているのが現状です。しかし、お奉行様の場合、流行風邪禍の非常時とあって、見て見ないふりが出来ないほど大胆な直取引をされた。あの時はあれしか手立てはなかったとわたしは思います。お奉行様は間違っていなかった。けれども、皆が常の暮らしに戻りかけてくると、『御定法破りで任を解かれたくなければ、こちらの悪事にも目をつぶれ』と暗に脅してくる。この機に乗じて、お奉行様の善行が私腹を肥やそうとしている輩の恰好な標的とされてしまうのですから、ったく融通の利かない御定法ともども腹だたしい限りです。世の酸いも甘いも噛み分けて、民のために尽くそうとなさるお奉行様には断じて退いてほしくありません。とはいえ、退かなければ佐竹金四郎様、山代屋さん殺しの下手人にされかねない。流行風邪禍のお働きさえ、御定法破りとされてしまう。あれよあれよという間に処罰されたとしても不思議はないんです。あそこまでの方はこの先現れないというのに――。そんなことになったら惜しい、惜しすぎる。ですから、お奉行様を何が何でもお守りするためにはわたしたちが動くしかないんです」

如何(いか)にも戯作者(げさくしゃ)でもある五平らしい熱い口調での烏谷評であり、

「褒(ほ)めすぎのような気もするがその通りだ」

蔵之進は苦笑まじりに頷いた。

「わたしも加えて、お奉行様に降りかかってきている火の粉を払おうということですね」

季蔵は自分の立場を確認した。

「ところでこれははっきりさせておきたいんですが、佐竹金四郎様と山代屋さんを殺した下手人は同じ者なのでしょうか？」

五平は蔵之進と季蔵を交互に見た。

「さて、俺(おれ)は現場に呼ばれなかったんでどうとも言えない――。ただ定町廻りから町会所見廻りになった佐竹の暮らしぶりが、年を追う毎(ごと)に贅沢になっているというのは、もっぱらの評判だ。町会所は役人にとっても文字通り金蔵だと言われている」

蔵之進が告げて、

「佐竹様はどの籾蔵にお務めでしたか？」

　季蔵が訊いた。

「浜御殿だ」

　蔵之進は応えた。

　浜御殿の籾蔵は市中に何ヶ所かある飢饉に備えた籾蔵の中で最も古く、籾蔵の本尊的存在であった。飢饉対策を強めた老中松平定信によって建てられたものである。

　内堀がめぐらせてあるのは千代田の城で必要とする物資の荷揚げの場であり、米を運ぶ運河築地川とつながっていた。また、浜御殿には幕府直属の薬草園もあった。

「浜御殿内には浜御殿奉行の屋敷もあり、何人もの役人が詰めています。まさか、その役人たちも仲間？」

「おそらく。ここだけの話ですが、お奉行様は流行風邪禍の折、浜御殿の囲米だけではなく、煎じて熱冷ましにする麻黄、桂皮、杏仁、甘草等を生薬蔵から佐竹様を通じて流用したという話もありました。確かな筋から聞きました」

　五平はやはり声を低めて、

「浜御殿からの不正着服などは、さしものお奉行様でも考えられないことですが、日頃の言動からこれさえ真実と見做され、お奉行様と佐竹様との関わりが取り沙汰されかねません」

　予断を許さない鳥谷の状況を伝えた。

「佐竹様は駆け付けた石橋の上で刺殺され、それ以前に山代屋さんは頭の後ろを殴打されて絶命した後、不忍池に投げ込まれています。これだけ異なると、たとえ見つかった場所は近くでも、同一の下手人ではあり得ないという見解が常道です。では、なぜ町会所見廻りの佐竹様が、山代屋さんの骸があがった岸に駆け付けられたのか、しかもすぐに、というのが大きな疑問なのです」

季蔵は首を傾げた。

「これもここだけの話ですが、実は小錦屋さんご夫婦にあんなことがあった後、佐竹様から『ここあきや』の暖簾の案を買わないかと言われたことがあるんです。もちろん買値次第という話でした」

五平はひそひそ声になった。

「長崎屋は廻船問屋ですので幾ら旨味のある商いでも、ちょっとそれは畑違いでとお断りしました。そのうちにあの織田信長公が作らせた霊を呼び出すという法具を、競り落とさないかという話も持ち込まれましたが、これもご遠慮しました。この後、件の暖簾の案だけではなく、霊の法具も山代屋さんがお買いになったと聞きました。山代屋さんは偽物かもしれない法具について、佐竹様が仲介してくださっている限り、いずれは偽物呼ばわりが撤回され、相当の価値がつくはずだと言ったそうです。おそらくどちらも高額でしょう？　商いの絆を築くには時がかかりますので、佐竹様と山代屋さんはよほどの縁をお持ちです。口さがない連中の言葉を借りれば『一つ穴の欲張り貉、悪党ども』ということになります」

　五平はさらに続けた。

「佐竹と山代屋が繋がっていたとしても、物乞いが報せたのは番屋だ。番屋か物乞いかに、佐竹、山代屋の手下が潜り込んでいたことになる」

　蔵之進は言い切った。

「あるいはお奉行様が山代屋さん殺しを佐竹様と共謀した挙句、骸が見つかったため、慌てて佐竹様に伝えたようにも受け取られかねません。状況から推して実はこれが一番わかりやすい」

　五平は眉を寄せ、

「だとしても、物乞いや番屋に潜り込んでいた手下などもうとっくに姿をくらませているにちがいない」

　蔵之進も知らずと倣っていた。

「一つ気になっていることがあります」

　季蔵は前置いてから、

「信長公の法具が競りにかけられた時のことを思い出しました。あの時、競りに加わっていて、最後は殺された年配の臨時廻り同心南原郁右衛門様のことです。臨時廻り同心というのはよほど財を築くことができる役職なのでしょうか？」

　蔵之進の方を見た。

「まさか。年配者が多い臨時廻り同心は元定町廻り同心だった者で、年齢が来て若いのと交替した後、ご意見番を兼ねた補佐役だ」

応えた蔵之進に、

「そんなお方が信長公の法具の競りに加わるのはたしかに妙ですね」

今度は五平が頭を傾げた。

「佐竹様や山代屋さんと関わって、ほかにも実入りがあったのではないかと思います。この辺りを探っていけば、佐竹様、山代屋さんと関わっている人たちに結びつかないとも限りません。それとさらに今、気がつきました」

季蔵の提案に、

「そいつの調べは俺がやろう」

蔵之進が買って出て、

「わたしに出来るのは山代屋さんの方です。伝手を辿って調べてみます。どうぞお任せを」

五平がぽんと胸を叩いた。

七

――あの法具の競りや命を落とした飛鳥女の黒幕は、数珠屋昇空堂の息子で僧侶だった俊兵衛だとばかり思っていて、半分屋も市中から消えて一件落着と思っていた。けれども、佐竹様が小錦屋の風邪退治の暖簾の案を山代屋に買わせて大儲けさせていただけではなく、信長公のあの法具にまで手を出していたとなると、まだ全ては終わっていない気がする。黒幕の後ろにさらに黒幕、大黒幕がどこかに控えているのではないか？――

　季蔵は不安を抑えきれずにいた。

　そんなある日、江戸開府以来の薬種問屋にして、店に隣接して薬草園を所有している良効堂の手代が小さな小さな蕗の薹が幾つか入った籠を持参し、

「流行風邪禍は収束したものの、何かと心忙しい心配な日々が続いております。いかがお過ごしでいらっしゃいますか？　いつか、あなた様がおっしゃっていた冬真っただ中の蕗の薹を雪の下に見つけましたのでお届けいたします。また、是非とも、ご相談させていただきたい向きもございますので、折を見て一度お運びいただければと思っております」

　と、主佐右衛門の言伝を伝えた。

　佐右衛門から届けられた蕗の薹の緑は季蔵の目を射た。蕗の薹は主に茎を食する蕗と別個のものではなく、蕗の若い花芽である。届けられた蕗の薹はまだこちこちの若芽で花の時季にはほど遠いが、仄かな春の香りが何とも心癒される。

　季蔵はこれをさっと茹でて刻み、裏漉しし、茶巾絞りをした煉り切りに花の蘂さながらにあしらう。まだ先は長い早春の訪れを楽しむ菓子にしてみた。

　茶巾絞りの煉り切りは僅かな抹茶で色づけされているが、蕗の薹入りの花の蘂の方は薄

った。

黄色の自然色である。色合いの薄さはどちらも同じで、何ともこの取り合わせが風雅であった。

季蔵はこれを携えて南茅場町にあるお涼の家へと向かった。

瑠璃は蕗の薹が好きで、いつだったか、蕗の薹はいかにして子孫を増やしているかということを話し、最後に「どうせ、季蔵さんは蕗の薹なんて、天婦羅や味噌に使うものだとしか思っていなかったでしょう?」と言ったのをはっきりと季蔵は覚えていた。

――あの時、なぜか、「わたしの想いや希望は季蔵さんにはわからないでしょうね」と言われたような気がしたな――

今でも季蔵は瑠璃の病んでいる心がいっこうに治らないのは、自分が相手の肝心なところを理解していないからではないかと思うことが多々あった。

「まあまあ、春の香り――」

季蔵が持参した蕗の薹の煉り切り菓子が入った重箱の蓋を取ったお涼は、

「瑠璃さん、きっとお喜びですよ。一区切りついたらお茶と一緒に召し上がるでしょう」

うれしそうに微笑んだ。

――お奉行が窮地に立たされていることを察しているはずなのに、変わらずお涼さんは明るい。そのように振る舞っているのだろうが、たいしたものだ。わたしも少しは見習わなければ――

何につけても季蔵はお涼の凛とした心意気とそれゆえの優しさに励まされる。

「一区切りというといつものですか?」

　手仕事が好きな瑠璃は気のおもむくまま、紙や布で花や草木を模して時を過ごしていた。医者も身体が疲れない程度なら、それがまたとない心癒しにつながると言って勧めている。

「ええ、まあ」

　言葉を少し濁しかけたお涼だったが、

「今日はいつかの冬イチゴのお手玉のお返しにと冬吉さんがおいでなのです。前にさしあげた文で話した、虎吉を助けてくだすったあの冬吉さんです。こんな寒い時季には摘み菜にできる草など、どこを探しても生えるはずもないと思っていたら、そうでもないそうで、食することのできるいろいろな草をお持ちいただきました。それを瑠璃さんは写しているところなのです」

　きっぱりと告げた。

「ならばわたしも冬吉さんに御挨拶（ごあいさつ）せねばなりません」

　季蔵は普段瑠璃が手仕事をしている座敷の障子を開けた。

　座敷に面している縁先に荷車が置かれていて、縁側には青々とした草が植えられた大きめの鉢が三鉢並んでいる。その草の姿を瑠璃がやや眉を上げて唇を嚙みしめ、一心不乱に写し取っていた。冬吉らしい男の後ろ姿もあった。虎吉はどこだろうと懸命に探すと何と男の後ろ姿から長い尾が突き出ていて、ゆらゆらと楽し気に振られていた。

　——あの虎吉が膝（ひざ）の上に抱かれているとは——

季蔵は驚きを禁じえなかった。

――ああ、でも、相手は命を助けてくれた恩人だ――

不意に縁側に座っていた冬吉が振りむき、虎吉を抱いたまま立ち上がって頭を垂れた。

「江戸屋さんの後を任されて仕事をしております冬吉と申します」

「わたしは塩梅屋季蔵と申します」

慌てて、季蔵は虎吉を助けてくれた礼を厚く言って深く頭を下げた。すると相手は、

「わたしはただ、生きものたちが命を自ら守ろうとする力を、飼い主の方にお教えしているだけです」

困惑気味にまた頭を垂れ、

「それでも、見当違いに振る舞って、生きものたちが持ち合わせている、せっかくの治癒力を台無しにしてしまうことも多々あります。あなたに診ていただいて虎吉は本当によかったと思います」

季蔵も頭を下げてしまい、いい加減にしろとばかりに虎吉がにゃーっと意外に大きく一鳴きした。

この時二人は互いの様子に吹き出し、

「やられましたね。もう止めましょう」

冬吉の言葉に、

「虎吉には誰も敵いません」

季蔵はわざと神妙な顔を作った後、

――誰かに似ている――

それほど相手を見つめていたつもりはなかったのだが、

「何か顔に付いていますか？」

冬吉に訊かれた。

――どちらかといえば小柄で小さめの整った顔立ち、真っ黒に日焼けさえしていれば豪助(ごうすけ)に似ているのだが――

「いえ、すみません」

季蔵は詫(わ)びて視線を地面に落とした。

――咄嗟(とっさ)に親しい豪助によく似ているとわからなかったのは、この男の顔が白いからだ。お涼さんの文によれば庭仕事等の外仕事をしているというのに、どうしてこれほど日に焼けていないのだろうか？　それと着慣れた紺地の普段着姿であるにもかかわらず、なにゆえこうも品位のある様子や物腰なのだろう？――

季蔵は不可解な気分に陥りつつ、縁側に置かれた鉢に目を転じた。

「そうでした、忘れないうちにこれらの名を――」

冬吉は袖口から中指ほどの大きさの薄い板を取り出し、鉢の土に差し込んでいく。

蕗の薹、野蒜(のびる)、野ミツバ

「あと、冬場が美味で、乾かしておくと便利なヒノキワラビ、地下茎の百合根や自然薯、木に生えるナメタケ等があります。これらはこの次でも――」

「あら、まだほかも見せていただけるんですか？」

季蔵の煉り切り菓子を茶と共に運んできたお涼が言い、瑠璃の目が輝いた。

「冬イチゴをさしあげただけなのに、こちらの瑠璃さんからあのように可愛らしい、まるで源氏物語の若紫の姫君が愛でられるようなお手玉をいただいてしまい、すっかり恐縮しております」

冬吉はやや頬を赤らめながら告げて、

――そういえばあの冬イチゴのお手玉は冬吉さんへのお礼でもあったのだ――

季蔵はいささか複雑な気持ちになった。

八

瑠璃の絵は薄緑色の固い蕾だけが鉢の土から顔を出しているかのような蕗の薹、一尺（約三十センチ）ほどで細長い葉を青々と伸ばしている野蒜、野蒜と同じくらいの草丈で、緑色の艶やかな卵型の尖った葉先を結ぶと三角になる野ミツバの三種類であった。

「まあ、野ミツバの三つ葉がこんなにも小さく、こうもよい香りがするとは。お持ちいただいた鉢からはどれも独特の一足早い春の香気がしますね」

お涼が感心の呟きを洩らして、

「さあ、どうぞ。こちらは季蔵さんからの春届けのお品です」

煉り切り菓子と煎茶を皆に勧めた。

季蔵が菓子楊枝を手にすると、お涼、瑠璃、冬吉の順に続いた。

「これの薬には蕗の薹をお使いでしょう？」

冬吉はすぐに当てて、

「もしや新石町にある良効堂さんから届いた初物の蕗の薹では？」

さらに言い当てられて、

「ええ」

季蔵は言葉少なく応えた。

「いいですね、良効堂さんとお知り合いとは——」

冬吉は真に羨ましげであり、

「今は良効堂さんがなさっている、薬草や青物、果実等を主とする頒布講の一人ですが、良効堂さんとは塩梅屋の先代からのつきあいなのです」

季蔵は浅からぬ縁について話した。

「実はわたしも頒布講に入ろうと思っているところなのです。どうか、今後はいろいろ御教授ください」

冬吉は深く頭を垂れて、

「こちらこそ」

季蔵はいささか困惑気味にまた辞儀を返した。

その間も虎吉は冬吉に抱かれてうっとりと目を閉じている。瑠璃はといえばそんな虎吉と冬吉を交互に見つめて微笑み続けている。

――これはいったい、どういうことなのだろう？――

季蔵が途方に暮れた思いでいるとお涼と目が合った。

「ちょっと、季蔵さん」

お涼は季蔵を座敷から連れ出して、厨(くりや)の前まで来ると、

「案じてらっしゃるようなことじゃあないと思いますよ。ただ瑠璃さんは虎吉が大事大事で、病にかかった時は身も世もあらぬ様子でしたから、助けてくれた冬吉さんに恩を感じているだけなんですよ」

すっぱりと言ってのけた。

「そうあってほしいとは思いますが――」

「あらあら、季蔵さんらしくもない。大丈夫。こう見えてもあたしは元は芸者なんですから男女のことはすぐにぴんときてわかるつもりです。ご安心なさい」

お涼は常になくからっと笑って季蔵の背中をぽんと一つ叩いた。

それから何日かが過ぎたが、季蔵の脳裏には時折、虎吉だけではない冬吉にも向けられ

ていた瑠璃の微笑みが広がった。夢にまで見るようになった。夢の中での冬吉はみるみるうちに大きなふわりとした雲に変わって、瑠璃と虎吉を連れ去ってしまう。

「瑠璃ぃ、瑠璃っ、行かないでくれっ、お願いだ、瑠璃っ」

夢の中で叫んだつもりが、実際に大声を出していて飛び起きることも続いていた。

——冬吉さんは良効堂さんの講に入るつもりだと言っていた。良効堂さんなら冬吉さんについて何か知っているかもしれない。潰れた料亭の庭仕事をする傍ら、生きものたちの病を治したり、やたら摘み草にくわしく、冬場の食せる山野草にも通じている冬吉という手合い、本当に本業は植木屋なのか？——

とうとうある日、季蔵は意を決して良効堂を訪れた。

「お呼びいただきながら遅くなりました。すみません」

季蔵の言葉に、

「こちらこそ、お忙しいとわかっていて無理を申しました」

微笑んだ主佐右衛門は季蔵を客間に案内した。

「以心伝心と喜ばれるかもしれませんな」

呟いた佐右衛門は、

「これでは意味がおわかりになりませんね、失礼いたしました。実は季蔵さんに是非とも会いたいとおっしゃっている方がいらっしゃるのです。偶然にもその方はこれからおいでです。おいでになるのは二度目で、正式に頒布講に入られたので、江戸では良効堂だけが育てている京の冬青物、聖護院(しょうごいん)大根や九条ねぎ、堀川牛蒡(ほりかわごぼう)、金時人参(きんときにんじん)、水菜、壬生菜(みぶな)等を持ち帰って味見したいとおっしゃって——」

喜々として目を細めた。

「その方は江戸屋の後を預かっている冬吉さんというのでは？」

「その通りです。しかし、どうして季蔵さんが御存じなのです？」

佐右衛門は驚いて目をぱちくりさせた。

「実は——」

季蔵は虎吉の病について、かいつまんで話した。

「やはり、どこからともなくつながってしまうのが、人と人との縁ですね」

佐右衛門が感じ入っていると、

「お客様がおいでです」

手代が来客を告げた。

再び、季蔵は冬吉と会った。今度ばかりは畳の上で向かい合って座った。

「お引き合わせの労をとるつもりでしたが、知り合っておられたとわかったので、わたしはこれで失礼いたします」

茶が運ばれてくると佐右衛門は席を外した。

「実はわたしの先祖は昔々、京の鞍馬山(くらまやま)の天狗(てんぐ)でした」

冬吉が大真面目(おおまじめ)に切り出すと、

「今、天狗——とおっしゃいましたか?」

季蔵は思わず聞き返した。

「といっても、源義経と弁慶の話よりもずっと昔のことで、天狗と申し上げたのは譬えです。炭焼き、猟師、薬師、祈禱師等何でもこなす山人でした。田畑を耕すお百姓と異なり、暮らしが不安定でしたので、嵯峨天皇の御世（八〇九〜八三二年）に、見廻りにみえた御菊係に見込まれて天子様のお傍に仕えることになったのです」

——何と嵯峨天皇の御世とは千年余りも前ではないか——三百年近く続いてきた江戸幕府でさえ比べものにならない、気の遠くなるほど昔であった。

「菊の花がお好きだった嵯峨天皇のために、古代菊を改良して、天子様にふさわしい、この世に二つとない独自の王朝菊を造り出したのです。それが今も京の大覚寺の庭で、淡色の花々が色とりどりに美を競い合い、格調高い香りを放ちつつ咲く門外不出の嵯峨菊です」

——天子様をはじめとする高貴な方々が座ったままご覧になるので、草丈が七尺（約二・一メートル）になるよう改良されたのが、本格的な元祖嵯峨菊なのだと耳にしたことはあるが、江戸では目にできない幻の菊だ——

「ところが、歴代の天子様皆様が菊をお好みになるとは限りません。嵯峨天皇が崩御なさると御菊係のほとんどがお役目を解かれました。この時わたしの先祖はお公家衆の庭師になりました。しかし、京にはたとえ同業間であっても、厳然とした身分の違いがあります。わたしの先祖は元は山人で、最下層の庭師なのだという自覚があったので、わりに早く、庭師職に見切りをつけました。山人から御菊係となったのが初代で、庭師から足を洗ったのは四代目です」

「天子様の御菊係にまで進んだ後、お公家様たちの庭師になったというのに、それをも断念して出直すとは素晴らしい四代目御先祖の決断ですね」

季蔵の言葉に、

「季蔵さんだってわたしの先祖四代目同様、決断されているではありませんか？　もっと言わせて貰うと、わたしの場合、決断したのは四代目でわたしではありません。わたしはただ、その後を継いでいるだけです。比べればあなたの方がずっとわたしよりすごいっ」

冬吉はやや興奮気味に相手を讃えた。

「その後、御先祖様方がどのような生き方をされてきたのか、そしてそれが今の冬吉さんとどのようにつながっているのか、是非とも話してください」

季蔵は先を促し、冬吉は話を続けた。

九

「庭師を辞めた四代目は京を取り囲む山々の幸を売りさばく仲買いの商いでそこそこの富を得ました。元が山人なのでとかく人嫌いな山人頭たちの信頼を得られたのでしょう。そんな四代目から受け継いだ仕事をわたしも仕込まれてきました。こうした商いと並行して祖父の代には摘み菜を主に、川魚、鳥獣料理を振る舞う、ささやかな旅籠を北山に開きました。これが今も続いているのは、万葉集や古今集に詠われている摘み菜が究極の自然の恵みで、人の心を穏やかに満たし癒すからでしょう。祖父は『四代目は庭師の生業を捨てはしたが、——百年庭、二百年庭の精神は受け継いでいってほしい——と遺言した。それをやっと見つけた想いだ』と言っていました」

「百年庭、二百年庭？」

季蔵は首を傾げた。

「人の一生は短いので一代限りでは請け負った庭造りや手入れを完成できないのです。それで百年先、二百年先の完成を目指して、次の代に仕事を繋いでいくのが京の庭師ならではの気概なのです」

「なるほど、料理と料理人に置き換えても通じる話ですね」

季蔵は得心した。

——京の深さには、はかりしれぬものがある——

「ああ、でも祖父の想いにわたしが報いることができたかどうかは疑問です。わたしは人に飼われているか野生かの別なく、なぜか生きものたちになつかれ、気がついてみると京にも稀な生きものたちの医者を兼ねるようになっていました。そうなるともう狩りはできません。それでわたしの代からは川魚や鳥獣は膳に上らせぬ、摘み菜だけを振る舞う宿にしたのです」

——信仰の上の禁忌ではなく、生きものを慈しむ気持ちからの精進料理とは、何ともこ

「従来のお客様は川魚や鳥獣料理を堪能なさっていたのでしょう？　摘み菜だけで満足なさってくれますか？」

　季蔵は訊かずにはいられなかった。

「あなたは有間皇子をご存じですか？」

　冬吉はふわりと笑った。

「たしか万葉集の歌人の一人だと——。皇子と称されるからには天子様の血筋ですね」

　季蔵とてこのあたりはそうくわしくない。

「ずっと昔、時の権力者中大兄皇子に謀反の咎で処刑された有間皇子が捕まり護送される際に詠んだとされる和歌から京では椎の葉に盛られた飯は摘み菜料理の象徴となりました。そして禁忌からではない摘み菜料理は、純粋無垢な心を持ちながら、あらぬ疑いをかけられて処刑された、悲劇の皇族有間皇子の分身として貴ばれてきているのです」

「高貴な料理なのですね」

「ええ。正確には四季折々の摘み菜だけではなく、人の手で作られている青物も使いますが——。でも、まさか、念願の江戸で摘み菜料理を振る舞うことができるようになるとは思ってもみませんでした」

「流行風邪禍で店仕舞いをした料亭江戸屋の後ですね」

「はい。あそこはいずれ摘み菜料理の店になります」

「それで良効堂さんのところで育っている青物を試されるわけですね。江戸で京青物が美味しく育つかを懸念されている？」

「いいえ、そんなことはありません。草木の恵みは育つ土地土地で異なる美味さがあると思っていますから。懸念があったとしたら天候でしたが、京の山の冬イチゴが江戸屋の庭でも育つとわかって安堵しました」

冬吉はうれしそうに相好を崩し、

「そうでした、あの冬イチゴ、瑠璃の作ったお手玉でしかまだ拝見していません。是非ともこの目で見たいものです。只でさえ稀なイチゴが冬に実をつけるなど、とても信じられないからです」

季蔵は息を弾ませた。

「それでは折を見て、京の山に伝わる冬の摘み菜膳の宴にお招きします。実はこの京ならではの趣向の味が江戸の食通相手に通用するものかどうなのか、料理人であるあなたに舌で確かめていただき、是非ともご意見をいただきたいと思っておりました。江戸屋に手を入れての有間皇子ゆかりの摘み菜料理と銘打てば、江戸でも響きは悪くないでしょう。けれども、味が独りよがりでは商いになりませんから」

真剣な面持ちの冬吉に、

「わかりました。わたしでお役に立つことであれば、何なりとおっしゃってください」

季蔵は大きく頷いていた。

――この男はやはり不思議な人たらしだ――

そう思いつつも会った後、しばらく季蔵の心は冬吉との会話を思い出して華やいだ。何より話の内容が興味深かった。山人が先祖だという冬吉個人の話だけではない、生業と料理の関わりの壮絶さが胸を打った。流行風邪禍に見舞われて以来、とかく目の前の難事に取り紛れて忘れかけていた、先代長次郎に厳しく仕込まれていた時のこと、料理へのひたむきさと一心な想いが蘇(よみがえ)ったような気もした。

その朝も季蔵は夢の中で冬吉と話していた。

「百年庭、二百年庭というのはもちろん、百年庭師、二百年庭師という意味でもあるのです。百年、二百年の庭師の修業は人の命の限界を超えるものなので、せめて庭師にも出来る、琵琶湖(びわこ)から水を田畑に引く仕事をして人の役に立ち、生きた証としようとした京の庭師もいたそうです」

話している冬吉の笑顔から琵琶湖の様子が広がっていく。

「ははは、わしの一生は洪水、大風との闘いだ。しかし、これに流行風邪まで加わろうとはな。わしは京の庭師になど負けぬぞ」

さらに烏谷の高笑いが響く。

「それでも人が人を幸せにするのも大事なことです。庭師が草木を丹精するように」

冬吉の笑顔が琵琶湖に変わって、

「そうだよね」

相づちをもとめた相手が振り返った。冬吉と手と手を携えている。

「一緒に行こう」

冬吉の言葉に瑠璃は頷いた。

「瑠璃っ、ちょっと待ってくれっ」

大声を上げたとたん、目をさましていた。

「季蔵さん、俺だよ」

松次が油障子を開けた。

「起こしちまって悪いが、いつものことさね」

――何かまた起きたのだ――

「少々お待ちを」

季蔵は慌てて身支度をした。

――これがわたしの今だがさっきの夢と比べて、いいとも悪いとも言えない――

待っていた松次と共に急ぎ足になる。松次の足は南へと向かっていた。

「ちょいと大筋を話しとくがいいか？」

松次が切り出した。

「もちろんです」

「また、二人いっぺんに殺されたよ」

「その二人というのは？」

「一人は金杉橋の弥五郎親分。年齢の頃も俺ぐらいだろう。俺と同じ岡っ引きなんだが、なぜか佐竹金四郎様の下についてる。金のためならどんなことでもやってるんじゃねえかって奴だった。殺すことはあっても、まさか殺されるとは思ってもみなかったぜ。それでも、まあ、こいつの方は因果応報ってこともあるんだがもう一人は――」

立ち止まった松次は左右を見廻して小声になった。

「もう一人とは？」

季蔵も声を低めて促した。

「町会所筆頭の勘定方、あの村井恭之介様だ」

――それは大変だ――

町会所では町人たちからの預かり金に等しい囲米を管理しているが、その代表が勘定方の役人である村井恭之介であった。

――やはりこれはあの町会所見廻り同心佐竹金四郎、小間物長者の山代屋助右ヱ門殺しと無関係ではない。というよりも、今一つ関連が薄く感じられた佐竹と山代屋殺しが、やっとこれでつながった。四人もの殺しは町会所絡みだ――

季蔵は確信した。

二人は竪川と小名木川を結ぶ六間堀に着いた。人だかりの向こうに背の高い田端の姿があった。

「来たな」

待っていた蔵之進が出迎えて、

「佐竹に次いで弥五郎も南町と縁のある者ゆえ、月番ではないが、北のお奉行より立ち合いを命じられた」

そう告げた後、

「ことがことだけにな」

素早く耳元で囁いた。

——たしかにこの一件は町会所絡みと見做されるだろう。この一件に関わりたくても関われないだろう——となると、町会所と関わりのある鳥谷への疑惑はさらに広がる。

季蔵はさぞかし、鳥谷は無念なことだろうと思った。

十

「どいた、どいた」

二枚の戸板が運ばれてきて人だかりが蹴散らされた。二体の骸は折り重なって堀に棄てられている。骸は寄棒が使われて手際よく引き上げられると戸板に載せられた。

「どいた、どいた、どいた」

まだ見物を続けている人だかりを下がらせて戸板が前へと進み、やがて辻にさしかかって見えなくなった。

季蔵は田端や松次、蔵之進と共に番屋へと向かった。戸板はすでに番屋に着いていて、二体の骸は土間の片隅で菰(こも)を被(かぶ)っている。

「それじゃあ――」

松次が手を合わせ、骸検(あらた)めのために骸から菰を取り去った。

「しかし、あんなところではとても検分は出来なかった」

田端は洩らしてから、二体の骸に屈(かが)み込んだ。蔵之進や松次、季蔵も倣う。

「酷(ひど)い殺されようだ」

蔵之進が言った。

「たしかに」

田端が頷く。

季蔵は村井恭之介の骸の刺傷を数えていた。

「七十三ヶ所も刺された傷があります。どの傷が命を奪ったのかもわかりません」

田端は眉を寄せた。

季蔵は弥五郎の方の傷も数えた。

「こちらも七十三ヶ所、同じです」

「水に浸(つ)かってなけりゃ、どっちも血まみれだったんだな」

ぞっとした様子の松次が呟き、

「そうだろう。どちらも顔色や肌が酷く青い。これは身体から血が流れ出すぎて息が止まったものと思われる」

蔵之進が応えた。

「骸検分の医者がいないのは不便だ」

田端の言葉に、

「それでは骸医者に頼りすぎだ」

蔵之進が薄く笑った。

「南では左様であろうが、これは北の事件ゆえ筋を口にしたまでのことだ」

田端が固い表情になりかけて、

――これはまずい――

「これほどの痛みを味わわせつつ殺すというのは、よほどの恨みなのではないかと思います。どう思われますか？」

季蔵は必死でこの場を取り繕ったつもりだったが、実は的を射た見解で、

「たしかに」

「なるほど」

田端と蔵之進は感心して共に大きく頷き合った。

「下手人はいったい、どこに閉じ込めて、このような酷いことをしていたのか？」

田端の言葉に、

「村井様も弥五郎も十日も前から行方知れずでしたね」

松次が言い添えた。

「この骸たちは生きている頃、かなり悪名が高かった。相当恨みを買っていたはずだ」

田端は蔵之進の方を見た。

「勘定方役人で町会所筆頭の村井恭之介の手先が、先に殺された町会所見廻りだった佐竹金四郎。その佐竹の分身が弥五郎だ。弥五郎は佐竹の指示で人の弱みを熱心に集めていた。それを元に二人で、脅しや強請(ゆすり)、おそらくそれ以外のことも続け、村井に上納していたようだ。佐竹を定町廻りから町会所廻りに引き上げたのはもちろん村井。町会所見廻りになってからの佐竹は、囲米の横領という人相手よりもよほどわりのいい悪事の美酒に酔いしれている」

蔵之進は腹立たしそうに告げた。

「じわじわと囲米が減り続けるのは、疾風(はやて)小僧が籾蔵から盗み出しているからだという密(ひそ)かな噂(うわさ)があるが――」

まだ田端の目は蔵之進を見ている。

「たしかにある。だがその噂を流したのは佐竹や弥五郎たちだと断じたい。疾風小僧にとって囲米を奪って金に換えてばらまいて、何の意味があるというのか？ 瓦版(かわらばん)屋が書き立てるようなことになればなったで面倒だから、奴らは密かな噂に止(とど)めているのだ。疾風小僧は殺生には無縁だし、この一件には関わりないと俺は思う」

「なるほど」

田端は得心し二人の話は噛み合ってきた。

「ここいらで骸の話に戻ることにする」

「それがいい」

蔵之進は頷いた。

「前の二体の骸と今回の二体では殺し方が大きく異なるのが気になっている。山代屋は頭の後ろを一撃、佐竹は胸と腹を抉られている。とりたてて深い恨みは感じられない」

田端は慎重に指摘した。

「前の二件と今回のとは各々、別の理由で起きた殺しだとでも？」

蔵之進が鼻白んだ。

「わたしは事実を示しただけだ」

さらりと田端は言ってのけた。

――また、二人の間が――

季蔵は、

「蔵之進様のお話ではこの四人の悪の絆は、長きに亘ってさまざまな恨みを買ってきたとのことでした。囲米は疾風小僧のせいにもできますが、人相手の悪事となるとかなり深い恨みを抱かれているはずです。脅しや強請以外のものともなれば猶更です。わたしはそのあたりのことが知りたいです」

胸にあったことを言葉にして話を逸らした。

「俺は老舗の幕染屋だった錦屋と、暖簾分けしてくれた主に殺された小錦屋が気になりゃすね。あんなことになっちまったんだから、今更、親戚(しんせき)でございとは言えやしねえでしょうが、どっかに縁続きの者はいるはずでさ。そのへんを調べてみやしょうか？」

松次は田端にうかがいを立てた。

「頼む」

田端の一言でその場はお開きになった。

この時黙っていた蔵之進はわざと田端とは一緒の方向に帰らず、季蔵と共に歩き出した。

「朝から何だが、ちょいと一杯ひっかけたい気分だ」

「朝酒、昼酒は田端様の十八番(おはこ)です。それにお嬢さんに叱(しか)られます」

「ならば止めておこう」

あっさりと引き下がった蔵之進は、

「今は我らが力を合わせてお奉行をお助けしなければならない時だ。くだらない意地の張り合いをしている場合ではない」

「おわかりなのですね」

「田端殿にもわかってほしいものだ」

「田端様もおわかりでしょう」

「しかし――」

「田端様は常に定町廻り同心というお立場で話されます。お役目を全うされるお方です。

酒も冷やと決めたらどんなに寒くでも冷酒です」

「臨機応変という言葉に無縁すぎる」

　蔵之進はため息をついた。

「ご気性ですのでこればかりは直りません。ですから、そのおつもりで得心のいくところだけ、気を合わせればよろしいのです。お奉行もそうされています」

「あのお方は地獄耳、千里眼の他にも駒回しの才までおありだからな。たいしたお方だ。わたしが田端様の物言いに不愉快になるのは人の出来が未熟なせいだろう。つくづく自分は器が小さいと嫌になる。わたしは一番に亡き養父を敬愛しているが、その次はあのお奉行なのだ。好きな順でいえばお奉行の方が上かもしれない。何しろどこまで狡くて不真面目なのかわからないふりをしていて、実はとことん真面目で正直だったりする、面白いお方なのだから」

「それはきっと田端様も同じ想いでしょう。案じることはありません」

　季蔵は思わず微笑みつつ、

　――今までお奉行への自分の気持ちなどはかってみたこともなかったが、実をいえばわたしも蔵之進様や田端様と同様だった。また元のようにわたしたちはあのお方を仰がねばならない――

　唇を強く嚙みしめた。

十一

――といって、松次親分に錦屋と小錦屋の縁者を調べてもらうだけでは、何とも心もとない。そもそも佐竹や弥五郎に恨みを持つ者たちは縁者だけではないし、村井や山代屋にしても思わぬ相手に恨まれていたとしても不思議はない。何としても確たる手掛かりを摑まなければ――

眠れぬ夜を過ごした季蔵は空が白みはじめるとすぐ、村井恭之介と弥五郎の骸が浮いていた六間堀へと走った。昨夜は雪が降らなかったので道が凍っている。ともすればつるりと滑りそうになる。

――雪は風情はあるものの、外で動く者にとっては難儀なことが多い――

季蔵は昨日の朝は大道芸に集まっているかのように、興味津々に人が群れていた堀の前に立った。堀は昨日も今日も凍ってはいない。

――それでも昨朝はちらちらと雪が舞っていて堀にも白い一片、二片が落ちるのが見えた――

そのおかげで悲惨を通り越して凄惨そのものだった二体の骸が多少は清められて見えたものだった。そして今、目を凝らすと、

――おや、何か――

屈み込んで堀の水をすくった。水がこぼれ落ちた後、白い糸くずのようなものが掌に残

った。こんな時だからなのか、

――雪はその白さと冷たさのゆえか、たいていのものを浄化してくれる――

そのただの糸くずのようなものが奇妙に清らかに感じられた。

そんな想いは自分だけの愚かな感傷だと季蔵は退けると、折り重なって棄てられていた二体の骸の無残な様子が生々しく思い出された。よりによって堀へ塵芥でも捨てるように棄てるとは、やはり並々ならぬ恨みを感じさせる。

――あの冬吉さんなら人はもちろん、死んだ生きものさえもこんな場所には棄てはしないだろう――

この時季蔵は初めて、

――ここへ骸二体を棄てた下手人は一人だったのだろうか？――

骸がどのように運ばれてきたのかが気になった。

――二人で一人ずつ骸を背負えばここへ棄てに来られる。けれども、このためだけに人を雇うことは無謀すぎる。だとすると同じくらい恨みを抱いている仲間を募る必要がある。しかし、よほどの偶然が重ならない限り、これはなかなか実現しにくい、となればやはり下手人は一人なのではないか？――

はっと気づいて、

――雪の日が続いてなお、雪の降らない夜が幸いすることもある――

凍った雪で固まっている白い雪道に目を凝らした。

――やはり――

雪道の上を大八車の轍(わだち)と十文(二十四センチ)ほどの下駄の跡が続いている。

――これだ――

季蔵は轍と下駄の跡を辿っていく。

――如何(いか)に周到な下手人でも一人なら、雪が固まっているだけで、降ってない日の轍の跡までは消すことなどできはしない――

季蔵は轍と下駄の跡を辿り続けた。

轍と下駄の跡は雪掻(ゆきか)きとは無縁な荒れ寺、高風寺(こうふうじ)へとつながっていた。季蔵は山門を抜けて境内(けいだい)に入った。轍と下駄の跡を除けば一面の新雪であった。誰もこの銀世界に踏み込んではいない。轍と下駄の跡は本堂を望むところで止まっている。

季蔵は履いている下駄を脱いで中へと入った。中には雪の浄化術はかけられていない。木魚と古びた座布団がある前方に、人の丈ほどもある古びた仏像が何体も置かれている。どうということのないありきたりな破れ寺の様子であった。季蔵は本堂と奥座敷をくまなく調べたが、これと言って怪しいところは一つもなかった。

その夜、季蔵は不可解な夢を見た。

夢の中の季蔵は破れ寺の本堂に居る。

――もしや下手人はここにいる?――

緊張を覚えたのは、

〝そちの耳はわしのような地獄ではなく、ことの真相を明らかにするのに役立つ極楽耳よな〟

という烏谷の言葉が聞こえてきたからで、すぐさま仏像の陰に隠れて耳を澄ました。

――何も聞こえない――

ほっと安堵して周囲を見回した。

――この仏像たちは動かされている。それに埃(ほこり)を被っていない。なぜだ？――

季蔵は屈み込んで板敷きを凝視した。板敷きには埃が厚く積もっている。そこにある仏像たちは一体残らず、奥から前に引き出された跡が埃の中で筋になっている。

季蔵は雪道の上の轍や下駄の跡同様、板敷きについた無数の埃の筋を追った。夢の中の埃の筋は仏像を引きずった跡とは異なる人の足跡で、本堂から渡り廊下を経て奥座敷へと続いている。季蔵はその足跡を追って奥座敷の障子を開けた。

そのとたん、饐(す)えた血の匂いが鼻腔(びこう)に飛び込んできた。畳が赤黒く染まっている。仔細(しさい)に見ると、床の間へ向かう畳がささくれだっている。床の間の床は仏像同様埃が払われている。そして、床の間に向けて一畳ほどの畳だけが経年で黄色く色が変わっているものの血に染まっていない。

――もしや――

季蔵は本堂へと引き返して木魚と座布団を奥座敷へと運ぶと、血で汚れていないその一畳ほどの場所に置いた。

そして自ら座布団に座って木魚を取り上げて眺めた。

――やはり――

その木魚にも血はぽつぽつと付いていた。ただし、黒い変色はない。真紅のままである。座布団から退いて裏返してみると紅い染みがそこかしこに広がっている。これらにも黒味はなかった。

――何ともおかしな不思議な血だ、しかし清々しく美しい――

鼻を近づけた季蔵は、思わず、

「あっ」

と叫んだ。血ではない果実の芳香だったからである。


不可思議な夢が気になった季蔵は複雑な想いでこの後、何日も過ごした。あの破れ寺にもう一度足を運ぶことも考えたが、実際の調べに誤りがあったとは思えず止まった。そして所詮夢は夢にすぎないのだと迷いを断ち切った。

そして松次の調べを待つ間、やっと気持ちが切り替わって野蒜の料理に挑戦してみたくなった。実を言うと塩梅屋の裏手には野蒜が茂っている。冬の今も青い葉がまっすぐに伸びていた。先代長次郎と野蒜について、こんな会話を交わしたことを季蔵は思い出した。

「ここで店を始めた時から野蒜様はおいでだ。雑草に混じってて、雑草の方を除けてやると、花の咲いた後、種の代わりにムカゴ（珠芽）がどっさり出来てどんどん増えた」

　長次郎の言葉に、

「へえ。野蒜といえば野にだけあるものと思っていました」

　季蔵は首を傾げた。

「俺もそう思ってたんだが、塩梅屋を訪ねてくれたあの上品なたぶん料理人の旅の人の話じゃ、野蒜は人の手がかかってるところに生えてくるんだそうだから、塩梅屋に生えててもそうはおかしくはないんだそうだ」

「であれば、なぜ茂っている野蒜を料理に使わないのですか？」

「野蒜の姿や匂いは韮に似てるんだが、野に生える蒜だけあって韮よりよほど匂いが強い、蒜ってえのは葱や大蒜、韮をひっくるめた名だそうだ。これもその人が教えてくれた。中でも野蒜様は大将の貫禄だ。なかなか手強い」

「店に出す料理には使いにくいということですね」

「いつかこれぞという、野蒜の大将料理を作ってみてえとは思ってるんだが、なかなか――。客に嫌われると困るからねえ、らっきょうなんか目じゃねえ、野蒜に限る、辛さと匂いの極みの根っ子の玉っころを冬場醤油漬けにして、好きで好きで仕様がねえっていってくれる、お客さんたちだけに配るのが精一杯だ」

「何やら薬効がありそうですね」

「ん。こいつは胃腸を丈夫にしたり、精を強くしたり、咳止め、肩こり、風邪予防にもなるっていうから、このままじゃ、宝の持ちぐされかもしんねえが、塩梅屋は医者でも薬屋でもねえんだから、薬としちゃあ、売れねえさ。居酒屋を兼ねた一膳飯屋ならではの興が冷めちまう、ま、仕方がねえさ」

思い出した季蔵は是が非でも野蒜料理を拵えようと思った。

十二

季蔵は、裏手の庭に出て三寸（約九センチ）ほどに育っている野蒜のできるだけ根に近いところを摘み取って束にした。

半分屋はいなくなっているので、この日の朝、豪助の知り合いの漁師が届けてきた赤貝と鯛、鰺を使った野蒜料理を拵えることにした。

鍋を竈にかけて野蒜を茹でようとした時、

「邪魔するよ」

松次が一人で入ってきた。

「田端様は御一緒では？」

「今日もお奉行様はお涼さんとこへも帰らずに、奉行所で寝泊まりされてる。田端様もお奉行様の部屋に詰めてる」

松次はどことなく元気がなかった。

「甘酒でしたね」

季蔵は素早く温めた甘酒を供した。

「下働きの三吉はいねえのか？」

松次は店の中をぐるりと見回した。甘酒を松次に振る舞う役割は三吉と決まっている。

「あんなことがあって、おっかさんが少々心に風邪を引いてしまったそうです。それで今のところ、三吉に出てきて貰うのは二日に一度にしているのです」

「そりゃあ、てえへんだ」

「それを言うなら親分だって、お一人で錦屋さんと小錦屋さんの縁者捜しは骨が折れるでしょう」

二人は労いあった。

「それはそうだが、小錦屋夫婦が惨く殺された時、奉行所じゃ、小錦屋の縁者を調べてた。まあ、とかく殺すほどの恨みは、金を借りに行って剣もほろろに追い返されたとかだからな。小錦屋の主の方の親戚は殺された父親の従弟(いとこ)で、品川宿(しながわ)で畳職人をやってた。子どもがいないので、孤児(みなしご)になった甥(おい)を引き取って、畳職人に仕込んでもいいと思って迎えに行ったところ、隣の小間物屋の例のお松にしがみついて離れようとしないし、お松も自分が育てるって言い張るんで引き取るのを諦めたんだそうだ」

「小錦屋さんの主の縁者である畳職人さんは全くの無関係ですね。お内儀さんの方はどうなのです？」

「どこにも身寄りがねえなんて思ったら、本所(ほんじょ)の貧乏長屋におっかさんが住んでた。『ほんとは生きてなんぞいたくないんですけどね、こればかりは仕様がなくて』、ほとんど寝たきりで、やっと近く小石川療養所に引き取られることになってた。『小さい時からどんなに貧しくひもじくても、もっと貧しくひもじい人もいるんだから、愚痴を言う暇があったら働きなさい、それも自分のためだけではなく、自分より辛い思いをしている人たちのためにと娘に教えてきました。娘があんなことになったのは、降ってきたような幸せを恵まれない人たちにお返ししなさいという、神様のなさりようだとあたしは思っています。それでもやっぱり、早く死んで娘に会いたいですよ』と言ってた。母親や小錦屋のお内儀さんを知る人たちは皆、『明るくて気がきいて優しくてその上あんなべっぴんさん』と口を揃えてた」

「お内儀さんの方からも恨みの声は聞こえて来ないというわけですか——。錦屋さんの方はいかがです？」

「身寄りはねえようだったし、好かれてはいねえようだったね」

「その理由は？」

「何でも子どもの疳の虫に似て、いきなり怒り出すと青筋を露わに皿小鉢等、そこらじゅうのもの、大事にしていた骨董まで壊す癖があるんだとか。ただし、長く連れ添った家付き娘のお内儀さんには一筋で、お内儀さんには滅法優しかったそうでさ。そんなお内儀さんが不治の病に罹ったんで、どうにも気持ちがささくれだってあんなことになったんじゃねえかって。話をしてくれたのは錦屋の主が通ってた料理屋の女将さんだ」

「特別な女ですか？」

「いいや。婆さんだよ。まあ、誰にも言いたくないが、喉までこみあげてる想いを打ち明ける相手だったんでやしょうよ。『ここでもあったんだよ、錦屋さんの青筋が立って相当の数、皿小鉢を割られたこと。ちゃんとその分は払ってくれたけどね。しばらく姿を見せないんで、もう、来ないのかななんて思ってたら、また来てくれてね。それ以来ですかね、大好きで大好きで大事で大事でしょうがない、宝物みたいなお内儀さんには言えない胸の裡を話してくれるようになったのは――。錦屋さん、養子で奉公人でお婿さんになった人でしょ、養い親の旦那様は厳しい人だったらしく、苦労のほどは察しられたけど、誰にも苦労はあるし、苦労の質や量は計れないからねえ。錦屋さんの思い詰め方が普通じゃないんで、お客さんなのだから我慢、我慢と思っていても、正直怖い時もありましたよ。ここだけの話ですけど、よくよくわたしや孫たちが狙われなくてよかったと思ってます』とまあ、こういう話でさ」

「そうだとすると錦屋さんは癇癪持ちが禍して人に恨みを買っていたことはあっても、錦屋さんのために恨みを晴らそうとする人はいないというわけですね」

――やはり、ここからは何も出てこなかった――

「ったく、骨折り損のくたびれもうけだよ」

吐き捨てるように言った松次に、

「試したい料理があるのですが、よろしければおつきあいいただけませんか？」

――よほどのことでなければ、美味いものが甲斐のなさに付きものの不愉快さを和らげてくれるものだ――

「そりゃあ、いい」

松次の顔がぱっと変わって笑った。

「何よりの慰めだよ。ところで何を食わしてくれるんだい？」

松次は興味津々で身を乗り出して季蔵の手元を見ると、

「おいっ、野蒜、野蒜じゃねえかよ」

歓声を上げた。

「お好きですか？」

「好きなんてもんじゃねえ。ガキの頃、おふくろに見つけてこいとよく言われた。野原で鼻を利かせて引っこ抜いてきた野蒜で拵えた味噌が野蒜味噌、俺たちの菜でおやじの肴だった。このところ、野蒜も見かけねえし、売られてるわけじゃなし、野蒜味噌なぞとはとんと縁がなくなったが、何ともなつかしいねえ」

松次は目を潤ませた。

「松次さんのところの野蒜味噌はどんなものですか？」

季蔵は訊いてみた。

「おふくろの作る野蒜味噌は二通りあった。一つは土を洗い流した野蒜の葉と薄皮をむいた根の玉っころを粗みじんに切って、赤味噌と鰹節を混ぜるだけ。一晩置いてなじませる

「あったのかね、そんなもん。あ、思い出したぞ。野蒜は引っこ抜いたらすぐに使わねえと――。アクが出てくるせいでやたら辛くてすっきりしない味になっちまう」

「秘訣は？」

「二つ目は？」

「粗みじんの野蒜の葉と玉っころを油で炒める野蒜油味噌。油は出来りゃ、上等の胡麻油がいい。これには味噌と砂糖を入れる。俺は下戸だし、今も昔もこっちが好きだね。さあさ、おふくろみたいに早くぱぱっと作ってくれや。飯は炊けてるのかい？　これには白い飯の炊きたてが一番なんだが、なけりゃ、ちゃちゃっとこいつで湯漬けの飯をかき込みたい」

　期待を膨らませている松次は子どものように箸を取り上げたり、置いたりそわそわしだした。

「実はこれから拵えるのは野蒜味噌ではないですし、白い玉のような根も使いません」

　季蔵の言葉に、

「ふーん」

　とたんに松次は不機嫌になった。

「やっぱ、骨折り損のくたびれもうけの後はいいことなんてねえんだな」

「まあ、そうおっしゃらず。ひょっとしたら、野蒜味噌と同じくらい美味しいかもしれませんよ」

「そんなのあるのかねえ」

「是非あってほしいです」

季蔵はまずは野蒜と赤貝の酢味噌和えを拵えた。

箸を取った松次は、

「おっ、赤貝がぴりっと甘辛くて馬鹿に粋な味になりやがってる」

感想を洩らし、

「美味しいでしょう」

「まあな」

「まだまだありますよ」

松次はごくりと生唾を呑んで手順を見守った。

「野蒜は先ほどの赤貝の酢味噌和えで使わずに残しておいたものを使います」

十三

「なんでどっちも野蒜は一寸（約三センチ）なんだい？」

松次が首を傾げた。

「それは後でわかります」

季蔵は三枚に下ろし、腹骨、中骨を取り、皮を引いて薄く塩を振り、昆布出汁、酢、砂糖、塩で作った甘酢に漬けてあった三枚の鯵を俎板の上で細切りにした。野蒜と鯵を擂り胡麻、酢、醬油、みりん、出汁、山葵で調味した胡麻酢で和える。

「たっぷり鯵が使われててもねえ。安いし美味しいし、嫌いじゃあないよ、でも、鯵は所詮下魚だからさ」

松次はわざと渋い顔で口に野蒜と鯵を運ぶと、

「お見それしやした」

野蒜と鯵の胡麻酢和えに向かって恭しく手を合わせた。

「そもそも鯵の叩きってえのが俺はあんまり好きじゃねえんだよ。鯵独特の臭みを抑えるための生姜や醬油の濃い味ばかりで、肝心の鯵の旨味が今一つだからさ。その点、これは凄いよ、野蒜と鯵の癖あり同士が鎬を削っている。これを丼ものにしたら最高だろうな」

「それでは後でそのようにしましょう」

最後の料理に季蔵は野蒜と鯛の雪景色と名付けた品を拵えた。

野蒜は茹でずに残しておいたものを使う。水洗いして小口切りにして細かく刻む。鯛は水洗いして三枚におろし、腹骨をとって上身にし、へぎ造りにする。

へぎ造りは上身に対して包丁を右斜めにねかして入れ、そぐようにして引き切る。包丁のねかせ具合、ようは傾ける角度によって身幅を調節しながら、同じ大きさになるように切り進んでいく。

「上手いもんだねえ」

松次は季蔵のへぎ造りに見惚(みと)れていた。

「俺も包丁使いはそこそこのつもりだが、とてもこうはなんねえ」

「わたしが上手いわけではありません。この身が鯛だからです。鯛や鮃(ひらめ)等の白身魚は身が引き締まっているので、やりやすいだけです。寿司(すし)ネタもこのやり方ですが、ネタは白身魚だけに限らないので、寿司職人さんのへぎ造りこそ玄人です」

「そっかあ、俺がやってみるのは鯵や鰯だから上手くいかねえんだな」

松次はぴしゃりと自分の額を叩いて、

「といって高い鯛なんぞ、そうそう膳に上らせるわけにはいかねえから、一生、下手っぴのままってことだな。それも、まあいいってことよ」

ふわふわと笑った。

季蔵は大根をおろして、巻き簀(す)で軽く水気を取り、細かく刻んだ生の野蒜を加えて混ぜる。へぎ造りの鯛にこれを絡ませて割り醤油を注ぐ。ちなみに割り醤油の作り方はまず、鰹(かつお)と昆布出汁に、醤油と味醂を加え一度煮立てる。沸騰寸前で火を止め鰹節を加え、鰹節が沈んだら濾し、この場合は冷まして使う。

「いよいよ鯛だな、鯛」

松次は浮かれた口調で箸を取った。

口に入れると、

「うーん」

唸(うな)った。

「いけませんか？」

季蔵が訊くと、

「そうじゃあねえよ、美味すぎて言葉が出ねえ。野蒜と赤貝の酢味噌和えの独特の甘辛みも、刻み野蒜、鯛、大根おろしのこれっきゃねえっていうぴしゃっとくる鮮やかな味に比べれば、こんなもんかってことになる。細切りとへぎ造りの違いもあるんだろうか？」

「へぎ造りの醍醐味(だいごみ)はあの不思議なまろやかさです。淡泊であるはずの鯛の身にとろりとした旨味が加わったような――。とはいえ、全ての魚介をへぎ造りには出来ません。赤貝は言うまでもなく、身が柔らかな鯵にへぎ造りは適しません。仕入れた赤貝や鯵を細切りにしたのは、茹でて一寸に切り揃えた野蒜の姿に合わせたのです。人の舌は一度に二種以上のものを噛んで味わう時、長さや大きさが揃っていると、絶妙に絡むように混じり合ってより美味く感じるものなのです」

「それじゃ、野蒜と鯛の雪景色ってやつはどうなんだい？　こいつは生の野蒜を使ってたよな」

「生の赤貝や甘酢漬け鯵との組み合わせで注意したのは、野蒜がでしゃばりすぎると、せっかくの赤貝や鯵のいい風味が台無しになってしまうということでした。それで茹でてアク抜きしただけではなく、葱よりも韮よりも強烈な匂いを封じたのです。ですが、野蒜と鯛の雪景色は野蒜の持つ強烈さと鮮烈さが、冬大根おろしならではの風味と甘さと相俟(あいま)って、コクとはまた別のかつて味わったことのない鯛の別の顔、新鮮な美味さをもたらしているとわたしは思います。もちろんこれは野蒜の生を刻んで用いているからです」

「たかが野蒜、されど野蒜ってわけだ」

「それが料理です」

季蔵はきっぱりと言い切ると、

「さあ、お約束の野蒜と鰺の胡麻酢丼を拵えます」

「鰺の細切りと野蒜の量はくれぐれも同じで頼む。こういう和え物料理を丼ものにした場合、大きさが揃ってるのもいいだろうが、量も同じぐらいなのが舌は美味いと感じるんじゃないのかい?」

「その通りです」

「飯の量もそう欲張らない方がいいのかね?」

「酒の後などに召し上がるのであれば――。たっぷりの飯で菜にするなら、かけるのは胡麻酢ではなく胡麻味噌酢の方です。飯にもこちらの方が合います」

季蔵は赤味噌と砂糖、酢、味醂、擂り胡麻を小鍋に入れて一煮立ちさせ、胡麻味噌酢丼にかけまわして松次に供した。

「今日はずいぶんといい時を過ごさせてもらったよ。おかげでくさくさも吹き飛んだ。ありがとよ」

松次は精一杯の世辞を言って帰って行った。このあとしばらくして冬吉から文が届いた。

過日は貴重な時をいただきありがとうございました。お約束の件、『冬摘み菜の春待ち膳』と称して、大晦日の昼時に催させていただきます。しばらく放置していた元料亭の江戸屋にも手が大幅に入り、替えた畳の清々しい匂いは、この催しにふさわしいものです。

品書きは、より自然により美味くを心がけて以下のようなものにいたしました。氷川村で獲れる猪や鹿、沢ガニの味が上々とわかって安堵しています。

〝冬摘み菜の春待ち膳〟
・雄鹿の内背肉の燻製、五目豆、椎茸含め煮、沢ガニ、芽かんぞう添え
・猪の燻製と海老芋のあられ揚げ、蕗の薹の餡かけ
・猪の頬肉の焼き蒸し煮、芹添え
・猪と大根の葉のはりはり鍋
・冬イチゴ

是非ともお運びくださいますよう、お願い申し上げます。

冬吉

季蔵様

追伸
瑠璃さんとお涼さん、虎吉殿もお誘いいたしております。

――どれも獣肉が使われている――
季蔵は一瞬、奇異な印象を抱いたが、
――冬吉さんとて信念だけでは世は渡れないとわかっているのだ。それにご先祖は何といっても山人。獣肉の料理を作るのはお得意のはずで、秘伝等も残っているに違いない――
季蔵は次のような返事を出した。

お招きありがとうございます。必ず伺わせていただきます。とても楽しみにしています。

季蔵

冬吉様

この文と一緒に季蔵は鳥谷への文も書いた。

今はお目にかかったりしない方が得策だとわかってはいます。けれども、どうしても急ぎ秘密裏にお願いしたいことがございます。あなた様しかお聞き届けいただける相手はおりません。これは決して一膳飯屋の主の戯言などではないのです。

明日、いつもの水茶屋の二階で八ツ（午後二時頃）時にお待ちします。何としてもおいでいただきたいのです。

季蔵

烏谷様

十四

ほっそりした少女たちが茶や菓子を運ぶ、水茶屋ならではの眺めをちらと目の端に刻みながら、季蔵は二階へと続いている階段を上った。

――三吉が團十郎菓子の売り子を兼ねていて、お葉菜殺しの下手人扱いされていた時には、とてもこんな時が再び訪れようとは思えなかった。しかし、今はあの時以上にお奉行も含めて我らは、複雑で命がけの難事に直面しているとも言える――

感慨深く思うと同時に身の引き締まる思いでもあった。

烏谷は床の間を背にして鎮座していた。前には高坏に狐色をした揚げ饅頭がうず高く盛られている。

「どうだ？　なかなか美味い。そちも食わぬか？　唐芋の餡を饅頭の皮で包んで揚げてある。團十郎菓子ほどではないが、なかなか人気があるのだと聞く。まあ、おおかた、柳の下にいる泥鰌(どじょう)の何尾かの一尾だろうが」

烏谷の満面の笑みが季蔵に迫った。

「遠慮いたします」

緊張ですでに胸が詰まっていた。

「まあ、そう言わず――。せっかくわしがここの主に無理を言って買いに行かせたのだから――」

烏谷の目は笑っていない。

――よかった――

「承知いたしました」

季蔵は烏谷が差し出した揚げ饅頭を手にした。指に付いた揚げ油が脂性の烏谷を想わせる。

――お奉行はお変わりない――

「これだけ悩みが多いというのに、わしはなかなか瘦(や)せぬ。逆に肥えたかもな、ほれ――」

烏谷はにやりとした。座ったまま両腕を左右に思い切り開いたせいか、びりっと袖付の破れる音もした。

「ともあれ、食ってくれ」

さらに迫られると口に運ぶほかはなかった。

揚げ饅頭ながらさらりとした唐芋餡が後を引く絶妙な味わいであった。

「今や幻の銘菓と言われている團十郎菓子に比べてどうだ？」

「わたしは團十郎菓子を食してはいませんが、この唐芋餡に使われている白砂糖は和三盆なのでは？」

季蔵は思った通りを口に出した。

「如何にも」

大きく頷いた烏谷は、

「團十郎菓子には黒砂糖の甘い甘いタレが絡めてあったそうだが、所詮、あんなものは徒花のような流行菓子にすぎぬ。その点、これはそちや三吉と親しい菓子屋の嘉月屋に作らせた逸品、上品な甘さは飽きぬゆえ、長く食べ継がれることだろう」

揚げ饅頭の作り手についても触れた。

――たしかに嘉月屋の嘉助さんは團十郎菓子が大人気を博し始めた頃、作り方を示してくれた上、忸怩たる思いを語っていた。けれども、今は――

「わたしは團十郎菓子と揚げ饅頭の食べ比べ話を伺うために、お運びいただいたのではありません」

季蔵は烏谷を真正面から見据えた。

「わしとてそれは同じだ。ただし、そちの話を聞く前にわしから話をする。そちの願い事が團十郎菓子なら、わしの話は嘉月屋の苦心の賜物である揚げ饅頭に値する。まずは揚げ饅頭から話す。この話を聞けば、この話なくして自分の願い事を含む、何事もあり得ないと思うに違いない」

烏谷は季蔵の目を覗き込んだ。

「わかりました。どうぞ、お先にお話しください」

季蔵の言葉に大きく頷いた烏谷は、

「わしとて決して手をこまねいていたわけではない」

まずはそう言い切り、

「上からの仰せに従ってお涼のところへも帰らず、奉行所で日々孤閨をかこっていたわけでもない。田端に褞袍を着せて奉行所の皆には後ろ姿しか見せず、声音も真似させて、わしはいろいろ調べていた。田端に声音使いができるとは思っていなかったが、これも幸いした。もちろん、この話は笑い話などではないぞ」

一瞬目を怒らせると先を続けた。

「そちなら察していようが、半分屋の黒幕は数珠屋昇空堂の出来損ないの跡継ぎ俊兵衛ではない。俊兵衛もまた、操り人形か将棋の駒でしかなかったのだ」

「どうしてまだ黒幕がいると断じられたのですか?」

――お奉行は漠とした思いや直観では動かれぬお方だ――

「昇空堂の跡継ぎが縄を打たれた時、仲間の者たちも捕らえられてそのほとんどが処刑された。一方、悪の巣窟だった明月寺の地下の隠し部屋から、仲間たちの血判状が見つかっていた。血判を押した者たちの中に、捕まらず死罪から逃れた者が二人いた。にもかかわらず、この二人は誰ともわからないという理由で、上から構わぬようにと言われた。山代屋や佐竹が殺されて、殺しの嫌疑がわしに降って湧いたのもこの頃だった。敵はわしを封じようとしたのだ。そしてわしはここに全ての元があると確信した」

「ようは真の黒幕は御公儀の中にいるということですね」

「左様。御公儀の中にぬくぬくと潜まれては容易には炙り出せない。どこをどう突いてみればいいのか全く見当もつかぬのだからな。その意味では短い間にあそこまでのしあがった小間物問屋山代屋、南町の定町廻り同心から町会所見廻りに転じて私腹を肥やしていた佐竹金四郎、町会所筆頭の勘定方村井恭之介、この者たちと浅からぬ縁で結ばれていた岡っ引きの弥五郎が殺されて、やっと見えてきたものがあった」

「真の黒幕は町会所の囲米横領と深く関わっているのですね」

「その通り。それで処刑されるどころか、捕まりもしなかった二人について、わしなりに考えた。しかし、その考えだけでは誰も、そちさえ得心させられないとわかっていた。わしはもう一度、霊を呼び寄せるというふれこみの偽の法具が、競りに掛けられようとして、何人もが命を落とした巫女の事件、團十郎菓子の売り子お葉菜殺しを記したものを入念に読んでみた。すると何と、やはりこれらの中にも罪をすり抜けている者たちがいることに気づいた。各々一人ずつ二人——」

「いったいそれは誰なのです?」

　季蔵は先を急がずにはいられなかった。

「それはまだ明かせない」

　烏谷は太い首を横に振った。

「偽物の法具の競りが舞台の事件では、口寄せで糊口をしのいできた、数珠屋昇空堂の元お内儀お縫と倅ほども年齢の違う元手代の世を忍ぶ姿と、母親が口寄せに踊らされ続けて亡くなり、その元凶である元お内儀に恨みを抱く若い娘が主に記されていた。うっかりすると元お内儀お縫を手に掛けたのも、この娘のように読めるのだが、実際はお縫殺しは臨時廻り南原郁右衛門の思い余っての仕業だ。そして、その臨時廻り南原郁右衛門がお縫の騙りの商いに手を貸していたと知っていて殺したのがその娘だった」

「その通りです」

　おしんと共に居合わせていた季蔵は、家族の仇を取って、自ら焼死したその娘文乃の最期を目に焼き付けていた。

「その娘文乃さんは黒幕ではあり得ません。わたしが助けられなかった臨時廻り南原郁右衛門様の様子も覚えています。あの付け火で生き残ったのはわたしとおしんさん、そして死罪を免れたというのに、大川に身を投じて果てたとされている、数珠屋昇空堂の元手代、平三さんだけです」

　季蔵はきっぱりと言い切った。

「平三については奉行所の記録に、絵師に描かせたそやつの顔があった。わしはその絵を手にして市中を廻った。昇空堂は取り潰されていて、事情に通じている奉公人の居場所がなかなか摑めなかったからだ。市中だけでは足りないことがわかるとわしは近郊にも足を延ばした。それでなるほどと思った」

「もしや、平三さんは昇空堂の奉公人の皆さんが見知っていた顔ではなかったのでは？」

季蔵が言い当てると、

「というよりも、継母と平三が駆け落ちした際、出来損ないの跡継ぎが元の平三を知っている奉公人たちに暇を出していたのだ。あの時点で昇空堂は奉公人がほぼ総変わりした」

「しかし、律儀で仕事熱心で店の柱だったという大番頭さんに暇は出せなかったはずです。その男がいなくなっては商いが立ち行かなくなります。出来損ないの跡継ぎは悪事には長けていたはずです」

「それでわしはその者を必死に探した。川越で小さな数珠屋を開いていた。奉行所が平三と見做している顔を不可解そうに見つめて、はっきりと首を横に振った。本物の平三は子どもの頃、柿の木に上って落ちた時の目立つ額の傷があったそうだ」

「それでは本物の平三さんは？」

「出来損ないの父親同様、とっくの昔に殺されて昇空堂の床下に骸が隠されていた。身に着けていた守り袋で本人とわかった。大番頭は本物の平三は数珠作りが好きで、仕込めば花が咲く才があったのにと涙していた。わしはこの仇は絶対取ってやると約束した。だが、自害を装った偽物の手掛かりはようとして摑めなかった。町会所絡みであの四人が殺され続けるまでは——。四人については叩けば叩くほど埃が出てくる。それなのに、生きている連中は決して誰にも叩かれなかった。このところわしは仇を取って自ら焼死した娘文乃のことが頭をよぎることが多い」

「すると、お奉行は四人を殺した下手人の目的は復讐ゆえだと？」

季蔵の言葉に頷いた烏谷は、

「実はそちもそう思っているのではないか？」

わざと視線を逸らして言った。

「ええ」

首を縦に振った季蔵は、

「叩けば叩くほど出てくる埃の中を、折入って、調べていただきたいことがあるのです。これがわたしの願い事です」

頭を垂れた。

「聞こう」

そこで季蔵はその調べてほしい内容を口にした。

——これでただの疑念にすぎないと、幾度も自分に言い聞かせることはもう出来なくなるのだ——

「わかった。おそらくそちの得心がいく調べになろうぞ。その代わり、わしの言うこともきいてくれ。自害した文乃がそうしたように、四人殺しの下手人は必ず仕掛けて残り二人を討とうとするはず。片や真の黒幕たちも下手人を察知して、殺られる前に殺ろうとしていてもおかしくない。稀代の大悪党と御公儀を恐れぬ巧みな仇討ち、一つこの大捕り物をわしに見張らせてはくれぬか？」

烏谷は言い、

「わかりました。揚げ饅頭の唐芋餡の和三盆を團十郎菓子の黒砂糖に変えると、多少見た目は悪くなるものの、強く頼もしい甘味と揚げ油が相俟ってコクが出ます。そして、揚げ饅頭か、團十郎菓子か、どちらとも甲乙つけがたい逸品になりましょう」

季蔵は相手の助けを受け容れていた。

十五

その日は深夜に降り続いていた粉雪が止み、朝から陽が上って空が久々に晴れた。

――昨年までの江戸の冬空は風こそ強かったが、こんな風に陽の光は暖かかった気がする――

季蔵は冬吉が招いてくれるという東両国の駒留橋近くにある、元料亭江戸屋へ出向こうと支度を始めた。

あれから追って以下のような文が冬吉から届いた。

お運びいただけるとのこと、うれしく思っています。当日、わたし一人では人手が足りないので、伝手(つて)を探しているのですがなかなか見つかりません。

そこで大変心苦しいお願いなのですが、あなた様にお手伝いいただけないものでしょうか。

鄙(ひな)びた山里の摘み菜料理の手伝いを一興と思っていただければのことですが——。

どうか、お願いいたします。

追伸

それと年末の催しでもあり、片付けをたやすくする便宜もあって、『冬摘み菜の春待ち膳』改め『春待ち弁当』にいたしました。

冬吉

季蔵様

季蔵はすぐに返事を書いた。

お誘いありがとうございます。

京ならではの雅な摘み菜料理に、草葉の陰の先代の分も精一杯、手伝わせていただきます。当日は朝から参ります。

冬吉様

季蔵

季蔵が元料亭江戸屋に行き着いてみると、門から玄関へと続く道を雪掻きした上、掃き清めている下働きの後ろ姿が見えた。

季蔵が歩き始めるとほどなく気がついて、振り返ったその男はたしか團十郎菓子の揚げ方二代目だった。

「ご精が出ますね」

さりげなく讃えると、

「定八(さだはち)っていいます。勝手に働いちまうのは性分ってもんです。以前は團十郎菓子を揚げてたんですが、半分屋がお釈迦(しゃか)になって駄目になっちまってね。ま、雇ってくれるとこがあるだけいいって思ってます」

定八はあの時同様、せっせと身体(からだ)と手を動かし続けながらも結構饒舌(じょうぜつ)だったが、顔があの時の振り売りから素顔になっている季蔵には気づいていない。

「お仕事は庭掃除だけですか？」

「昼時にお客さんが来るんで、厨の手伝いもあるんですよ」

満更でもない表情で告げた。

「俺の得意の揚げがあるといいんだが」

「わたしも厨に呼ばれています。季蔵と言います」

「あんた料理人？」

「ええ、まあ」

「だとしたら、俺、もうここには用済みかな？」

定八は不安な面持ちではじめて箒(ほうき)を動かす手を止めた。

「そんなことは――第一、お客さんの通り道はあなたが手入れしないと、雪で埋まってしまうでしょうから」

「でも、お客さんが今日だけだとしたら、この陽の加減もあってこのまま保(も)ちますよ」

空を見上げた定八は手を止めたままである。

「でしたら、一緒に主に挨拶しましょう。そして、あなたも厨で一働きしてください」

季蔵は定八を厨に誘った。

「これはこれはよくいらしてくださいました」

冬吉は季蔵の方だけを見ていた。

後ろに控えていた定八が季蔵の片袖を引っ張った。何とかしてくれという合図である。

「定八さんと一緒に手伝わせていただきます」

「そうですか」

冬吉はいいとも悪いとも言わなかった。

「ありがとうございます。あんなそっけない調子なんですよ、雇われた昨日から俺にはずっと――」

　定八が囁いた。

「こちらです」

　冬吉に導かれて季蔵たちは八割方、仕上がって並べられている弁当箱の前に立った。弁当箱は輪島塗で金箔の鶴が優美に舞っている。

　――驚いた、これではもう手伝いなど要らぬではないか？　まあ、手のかかる肉料理は燻製と焼き蒸し煮で作り置きがきき、後は客たち各々で仕立てる鍋ではあったが――

「見事ですね。こんな時季にこれほど美しい緑を目に出来るとは思ってもみませんでした」

　季蔵は料理に添えられている芽かんぞうや芹、餡に使われている蕗の薹、弁当箱とは別に鍋用に皿に盛られている大根の葉にしばし目を奪われた。

「芽かんぞうは聞き慣れないのではないかと思うので説明します。これは蕗の薹同様、春一番を告げるかのように芽吹きます。青い芽が出ると枯草が被さって雪と寒さから護られ、新年には肴の大事な色どりになります。これは寒中に芽が出るので縁起物なのです。鼻で確かめてください。蕗の薹や芹以上に香りが強く、またそれが格別な芳香です」

　冬吉に勧められて季蔵は芽かんぞうに鼻を近づけた。すかさず定八も倣う。

「たしかに」

典雅な香りだと季蔵は思った。

「うっとりする甘い香りだ」

定八が呟いた。

次に冬吉は弁当箱の中身について、

「芽かんぞうを添えた四種の肴は五目豆、椎茸含め煮、沢ガニ、雄鹿の内背肉の燻製です。説明が要るのは雄鹿の内背肉の燻製でしょうが、まずは猪肉や鹿肉のことをお話ししたいと思います」

語ろうとした。

「お願いします」

頭を垂れた季蔵は是非ともくわしく聞きたかった。

――猪肉は牡丹(ぼたん)、鹿肉は紅葉(もみじ)と言われて共に鍋にされることが多いが、工夫次第ではさらに美味しい食べ方が出来るのではないか？――

「牡丹、山鯨とも言われていて人気の猪肉を今回は燻製、焼き蒸し煮、はりはり鍋にしました。猪肉の味の真骨頂は赤身は言うまでもなく脂身もです。こんなことを言うと総花的に狐や狸(たぬき)の肉でも売っている、江戸のももんじ屋さんに叱(しか)られてしまいますが、この江戸で臭みがない猪肉や鹿肉を供しているのは、よほど年季の入った老舗の牡丹屋、紅葉屋だけです。猪肉、鹿肉とも美味しく食べる秘訣(ひけつ)は臭み抜きで、徹底した血抜き処理です。これを知らないと薬食いで身体にいいからと、臭みを我慢して食べることになりますが、人はとかく美味しいものを食べたいという欲望が強いので長くは続けられません。とにかく一も二もなく血抜きなのです」

「血抜きはどのようにするのですか？」

「獲物を仕留めたら、その場ですぐに喉の太い血の管を切って、血を流し出すのです。内臓類もなるべく早く出すと肉全体の温度が下がり、傷みにくくなりますので、少なくとも腸はその場で抜いておきます」

すらすらと応えた冬吉の目が燃えるように輝いて見えた。

「ようは狩猟だけではなく、処理をわきまえている、総じて腕のいい猟師さんから猪肉や鹿肉をもとめよということですね。血抜き術が必須であるのならば、猟師さんが料理人でもある。あなたも昔はそんな一人だった——」

「その通りです」

「猟師に戻りたいとは思いませんか？」

「まさか。わたしはここを買い取ったある方に、江戸で流行る京の山里料理を任されているだけです。摘み菜だけではお客様たちを惹きつける力が弱いですから。そうそう申し忘れましたが、今日はその方もおいでになります」

冬吉はさらりと受け流して、

「猪肉と料理の話に戻ります。まずは猪肉の燻製と焼き蒸し煮、鍋には各々適した部位が違うのです。燻製にはそこそこ脂のりがいい背肉の塊、焼き蒸し煮にする頬肉は固さの極みで、この料理法でないと少しも美味くありません。鍋にするのはしっかりと脂がのりきっている冬場の猪のやはり背肉です。肉を薄切りにして汁に浸して煮て食べるという肉鍋料理は、実は一番贅沢な食べ方です。なぜかというと、どんな肉でも薄切りにして高温の汁で調理すると瞬時に固まり、旨味も汁に逃げてしまうからです。ですので牡丹鍋屋や紅葉鍋屋の値はそう安くはないのです」

「もっと詳しく教えていただけませんか？」

季蔵が手控帖(てびかえちょう)を出そうとすると、

「それはちょっとご勘弁を。お引き受けした仕事として、こなしただけですので」

冬吉は目を伏せた。

「あの――」

黙って聞いていた定八がおどおどと切り出した。

「雄鹿の内背肉の燻製なんだが――」

「それも控えさせてください」

「そうじゃなくて、どうして、鹿は雄鹿なんだろうと思って――。前に鹿は若い雌に限るって聞いた――」

「時季を問わずにならしてしまえばたしかにそうなのです。ですが、冬場は秋にどんぐり等の餌をたっぷり食べた鹿、つまり、縄張りを独占することができる、力の強い壮年の雄鹿の肉質が一番なのです」

これを聞いた定八は、

「いいねえ、男盛り」

ふんわりと笑って囁いた。

十六

この後、冬吉は、

「蕗の薹の餡かけを摘み菜料理としてお教えしましょう」

勝手口から出て行くと蓋に雪の積もった小鍋を抱えて戻ってきた。小鍋の中身は凍っている蕗の薹であった。

「これは湯がいた蕗の薹を昆布出汁に浸けた後、取り出して外で凍らせたものです。昆布出汁は別の鍋に残してあります。蕗の薹の方はこうして粉々に砕きます」

冬吉は当たり鉢に取った蕗の薹を当たり棒で当たった。それを残しておいた昆布出汁に入れて熱し、葛粉でとろみをつけると蕗の薹餡に仕上がった。

「啜ってみてください」

冬吉は掬（すく）い取った蕗の薹餡を小皿に入れて季蔵に渡した。

――なんて――

早速、舌が感激していると、季蔵から小皿を回された定八は、

「甘いっ」

思わず叫んだ。

「独特な曰く言い難い甘味が今の時季の蕗の薹にはあるのです」

冬吉は初めて定八に微笑んだ。

「お客様が見えられたら海老芋のあられ揚げをお願いします」

海老芋のあられ揚げは、京芋とも呼ばれる白く滑らかな舌触りの海老芋を柔らかに煮て団子に丸め、米粒ほどのあられをまぶしてからりと狐色に揚げる。さまざまな餡と相性がいい。

これと猪肉の燻製を椀に盛り、蕗の薹餡をかけると絶妙な春待ち椀が出来上がる。

空は晴れわたって陽の光は一層温かくなり、昼時近くになると客たちが訪れた。

客たちと言っても瑠璃と付添いのお涼と、冬吉言うところのあるお方だけであった。

「もてなす側の冬吉さんは、どうか皆さんと座敷にお座りになって動かずにいてください。わたしは定八さんといろいろお手伝いさせていただきますので、お弁当は後で二人で厨でいただきます」

冬吉だけではなく、定八まで気遣った季蔵の提案に、

「もてなす目的でお誘いしたというのに申しわけありませんが、お言葉に甘えさせていただきます」

冬吉は深々と頭を下げた。

一番乗りは瑠璃たちだったが、正確にいえば虎吉で、

「よくおいでくださいました」

出迎えた冬吉の肩に〝ふにゃーお〟と切なげに鳴きつつ飛び乗った。

「珍しいねえ、猫があんな風に見世物の猿みてえになつくなんてさ」

定八が目を丸くした。

「よしよし、いい子だ、いい子だ」

冬吉は目を細めながら虎吉を抱くと顎の下の首や背中の毛を撫でた。虎吉はごろごろと喉を鳴らして喜んでいる。

「ここの冬吉さんは犬や猫等の生きものの病を治すこともできるんですよ。うちの虎吉も命拾いしました」

お涼の説明に瑠璃は大きく何度も頷いて、冬吉と虎吉の両方に向かって微笑み続け、穏やかで優し気な視線を送っている。

「へーえ、犬猫医者ねえ、そんなもん、あったんですねえ」

やたら感心している定八に、

「そろそろ皆さんの春待ち弁当を調えましょう」

季蔵は促して厨に戻った。

そして、ほどなく春待ち弁当と鍋の用意が調うと、定八は海老芋のあられ揚げに得意の腕を発揮し、蕗の薹餡で仕立てられた春一番の摘み菜椀を季蔵が運んだ。

「虎吉、おまえの席はここだよ。人より喉の管が短い猫にはふさわしい食事の仕方があって、少し高めに置いた食べ物を座って食する方が胃の腑にいいのですよ」

冬吉は虎吉のために自分の隣に座布団をおいた。

「おまえの分を今、持ってくるからね」

立ち上がった冬吉は人と変わらない輪島塗の弁当箱を厨から持ってきて、座布団の上に置くと蓋を取った。

中には赤身の強い生の肉だけが詰められている。

「猪と鹿の肉です。煮炊きもせず、味も付けていません。猫にはこれが一番なのです。さあ、先におあがり」

座布団の前に座った虎吉は猛然と食べ始めた。あっという間に平らげてしまう。

「これほど獣肉が好きだったとは――」

お涼は呆気にとられた。

「長生きさせるためには、たまには獣肉を食べさせてやってください」

そう告げた冬吉は、

「人は猫とは違いますが、身体の調子を整える、長寿にいい食べ物はあります。季蔵さん、定八さん、手伝ってください」

二人を促して再び厨へと入り、

「いよいよ、あの冬イチゴの御披露目です」

楽しくてならない様子で、人数分の白磁の有田焼の小皿に小指の先ほどの冬イチゴを盛りつけていく。

「まるで真っ白な雪の上に咲く、真っ赤な花のようでしょう？　これほど美しい花はこの世にないように思います」

冬吉は満足そうに微笑んだ。

一方季蔵は、

――花というよりも、血の痕に見える。生きものが雪の上に流す血の痕、冬場の猪や鹿が猟師に狩られた際、調理の一環として行われる血抜きを想わせる――

先ほど厨で血抜きの話をしていた時の冬吉のよく輝く目を思い出していた。

冬イチゴが座敷に運ばれると、

「まあ、綺麗。それとこんな時季にイチゴだなんて――、見せていただいたのは二度目だというのにとても信じられない」

お涼は歓声を上げた。

瑠璃は虎吉を抱き寄せて膝に抱いたまま、うっとりと見つめている。

「食べるのが勿体ない――」

お涼が洩らすと瑠璃は頷き、虎吉はにゃーおと鳴いて同感の意を示した。

「これだけは持ち帰らせていただきたいのですが」

察したお涼が冬吉に頼むと、

「結構ですが虎吉には食べさせないでください。これも青物同様、猫の腎の臓にはよろしくないので。猫にいいものは鳥獣肉なのですからね」

冬吉は諭すように言った。

それを聞いていた季蔵は、

――冬吉さんの血抜きの話は淀みなかった。おそらく幼い頃から猟に関わってきたのだろう。ご先祖から受け継いだ猟の腕前も相当のもので、狩りは胸躍る楽しい経験でもあったはず。そんな冬吉さんは今、鳥獣の殺生やこれらを使う料理を禁忌にしている。にもかかわらず、『春待ち弁当』には獣肉を使っている。おかしなことだ。辻褄が合わなすぎる。冬吉さんが禁忌を破ったのは、世渡りのためなんかではない。想像を絶する辛苦や不幸を経験しているのではないだろうか？　冬吉さんの繊細で優しすぎる心は病んでいるのでは？――

自分が冬吉に抱いていた不安が今、ここではっきりと形を成したのだと思った。

――それにしても、あの後、お奉行からは梨の飛礫だ――

実は季蔵は梨の飛礫が続くことを心のどこかで望んでいた。

そこへ、

「お客さんのようだよ」

定八が伝えに来た。

慌てて冬吉は玄関へと走り、季蔵も後に従った。共に上り口に平伏した。

「お待ちしておりました」

下を向いたままの冬吉は常にも増して深々と頭を下げたので季蔵も倣った。相手の顔はまだ見ていない。

「腹が空いた、喉も乾いた」

労いの一つもなく、ぞんざいな物言いの客人の袴(はかま)が見えて武士とわかった。草履を脱ぎ捨てるようにして上へ上がった。

この時、

「お預かりいたしましょう」

中腰の冬吉は相手を仰ぎ見るようにして、両手を開いて伸ばした。預けられた刀は冬吉の手で恭しく掲げられた。

――この男は――

季蔵はやっと相手の顔を見た。

――あの平三――

身分のある侍の姿をしている目の前の男は、まぎれもなく、あのおかしな法具競りの時に顔を合わせた飛鳥女の息子泰助(たいすけ)と称していたが、実は情夫(いろ)の平三であった。

――死んだはずの平三が、なぜ今、侍の形(なり)をしているのか？　いったい何者なのか？

――

季蔵は混乱しつつ、その男を案内して廊下を歩く冬吉の後を追った。

「あちらへ」

そういいながら冬吉は預かった大刀を刀掛けに掛けた。

侍は傲然とした様子で上座に座ると、

「酒っ」

大声を出して催促した。

慌てて季蔵が支度をすると、ひったくった酒器の口から自分の口へと注いだ。空になったところで、

「これぞ、うわばみ酒っ、代わりっ」

さらに怒鳴った。

「遅いっ」

「これはわたしとしたことが、至らぬことで——」

厨へと向かいかけた冬吉を、

「あなたは座っていてください」

季蔵は押しとどめて定八と交替で厨と座敷の間を行き来した。

「酒が足りぬのでは？」

冬吉は案じたが、

「まだございますし、いざとなったら何とかいたします」

——あのような飲み方では薄めた酒でも気づきはしない——

季蔵は動じなかった。

「酒はまた後の楽しみとして、このあたりで食うとするか」

ここでやっと侍は弁当や鍋に取りかかった。こちらの方は酒の飲み方にも増して見苦しかった。箸を握って肴に刺して口に運んでいく。はりはり鍋にはった出汁が沸騰するにはしばし時がかかる。それさえも待てずに、

「もう、いいっ」

侍は七輪ごとひっくり返し、季蔵と定八は畳に炭火が燃え移らないよう、すぐさま小盥の水で始末した。

この間、瑠璃やお涼はやや顔を青ざめさせて箸を止めている。虎吉は精一杯目を瞠って怒らせているがまだ、鳴き声はあげない。

「何だ、どうして猫などここにおる？　なんだ、こんなもん」

使わなかった盃を虎吉めがけて投げつけたとたん、さっと身を躱したとはいえ、我慢の緒が切れた虎吉は、にゃにゃにゃーっ、にゃにゃーっ、しーいっ、ししーいっと鋭く凄まじい鳴き方をした。

「猫の分際で生意気な奴だ」

立ち上がった侍が意外なほどの俊敏さで虎吉を捕えようとした時、がらりと縁側の障子が開いた。

烏谷椋十郎が田端と松次、蔵之進を従えて共に立っている。

「もうその辺でお止めになってはいかがですかな？　勘定奉行若林伊織（わかばやしいおり）様」

烏谷は大きく声を張った。

そのとたん、侍はぎくりと一瞬身をすくませた。

「烏谷殿、あなたもここへ呼ばれていたとは知りませんでした。いやはや、奇遇ですな。お座りになってください。つもる話などいたしましょう」

勘定奉行若林伊織はがらりと様子を変えた。

――しかし、弱い立場の者たちの前では、あのように居丈高で卑しい醜態をさんざんさらし続けた奴が、よりによって勘定奉行の職にあるとは――

「とてもこの方が勘定奉行様とは信じられません」

思わず季蔵の口をついて出た。

「な、何を言う」

若林伊織は季蔵を血走った目で睨み据えた。

「ははは」

烏谷は大口を開けて笑った。もちろん目は笑っていない。先を続ける。

「たしかにこの者の言う通り。おい、大崎（おおさき）村の百姓伊助（いすけ）、それが極悪人のおまえの名だ。すでに人をやって調べをつけている。ただし生まれは大身（たいしん）の旗本若林家の妾腹（しょうふく）で、双子の弟だったおまえは双子を嫌う若林家の倣（なら）いで乳母の養子になった。その乳母の在所が大崎村の百姓だった。おまえへの想いが強く、自分への手当にも不満だった乳母は、ことある毎におまえの出生の秘密を愚痴まじりに話していた。双子の兄に生まれていればこんな暮らしはしていないと——。それが悪かったのかもしれぬが、こんな境遇にいるのは理に適っていない、我慢できないと洩らし続けて、おまえはひねくれ者に育った。乳母が病で死ぬとおまえは暴れ者になった。やがておまえは村の名主の家に押し入り一家を殺して金を得ると、市中に出て若林家の当主にして勘定奉行である、双子の兄伊織に会った。この時、兄伊織は村井恭之介や町会所見廻り佐竹金四郎や、山代屋、弥五郎たちに担がれて囲米を横領し続けることに疲れていた。兄伊織は傾きかけている若林家の体裁のためとはいえ、村井や佐竹の誘いに乗ったことを悔やみはじめていた。連中の欲には限りがなかったからだ」

そこで烏谷は言葉を切ると、

「すでにもう隠し立てなどできはしないのだから、この先はおまえが話せ。内心は自慢に思っているはずだ」

伊助に水を向けた。

「たしかにな」

伊助はふんと鼻でせせら笑うと、

「兄貴の話を聞いて様子を見て、これはやっぱり、俺が兄貴で兄貴が俺だったらよかったのにと真から思った。兄貴ときたら俺が持ち掛けた入れ替わり話に一も二もなく飛びついたんだから。町人姿になった兄貴の首を絞めて殺した。これでこのところ眠れなくなってたっていう兄貴も永遠の眠りにつけたんだし、俺としては弱虫が一匹、この世からいなくなるとせいせいした。勘定奉行の屋敷は広い。兄貴の骸なんてどうせ、どこに埋めてもわかりゃしないんだろうが、一応裏庭の楓の木の下に埋めた。考えてみりゃあ、兄貴の方を平三より先に殺してたんだな」

滔々（とうとう）と話した。

「平三の時は上手くやりおったな。いつもとかく塞ぎがちな伊織様の方も、このところお元気そうなのでよかったと真から思っていたのも今では腹立たしい」

烏谷は忌々（いまいま）し気に言った。

「あれは面白かったよ、あんたら奉行所を騙せたんだからな。実は俺は傍（はた）で見てて、昇空堂の跡継ぎでもあった明月寺の住職こそ、ほんとの兄貴じゃないかって思ってた。顔じゃなくて、中身が似てるんだ。でもそいつと酒を酌み交わすのは我慢した。何しろ俺は天下の勘定奉行様で、思いついたら村井、佐竹、弥五郎、山代屋への指示で足りるんだから。言っとくが俺はあの四人にだって兄貴殺しは伝えちゃいないんだぜ。本物の勘定奉行が生きているからこそ、あいつらは言うことをきくとわかってたからな。どんだけあいつらがしつこく兄貴の居場所を訊いてきたことか——。だが、兄貴化けにも飽きてくると、次々に化けを楽しんでいるあの住職への羨（うらや）みが頭をもたげてきた。昇空堂の後妻のお縫には、これも住職の思いつきだと言うと、何の怪しみもなく俺を受け容れた。あの間の二重の暮らしは、兄貴の女房の奥方様ってえのの味見もできて愉快このうえなかった。それから、平三が捕まると早々に手を廻しておまえに会わせず、お解き放ちにするようにしたのも俺だ。そして自害したことにして、俺の顔の平三はこの世から消えちまう。何せ、兄貴を殺して勘定奉行になってからというもの、俺は何度かおまえに会ってる。これは非常にまずいと思ったのさ。だが、今思うと幾ら退屈凌ぎだからと言っても、あの時、平三になりすましたのは墓穴につながった。まさか、平三からこの俺に辿り着くとは思ってもみなかったからな――」

伊助は悔しそうに唇を嚙んだ後、

「でも、まだ俺の強運は尽きちゃいねえさ」

一瞬跳ねたかのように見えて、次には傍にいた虎吉を思い切り蹴飛ばして、瑠璃の首に匕首を突き付けていた。

――瑠璃――

季蔵は咄嗟に瑠璃の目を見た。

――自分の命がかかっているというのにあの時とは違う――

季蔵は瑠璃が夫と義父であった主家の父子が殺し合った末、心に大きな病を得た時のことを思い出した。

――あの時の悲しみと恐れ、絶望に満ちた見開かれた目ではない――

瑠璃の目は閉じられていてその表情は穏やかだった。

「刀を捨てねえと、このいい女の命はないいっ」

――そんなことはさせない――

季蔵は悟られずに一歩前に出た。相手に体当たりを食らわすつもりであった。

「いいか、この女の命が惜しけりゃ、女ともどもここから俺を逃がすんだ」

相手が叫んだ時、季蔵と伊助の間を冬吉の身体が塞ぐようにして突進した。弾んだ大きな毬のようだった。

「冬吉さん」

瑠璃を突き飛ばし、冬吉が伊助に躍りかかり、握っていた狩猟包丁で伊助の胸を突き刺していた。血のついた匕首を手にした伊助は胸に狩猟包丁を突き刺したまま、大きくのけぞって倒れた。やがてその顔は死相に変わっていった。

一方の冬吉は屈み込んでしまっていた。

「瑠璃」

季蔵は瑠璃を助け起こした。

「冬吉さんを」

瑠璃が呟いた。

急いで季蔵は冬吉に近寄った。冬吉の腹は匕首で抉られている。夥しい血が畳に流れていく。

「あの四人を手に掛けたのはこのわたしです。きっとわたしは地獄に堕ちるでしょう。伊助を刺したものには猟の矢じりに使われてきた毒を仕込みました。万全です。これでやっと終わることが出来ました。瑠璃さんも虎吉も無事でよかった、ありがとう」

それだけ告げて冬吉はこと切れた。

若林家では当主若林伊織を騙っていた伊助の急な死を病死として届け出た。元服を待って若林家のまだ幼い嫡男が当主の座に就くことを願い出ている。

実は季蔵は定八が姿をくらましてしまった黒幕だと思っていたが、定八は当日、ことの次第の凄まじさに廊下で腰を抜かしていた。押されていた血判状の指痕は仔細に比べるとよく似ていて、おそらく、双子の兄で勘定奉行の若林伊織と弟伊助のものではないかと思われた。

囲米泥棒の嫌疑がかけられた疾風小僧からは、奉行所宛てに〝ご苦労様〟という一筆と小判百両が届けられ、市中の家々の勝手口にも黄金色が煌めいた。

案じられた烏谷への沙汰はこれと言ってなく、

「御定法破りが何だ？　御定法破りはわしの特技よ。今更改めて何になる？　わしは断じて追い落とされたりはせぬぞ」

当人は滅多に笑わない目を珍しく細めた。

後日、烏谷は季蔵に冬吉について以下のように調べた事実を語った。

「何でも二年ほど前、京の郊外にあって山里の鄙びた様子が好まれて、何代も続いていた老舗割烹旅館やまさと亭の主と、年若い娘が江戸へ行ったきり戻らなくなった。主の妻は早くに病で亡くなっていて、残されたのは跡継ぎの息子一人だった。一人になったその息子は、京から江戸へ人をやって父と妹の行方を探させていて、ある時、突然流行っている店を畳んで以来、杳として行方がわからないとのことだった。止むにやまれず、自らも探しに江戸へ向かったのだと元奉公人は言い切った。また、とにかく、仲のいい家族だったので、もう帰って来ないのではないかと息子は悲嘆にくれた挙句、先祖代々がそうだったように、山暮らしに救いをもとめたのではないかと言う、一家とは長いつきあいの知り合いもいた」

「その息子の名前は？　年齢の頃は？」

　季蔵は訊かずにはいられなかった。

「山野が緑色に彩られる恵み多き時季の春に生まれたので、父親のやまさと亭の主は春生と名付けたそうだ。この春生が生きていれば冬吉ほどの年齢になっていただろう」

「その春生さんはお父さんと妹さんの行方を突き止められたのでしょうか？」

「父娘は見物を兼ねた商用で江戸を訪れていた。江戸が初めての娘は京にはない目新しい品々を楽しく買いもとめていたそうだ。父親もあちこちの料理屋を見て廻っていた。用意してきた金子だけでは足りなくなり、至急金を送るよう京の店に手紙を出し、金が到着した日に父娘はいなくなったとのことだった」

「商用とは何だったのですか？」

「江戸への出店だ。父親は京の鄙びた山里料理こそ、料理の主流だと見做していて、この誇りの味を江戸の人たちにも味わってほしいと考えていたようだ。だが念願叶わず、父娘は買い付ける店への支払いの金が届いた日に、姿を消してしまった」

「町中での行方知らずなら町奉行所が探したのでは？」

「しかし、その月は南町が当番に当たっていた」

「そしてすでに勘定奉行は伊助に入れ替わっていて、町会所筆頭村井恭之介、南町奉行所町会所見廻り佐竹金四郎、持ちつ持たれつの山代屋、汚れ仕事一切を引き受ける弥五郎の五人は悪の強い綱で結ばれていたはずです」

「ともあれ、父娘は店の買い付け金の不足分が届いた日、金と共にいなくなった。これについては京への帰り道に追い剝ぎに襲われ、身ぐるみ剝がされて川へ投げ込まれたという噂がある。この話の元は山代屋助右ヱ門で酔ったついでに話すものの、酒が抜けると否定する。南町では父娘は京から送られてくる金を待っていた、という旅籠の女将の言葉もあり、つかみどころのない話として追いかけはしなかった。ただ、この頃は夏で夕涼みの舟が何隻も大川に出てはいた。父娘はこの夕涼みに招かれていた。こちらで改めて女将に会って訊いたところ、〝夕涼みの商いとはなかなか風流だ〟と父娘は喜んでいたそうだ」

「商いは連中が仕掛けた罠だったのでは？　勘定奉行の一筆、一声があれば誰でも信じるでしょうから。それで父娘は夕涼みの舟に乗せられてしまって――」

「冬吉がどこかで追い剝ぎ話を聞き込み、復讐を誓って江戸へ来たのだとしたら、まずは酒で口がほぐれすぎてしまう山代屋に取り入って、京への帰り道だの、追い剝ぎなどと誤魔化していたあの悪事の真相を白状させたとしても不思議はない。連中は父娘を夕涼みの舟の中で殺して、川へと放り込み、まんまと店を買うための大金を手にしたのだろう。あの連中はもはや人などではない。人の面を被った金の鬼よ。わしは連中が金のために、どんな非道な罪を犯していても驚きはせんぞ」

　この時、烏谷の身体が怒りでぶるぶると震えた。季蔵は川から引き上げられた山代屋の在りし日の姿とは程遠い様子を思い出した。責め詮議の上を行く残酷さで、少しずつ刻まれて殺された村井恭之介や弥五郎の骸のことも――。

――何とも凄まじい復讐。自らが決めた禁忌を破ってまでも成し遂げなければならなかったとは。冬吉さんの苦しみは如何許り(いかばかり)であったろうか――

　冬吉は自身の復讐について記した文を遺(のこ)していなかった。

――そのようなもので殺生の言いわけをしたくなかったのだろう――

　しかし、瑠璃と虎吉宛ての文はあった。

　季蔵は瑠璃が読み終えた冬吉からの文に知らずと目を落としていた。何と文には恨みつらみは一切書かれていなかった。

　地獄の他には行けそうもないわたしですが、極楽でも地獄でもない、人と生きものの別もない、そこでは父と妹が日々幸せに暮らしている、楽土のようなところがあったらいいですね。現世での罪も許されて――。

　もしあったら、一足先に住み着いて、現世とはまたがらりと異なる山野草を摘みつつ、いつか訪れてくれるであろう、瑠璃さんや虎吉、お涼さん、季蔵さんを首を長くして待っています。

そこでは冬イチゴではない、冬がもたらす獣たちの赤い恵みも時々は味わいたいものです。

それから季蔵さんに伝えてほしいことがあります。猪や鹿の燻製や頬肉の焼き蒸し煮については、すでに父が直に先代に教えているので、日記を探してくださるようにと――。必ず記されているはずです。

季蔵さんとは、父と先代が意気投合してそうなったように、あればいい楽土で料理を教え合いたいものだとも思うのです。

冬吉

瑠璃様、虎吉殿

――極楽でも地獄でもない、あればいい楽土か――、冬吉さんの楽土とはまるであってほしい現世ではないか？――

読み終えた季蔵は痛いほど目頭が熱くなった。

――復讐の心に操られつつも、冬吉さんはやはり健やかに晴れやかに生きたかったのだ――

瑠璃の顔を見ると涙が頬を伝っている。

——生きている者はその限られた時を、どうしても死を免れなかった者のためにも、大事にしなければならない。尊い生を生きなければ——

二人は自然に抱き合って共に嗚咽（おえつ）していた。

そして長かった冬が過ぎ、春の弥生（やよい）の頃となった。雪も完全に消えて、命の息吹きを感じさせる草木や土の匂いが風に乗って運ばれてきている。

そんなある日、お涼の家の裏手からにゃーにゃーにゃにゃーっと人恋しげな虎吉の鳴き声が聞こえてきた。

「眠っている蛙（かえる）が出てきたのを見つけでもしたのかしら？」

お涼に話しかけられた瑠璃は首を傾げた。

「たしかに。でもそれにしては優しげな鳴き声だわね。行ってみましょう」

瑠璃はお涼に誘われて裏庭へと歩いた。

雪の消えかけた土の上をつるのような葉が這（は）っている。緑色で丸く艶があり、縁には鋸歯（のこぎりば）が見える。

「もしかしたらこれ冬イチゴ？　虎吉ときたらそれはそれは冬吉さんになついてて、始終、冬吉さんのところへ出かけてたから、勝手に冬イチゴの実を咥（くわ）えてここへ運んできて、根づかせたのかしらね」

お涼のこの言葉に、今度は瑠璃も首を縦に振って微笑んだ。

解説

細谷正充

愛読している文庫書き下ろし時代小説シリーズは、行きつけの飲食店に似ている。まず定期的に読み、登場人物と顔馴染みになっていく。そして、いつもと変わらぬ物語の味を堪能し、満足することになるのだ。

ただし、いつもと変わらぬ味というのは、あくまでも読者側の感想である。老舗の飲食店ほど、常に味つけなどを微妙に変更し、常連客が飽きないようにしている。それと同じことが、小説の長期シリーズにもいえるのだ。和田はつ子の「料理人季蔵捕物控」シリーズを読むと、このことがよく分かる。

本書『団十郎菓子　料理人季蔵捕物控』は、シリーズ第四十二弾だ。すでに周知の事実だろうが、シリーズのアウトラインを記しておこう。物語の主人公は、日本橋にある一膳飯屋「塩梅屋」を営む、料理人の季蔵。もとは大身旗本に仕える武士だったが、奸計により主家の嫡男に許嫁の瑠璃を奪われ、市井に身を投じる。それを拾ったのが、「塩梅屋」の主人の長次郎であった。その後数年、長次郎の下で季蔵は料理の腕を磨く。だがある日、長次郎が大川に浮かんだ。何者かに殺されたらしい。頼りにならない同心を見限った季蔵は、長次郎の娘のおき玖と共に、下手人を捕まえることを決意する。
ところが長次郎には裏の顔があった。北町奉行・烏谷椋十郎の命を受け、事件を探索したり悪人を始末する〝隠れ者〟をしていたのだ。長次郎の後釜になった季蔵は、迷いを抱えながら、幾つもの事件にかかわっていく。やがて、かつての主家の嫡男と対決することになるが、この騒動により瑠璃の心が壊れてしまう。椋十郎の内妻である元辰巳芸者のお涼に瑠璃を預け、季蔵は料理人と隠れ者という、ふたつの顔を持つようになる。以後、季蔵は「塩梅屋」で料理の腕を振るいながら、さまざまな事件を解決するのだ。長期シリーズのため、おき玖が南町奉行所同心の伊沢蔵之進と夫婦になるなど、レギュラー陣の立場が変わることもある。しかし季蔵を中心にした、人々の温かな絆は変わらない。そこがシリーズの大きな魅力のひとつといえよう。

本書はいつものように連作短篇集となっており、今回は四作が収録されている。冒頭の「干し牡蠣」は、幕染屋の夫婦が殺された事件を季蔵が追う。複雑な事件の根っ子には、流行風邪禍が収まったものの、景気が冷え込み、不安の広がった世相がある。これが各作品を貫く通底音となっているのだ。もちろん、コロナ禍後の日本が迎えるかもしれない未来を写し取ったものである。時代小説でありながら、現実の最先端と向き合っているのだ。

続く「小羽いわし」は、季蔵が意外なことを知る場面から始まる。「塩梅屋」の下働きの三吉と船頭の豪助が〝副業〟を始めていたのだ。さらに豪助の女房で、漬物茶屋「みよし」の女将のおしんも、不景気による生活の不安が原因で、飛鳥女という霊媒に嵌っていた。おしんと共に飛鳥女の家に乗り込んだ季蔵だが、そこで殺人事件に遭遇する。展開の速さと、意外な真相が楽しめる良作だ。

第三話「團十郎菓子」は、世情の隙間を縫うような「半分屋」が経営する菓子屋で、三吉がお葉菜という若い女と一緒に、「團十郎菓子」を売っていることが判明。しかしお葉菜が殺され、三吉が下手人と目される。味方のはずの烏谷椋十郎や北町奉行所定町廻り同心・田端宗太郎と対立しながら、季蔵は三吉の無実を証明しようとする。流行風邪の前に知り合った義賊の疾風小僧が手助けしてくれるものの、四面楚歌といっていい状況に季蔵が陥る、珍しい一篇だ。ここまできて、シリーズ物の安定感を揺さぶってくるとは思わなかった。和田はつ子、やはり凄い作家である。

そしてラストの「冬いちご」は、不忍池の不可解な二重殺人の謎を季蔵が追う。といっても「干し牡蠣」のときとは違い、烏谷や田端に隔意を抱くようになり、胸中は複雑だ。しかも烏谷を下手人にしようという動きがあるらしい。流行風邪禍のときの、横紙破りの行動が尾を引いているようだ。探索を進める季蔵は、やがて「小羽いわし」「團十郎菓子」から繋がる事件の巨大な構図を知ることになるのだった。連作短篇であるが、最後まで辿り着くと長篇（「干し牡蠣」も、ちょっとだけ繋がっている）のような、ズッシリとした読後感を与えてくれる。ここも本書の魅力となっているのである。

さらに、先に触れた流行風邪禍後の世相の他にも、本書には現代と通じ合うネタが幾つも挿入されている。「小羽いわし」の副業は、現在の副業推進の動きを踏まえたものであろう。「團十郎菓子」の「半分屋」の商売のやり方も現代的だ。「冬いちご」で、瑠璃の飼い猫を診療する人物が登場するが、ここからはペットと飼い主をめぐる問題が伝わってくる。だから本シリーズは、いつだって新鮮なのだ。

また、季蔵が作る料理も、忘れられないポイントである。干し牡蠣・野蒜と鯵・カワハギの風干しと鶏ささみ（もしくは数の子）……。どれもこれも美味しそう。「干し牡蠣」で、常連客との会話を交わしながら、季蔵が次々と牡蠣料理を出すシーンなどは、自分がなぜその場所にいないのかと悔しくなるほど楽しそうである。捕物帖の主人公としての季蔵の活躍もだが、料理人・季蔵の姿を見ることも、本シリーズの楽しみになっているのだ。

一時期のブームは去ったが、今でも文庫書き下ろし時代小説シリーズの人気は高い。しかし四十巻を越えるシリーズは少ない。ましてや五十巻を越えるシリーズなど、数えるほどである。その五十巻が、確実に見えてきた。季蔵と彼の周囲の人々の活躍がこれからも続き、シリーズが五十巻の大台に乗る日を、今から楽しみにしているのである。

（ほそや・まさみつ／文芸評論家）

〈参考文献〉

『江戸売り声百景』　宮田章司　（岩波書店）

『大江戸料理帖』　福田浩　松藤庄平　（新潮社）

『日本の食文化史年表』　江原絢子　東四柳祥子　（吉川弘文館）

『大江戸おもしろ商売』　北嶋廣敏　（学研プラス）

『常備菜の手帖』　上野修三　村上一　平井和光　結野安雄　北岡三千男　（柴田書店）

『料理百珍集』　何必醇・器土堂他著　原田信男校註・解説　（八坂書房）

『京　花背　美山荘の摘草料理』　中東吉次　（淡交社）

わ 1-56

団十郎菓子（だんじゅうろうがし） 料理人季蔵捕物控（りょうりにんとしぞうとりものひかえ）

著者　和田はつ子（わだはつこ）
2021年12月18日第一刷発行

発行者　角川春樹

発行所　株式会社 角川春樹事務所
〒102-0074 東京都千代田区九段南2-1-30 イタリア文化会館

電話　03(3263)5247［編集］　03(3263)5881［営業］

印刷・製本　中央精版印刷株式会社

フォーマット・デザイン＆シンボルマーク　芦澤泰偉

ISBN978-4-7584-4450-7 C0193

http://www.kadokawaharuki.co.jp/［営業］
fanmail@kadokawaharuki.co.jp［編集］ ご意見・ご感想をお寄せください。